LA

REINE DES GUEUX

A LA MÊME LIBRAIRIE

DU MÊME AUTEUR

LE FILS DE PORTHOS, roman de cape et d'épée. 2 vol. 2ᵉ
édition.................................... 7 »

LA BELLE LIMONADIÈRE, roman, un volume........ 3.50

CAPRICE DE PRINCESSE, roman, un volume........ 3.50

LES MONSTRES DE PARIS, roman, un volume 3.50

AU BOUT DE LA LORGNETTE, portraits de littérateurs, peintres,
artistes lyriques et dramatiques, etc., un fort volume.................................... 3.50

LES JOLIES ACTRICES DE PARIS, quatre forts volumes conte-
nant la biographie de toutes les artistes de Paris. Chaque volume se vend séparément.,.............. 3.50

LE CARNAVAL DE BOQUILLON, vaudeville en trois actes, en
collaboration avec M. Raoul Joly.............. 1.50

SOUS PRESSE :

LE DUC ROUGE, un volume

UN NOTAIRE AU BAGNE, un volume

TREMPE-LA-SOUPE XIV, un volume

IMPRIMERIE GÉNÉRALE DE CHATILLON-SUR-SEINE — A. PICHAT

PAUL MAHALIN

LA
REINE DES GUEUX

ROMAN D'AVENTURES

PARIS

TRESSE, ÉDITEUR

8, 9, 10, 11, GALERIE DU THÉATRE-FRANÇAIS

PALAIS-ROYAL

—

1884

LA

REINE DES GUEUX

I

HALTE DE BOHÉMIENS

Le soleil descendait à l'horizon derrière les cimes dente-
lées de l'Apennin.

C'était le soir d'une étouffante journée d'été.

Le ciel, rayé de larges bandes aux couleurs violentes, présentait un de ces aspects que les peintres hésitent à rendre,
redoutant la critique imbécile du vulgaire...

Car le vulgaire proteste toujours en voyant reproduite
par la plume ou par le pinceau une chose qui ne lui est
point familière, et s'écrie volontiers : « Ceci est un mensonge ! »

Les nuages, violets, verts, oranges, sanglants, superpo-
saient leurs zones symétriques au-dessus d'un âpre site de
montagnes :

Des éboulements de roches férocement difformes ; un torrent noir tombant dans un gouffre ; quelques sapins, à demi

foudroyés, tordant leurs branches dont les entailles ressemblaient à des plaies saignantes...

Bref, un endroit fait à plaisir pour les tragédies de grand chemin, et dans lequel l'œil s'étonnait de ne point rencontrer quelqu'une de ces croix de bois qui sillonnent les *sierras* espagnoles, avec cette menaçante et prophétique indication :

A qui motaron a hombre — Ici on a tué un homme.

Les gens, qui, pour l'instant, animaient ce paysage sinistre n'avaient pas une physionomie beaucoup plus rassurante que ce dernier.

C'était une horde de bohémiens qui s'était arrêtée là pour y passer la nuit.

Ces campements de nomades se font rares, de nos jours.

La civilisation, aidée par les gendarmes, a dispersé à toutes les aires du vent cette grande et mystérieuse famille qui se donne à elle-même le nom de *Roumi* ou de *Rômes*, et que nous appelons, selon les pays, tantôt les zingari, tantôt les gitanos, tantôt les tziganes et tantôt les gypsies.

Mais notre récit n'est point contemporain de l'époque actuelle, et il nous faut prier le lecteur de faire, en notre compagnie, une enjambée d'une couple de siècles dans le passé.

On était au mois de juillet 1620, — la dernière année du règne de Camille Borghèse (Paul V) auquel Grégoire XV se préparait à succéder dans la chaire de Saint-Pierre, à Rome.

Ferdinand II était empereur d'Allemagne ; Louis XIII, roi de France ; Cosme II, grand duc de Toscane, et Henri II, duc de Lorraine.

En Espagne, Philippe III allait céder le trône à Philippe IV, et, à la cour du Louvre, Armand-Jean Duplessis, secrétaire d'Etat et favori de la reine-mère, était près d'échanger le titre et la mitre d'évêque de Luçon contre le chapeau et le titre de cardinal de Richelieu.

En ce temps-là, la race bohème infestait toute la chrétienté, — encore qu'elle y fût cruellement persécutée, — et les tribus errantes de ces enfants de l'Egypte, comme on les avait baptisées, se promenaient, sinon librement, du moins dans de nombreuses et bizarres proportions, à travers toutes les contrées de l'Europe, et particulièrement dans les régions de l'Est et du Midi.

Celle dont il est ici question était dite : *des Grands-Scorpions*.

Elle tirait son nom du pouvoir de *charmer* les animaux malfaisants que ses reines se transmettaient de mère en fille.

Car les Grands-Scorpions étaient gouvernés par une reine, dont le conjoint — comme en Angleterre — était réduit au rôle modeste de prince-époux.

Au chant de la *Grande Scorpionne*, — comme on appelait cette souveraine, — tarentules, aspics, couleuvres et scorpions venaient tourner autour du fouet à manche d'ébène qui lui servait de sceptre, et tombaient morts quand elle leur disait : « Meurs ! »

Etait-ce à l'unique exercice de cette singulière puissance que les sujets de la charmeuse devaient l'air de bien-être répandu sur leur visage ?

Il était permis d'en douter.

Hommes et femmes, ils avaient sans doute d'autres qualités et d'autres talents :

Les femmes, — en outre de la fascination de leur beauté sauvage, de leurs danses et de leurs chansons, — ce prétendu don de « seconde vue » avec lequel il est si facile d'exploiter la crédulité des badauds de toutes les conditions, de tous les âges et de tous les pays.

Les hommes, la main preste, le couteau prompt, l'esprit subtil, une conscience dénuée de toute espèce de préjugés et de scrupules...

Ajoutez la fabrication des philtres, la guérison des bestiaux, la vente de l'orviétan, les tours de gobelet, d'agilité, de force...

Nous ne parlons ici que des industries avouables...

Et ne soyez pas surpris si, — tout en présentant un assortiment de figures que l'on n'eût point aimé coudoyer, à la corne d'un bois, entre chien et loup, — la horde que nous mettons en scène, paraissait jouir en abondance de tous les objets nécessaires à la vie et témoignait d'un excellent état de santé — physique et morale — sous ses haillons pittoresquement arrangés.

Il y avait plusieurs feux allumés dans les roches, et au-dessus de ces foyers improvisés d'énormes marmites bouillaient, suspendues chacune à trois pieux dont les sommets formaient le faisceau.

On buvait dans divers endroits ; dans d'autres, on chantait, en s'accompagnant de la mandoline ; dans d'autres encore, on dansait.

Ailleurs, les dés roulaient sur le sol, au milieu des groupes avides et attentifs.

Quelques hommes ronflaient, roulés dans leur manteau.

Quelques belles filles, couvertes d'oripeaux et de clinquant, babillaient avec leurs amants, maigres bruns et bizarrement accoutrés.

Toute une piaulée d'enfants couleur de bistre, jouait autour des mules au piquet.

Enfin, de vieilles femmes, laides comme des sorcières, surveillaient la cuisine et attisaient les feux de bois vert qui brûlaient comme des fournaises.

Parmi cette fourmilière de personnages vaquant à différentes occupations, nous en choisirons trois pour les présenter plus amplement à nos lecteurs.

Ces trois-là ne faisaient rien et se tenaient à l'écart des autres.

C'étaient une jeune fille, un jeune homme et un vieillard.

Le vieillard était accroupi à la façon orientale auprès de deux ou trois tisons qui achevaient de s'éteindre.

Il se drapait dans une couverture de laine.

On devinait sa haute taille à la longueur de son torse.

Sa chevelure abondante et d'un blanc de neige se séparait en deux masses égales sur son front raviné de rides qui ressemblaient à des balafres.

Ses yeux étaient noirs, vifs, durs et tranchants ; son nez avait la courbe du bec de l'aigle, et sa bouche, affaissée dans les mille plis que creuse l'âge, gardait une vigoureuse expression de commandement.

Il y avait à portée de sa main un bâton de bois blanc recourbé à son extrémité comme celui d'un roi pasteur.

Son être et son esprit paraissaient enfouis dans une méditation profonde.

Le jeune homme était debout et s'adossait à un arbre.

Il était grand comme le vieillard.

Comme le vieillard aussi, — avec lequel il possédait un air de famille évident, — il avait le profil aquilin, le regard perçant, quelque chose de farouche et d'altier dans le port.

Son teint bronzé, ses cheveux crépus et sa moustache naissante, sombres comme l'ébène ; ses lèvres renflées, d'un rouge de sang, qui se retroussaient sur des dents luisantes et aiguës comme celles d'un fauve, attestaient en lui le gitano sans alliage.

Celui-ci, du reste, s'accusait encore mieux, chez cet adolescent d'une vingtaine d'années, par l'ensemble de ses traits, qui conservaient le reflet de toutes les passions caractéristiques de sa race : l'effronterie, la violence, la cupidité, l'astuce, la perfidie, une sensualité effrénée, le mépris des hommes et des dieux, — tout cela voilé, au besoin, par la forte dose de dissimulation et d'hypocrisie innées chez ces gens en dehors de toute loi et de toute morale communes, fils d'Adam abrutis ou loups intelligents.

La maigreur nerveuse de son buste et de ses cuisses se dessinait sous un justaucorps de cuir, à l'épreuve, sinon de la balle, du moins du stylet et de la dague, et sous une paire de grègues de velours cramoisi, par les crevés desquelles une doublure de soie, défraîchie, s'échappait en bouillonnant.

Cette partie de son costume, — soustraite sans doute à quelque élégant cavalier, — jurait singulièrement avec les misérables espadrilles qui se laçaient sur ses jambes nues et avec un de ces chapeaux effarouchés, hérissés de plumes de coq, — chapeaux sans nom, sans forme, sans raison d'être, — ruines arrogantes et désespérées, dont un des héros de ce récit devait immortaliser plus tard la splendide et grotesque invraisemblance.

Nonobstant, il n'eût point fallu sourire de ce contraste.

Le jeune bandit avait, en effet, de quoi imposer silence aux railleurs.

C'était, d'abord, à son côté, un braquemard, ou estramaçon, d'une dimension respectable ; puis, dans le ceinturon de celui-ci, un couteau catalan à juguler un bœuf ; puis encore, auprès de ce couteau, un de ces grands pistolets, appelés *poitrinals*, du genre de celui dont Poltrot de Méré s'était servi pour tuer le Balafré devant Orléans ; dont Montigny, le page de Pardaillan, s'était servi pour tuer La Renaudie dans la forêt d'Amboise, et dont Vitry s'était servi, sur le pont du Louvre, pour tuer le maréchal d'Ancre.

En outre, son coude s'appuyait sur le canon d'une arquebuse, dont la mèche allumée fumait, prête à s'abattre sur le bassinet rempli de poudre.

En somme, une panoplie vivante.

Arrivons enfin à la jeune fille.

Celle-ci reposait sous une tente, dont un pan de toile relevé permettait de distinguer son corps étendu sur une natte, hors du cercle de lumière que projetaient les brasiers.

Ce corps disparaissait sous une mante.

On n'en apercevait que deux petits pieds mignons chaussés de babouches turques et capables de danser dans la pantoufle de Cendrillon.

Le vieillard avait nom Pharam : le jeune homme, Yanoz, et la jeune fille, Diamante.

Le premier avait été l'époux de Mani la feue reine des Grands-Scorpions.

Il était comme le tuteur et comme le premier ministre de la souveraine qui avait succédé à Mani.

Dans la tribu, ce premier ministre portait le titre de *Pharaon*.

Yanoz était le fils de Pharam et de Mani.

Nous vous dirons plus tard ce qu'était Diamante.

Pour l'instant, celle-ci dormait, le vieillard rêvait, et le jeune homme regardait.

Il regardait dormir la jeune fille...

Et, par moments, sa prunelle s'incendiait de désirs charnels, en suivant — sous l'étoffe qui les recouvrait — les lignes souples et moelleuses et les contours harmonieux de ce corps qu'il devinait charmant...

Alors, toute sa personne frémissait de passion ; ses tempes battaient la fièvre ; les veines de son front se gonflaient et bleuissaient de sang en rut ; des gouttelettes de sueur roulaient, comme des perles jaunes, le long de ses joues aux tons d'ocre...

Et cette exclamation jaillissait, ardente et sourde, de ses lèvres :

— Comme je l'aime !... Oh ! comme je l'aime !...

Puis, secouant la tête, tandis que sa figure revêtait un caractère de résolution indomptable, il ajoutait entre ses dents :

— Il faudra bien qu'elle m'aime aussi !

Puis encore, le sourcil froncé, la voix sifflante et menaçante, les doigts crispés sur le manche de corne de son couteau :

— Si elle ne m'aime pas, je la tue !

II

L'attention avec laquelle le bohémien couvait, pour ainsi dire, le sommeil de la jeune fille l'empêchait de prêter l'oreille à ce qui se passait aux environs.

On parlait, pourtant, assez haut, non loin de lui.

Il y avait là, autour d'un feu, une demi-douzaine de barbons qu'à leur chef branlant et chenu on reconnaissait pour les anciens de la tribu.

Quelques vieilles femmes, avenantes comme les Furies, étaient mêlées à ce sanhédrin.

Celui-ci paraissait de fort méchante humeur. On y bougonnait franchement. Des voix cassées lançaient d'aigres protestations :

— Les saines traditions s'effacent !...

— Les bonnes mœurs se relâchent !...

— Les lois sont méconnues !...

— Les antiques coutumes se perdent !...

Et, en chœur :

— Où allons-nous, mes frères, où allons-nous ?...

— Par Hermès ! répliqua l'un des pères-conscrits, la

chose n'est pas si difficile à deviner : nous allons à ceci, mes maîtres, que nous devenons peu à peu semblables à ce genre humain qui nous prodigue généreusement un mépris que nous lui rendons avec usure...

Il y eut un grognement de réprobation générale.

— Oui, continua l'orateur, je maintiens que, si nous n'y mettons ordre, on nous obligera bientôt à nous reposer dans un lit, à habiter sous un toit, à respecter le bien d'autrui...

— Oh !...

— A trépasser entre deux draps, comme un marchand douillet ou un bourgeois repu, et à dormir le grand sommeil dans une boîte, sous six pieds de terre, avec une pierre estampillée de cette plaisanterie funéraire : *Bon mouton qui a apporté, de gaieté de cœur, sa laine au tondeur et ses côtelettes au couperet du boucher !*

Cette fois, le grognement se changea en clameur :

— Allons donc !...

— Jamais !...

— Impossible !...

— Personne de nous ne le souffrira !...

— Quand nous devrions faire une révolution !...

Cette clameur s'enfla tellement, qu'elle arriva jusqu'au jeune homme.

Celui-ci détourna le regard de la dormeuse, et, apostrophant l'aréopage avec une irrespectueuse ironie :

— Holà ! s'écria-t-il, vénérables crécelles, vous faites bien du bruit, ce me semble. La langue vous tourne dans la bouche comme si celle-ci avait encore toutes ses dents. Çà, quel grain de rébellion sort-il de votre moulin à paroles ? Expliquez-vous. A qui en ont vos radoteuses seigneuries ?

Un petit vieillard se leva.

Il était comme perdu dans une robe noire, — toge, simarre ou soutane, — qui avait été celle d'un juge, d'un médecin ou d'un prêtre.

La couleur sombre de l'étoffe accentuait encore les tons

1.

de parchemin racorni de sa peau et l'ivoire luisant de son crâne.

Il était à la fois astrologue, pharmacien et manipulateur de pâtes à détruire les rongeurs et d'onguents à guérir les chiens galeux.

Aussi l'appelait-on *le Docteur*.

— A qui nous en avons? fit-il. Tu nous le demandes, fils de Pharam? Comme si ce pouvait être à une autre que celle que vous soutenez sans cesse, toi et ton père, par ce qu'elle vous tient au cœur et par la chair et par le sang...

Yanoz haussa les épaules.

— Vous voulez parler de Diamante?... Voyons, que lui reprochez-vous encore?... Toujours la même chose, je parie : de n'avoir pas cinquante ans de plus et de ressembler à un oiseau de paradis égaré dans un nid de chouettes et de hiboux...

Le bonhomme s'insurgea contre ces railleries :

— Jeune homme, fit-il sévèrement, je vous rappelle aux égards qui sont dus à nos cheveux blancs.

— D'abord, Docteur, vous êtes chauve ! Et puis, vous m'exaspérez tous !... Oui, pardieu ! vous m'exaspérez avec vos doléances sans fin et sans raison !... La reine par ci !... La reine par là !... Comme si elle était coupable de vos rhumatismes, de vos catarrhes et de l'âge qui neige sur vos tignasses dégarnies !...

Cornes du diable ! manquez-vous donc de quelque chose sous son règne ?...

Vos poches sonnent-elles le creux ? Vos flacons tintent-ils le vide ? Votre ventre hurle-t-il misère ?...

Non : vos chiens ont de la pâtée à revendre ; vos marmites sont si pleines que le contenu en soulève le couvercle, et il y a assez de vin dans vos outres pour allumer, comme autant de phares, votre cénacle de nez séculaires !...

— Il est certain, opina l'un des opposants, qu'un affamé se ravitaillerait l'estomac rien qu'en reniflant la fumée de nos alchimies culinaires...

— Alors, de quoi vous plaignez-vous, vertueux Gargajal, éponge insatiable, tonneau sans fond, garde-manger toujours ouvert, et, cependant, jamais rempli ?

Celui qui répondait à ce nom euphonique et à ces qualificatifs flatteurs se leva à son tour.

C'était une sorte de silène, à la trogne fleurie de bubelettes, coiffé d'un morion de gendarme, caparaçonné d'une brigandine — ou cotte de mailles qui descendait jusqu'aux genoux, — et armé d'un tranchelard, d'une écumoire et d'une cuillère à pot.

— Fils de Mani, interrogea-t-il gravement, ces volatiles domestiques, — poulets, dindons, canards, oisons, — qui concourent, en ce moment, à l'élaboration de notre consommé, vous êtes-vous seulement demandé de quelle façon nous nous les sommes procurés ?

Le jeune homme fit un geste d'insouciance.

L'autre poursuivit en piquant ses mots :

— De la façon la plus saugrenue, la plus exorbitante, la plus invraisemblable...

— Hein ?...

— En même temps que la plus contraire à nos habitudes, à nos procédés, à nos principes...

— Comment ?...

— Je vous le donne en dix... Je vous le donne en cent... Je vous le donne en mille...

— Mais encore ?...

Gargajal prit la pose d'un homme profondément humilié, et, s'insurgeant du visage, de la voix et du geste contre l'énormité qu'il allait proférer :

— Eh bien, prononça-t-il avec une amertume mêlée de honte, nous nous les sommes procurés... *en les payant.*

Il avait mis dans ces trois mots tout ce que renferment de révolte et de douleur l'*infandum !* des héros de Virgile et le *proh pudor !* des harangues de Cicéron.

Un murmure monta du sein de l'auguste assemblée.

Gargajal renchérit de mine, d'attitude et de ton indignés :

— Oui, c'est ainsi : *en les payant*... En les payant à beaux deniers aux paysans de San-Pagolo, ce gros bourg où nous avons fait halte hier... Par Mercurius, qui fut le patron des bohémiens de l'ancienne Rome, n'avons-nous donc plus le bras long, la main agile, les doigts crochus ?... Acheter, quand il est si facile de prendre !... Pouah ! le rouge m'en monte aux bajoues, et je m'en sens offensé dans toutes mes pudeurs !...

Et le Docteur appuya, en faisant un mouvement pour se voiler la face avec un pan de sa robe trop large :

— Ce n'est pas Mani, notre austère et défunte souveraine, qui nous aurait jamais réduits à une si dure extrémité, infligé un si rude affront !... Elle avait trop souci de l'honneur professionnel et des talents de ses sujets !... Mais quoi ! sous le nouveau règne, sommes-nous assez déchus des précieuses vertus de nos pères ! Et les os de ceux-ci doivent-ils assez claqueter d'étonnement et de courroux au bout des branches où ils blanchissent, entre ciel et terre, dans l'espace, bercés par l'air libre des nuits et caressés par l'aile sombre des corbeaux !

Il y eut un *tolle* universel et bruyant :

— C'est odieux !

— Avilissant !

— Intolérable !

— Nous prend-on pour des fainéants ?

— Pour des maladroits ?

— Pour des idiots ?

— Pour des chrétiens ?

Car le dieu du vol, le petit dieu *Fur* des Latins, est, à peu près, le seul honoré chez ces incomparables larrons. Il a été, il est encore toute leur religion, toute leur vie. Il a pour eux les entraînements de la passion, de l'art, de la gloire.

Yanoz avait commencé par courber la tête sous cet ouragan de récriminations

Ensuite, avec impatience :

— Quand vous vous époumoneriez jusqu'à demain !... Elle le veut ainsi... C'est la reine !

Il ajouta avec colère :

— Est-ce que je ne me soumets pas à sa volonté, moi, alors qu'elle m'empêche de chatouiller avec la pointe de mon couteau les côtes des galants qui la regardent de trop près ?

— Hé ! glapit une matrone, dont le nez, du plus considérable gabarit, portait à son extrême pointe des lunettes de fer cruellement serrées, hé ! ne m'a-t-elle pas menacée de me livrer aux gens de justice, pour avoir vendu à une riche bourgeoise de la ville voisine une poudre destinée à la débarrasser d'un mari caduc et grognon ?

Il y avait une autre commère, — basse sur jambes, bouffie et bulbeuse, avec une loupe tapissée de poils jaunes entre deux yeux ronds d'épervier, — qui fumait avec le sang-froid d'un flibustier de l'île de la Tortue.

Elle ôta lentement son calumet de sa bouche :

— C'est comme l'autre jour, se mit-elle à conter, dans le jardin de cette villa au revers de la route, cette belle dame qui écoutait les doux propos d'un cavalier, sans s'occuper de la fillette qui jouait à quelques pas d'elle... J'allais escamoter l'enfant : histoire d'apprendre à la mère à mieux veiller sur sa famille... Mais la Diamante m'avait suivie, — et, sur un signe impérieux, j'ai dû remettre à terre la *bambina d'amore* que j'avais commencé à serrer dans mon sac...

Puis, toutes deux, alternativement :

— S'il n'est plus permis d'adopter un chérubin du bon Dieu !...

— Ni de rétablir la paix dans un honnète ménage !...

Entre Wiarda, la mégère aux lunettes, et Baïssa, la sorcière à la loupe, un grand corps était assis, qui flottait dans l'habit d'un garde suisse du Vatican et dont le visage pointu semblait plus blafard encore dans tout ce drap écarlate.

— Sur ma foi, narra-t-il, voici qui est plus fort : c'était hier, à San-Pagolo, lorsque cette petite troupe de voyageurs s'extasiait devant nos exercices...

— Ah ! oui, gronda Yanoz, ces étrangers dont le plus jeune la considérait avec une insolence !... Mille démons !... Si elle ne m'avait arrêté d'un clin d'œil, il y aurait eu des lames et des tripes au soleil !...

— Eh bien ! poursuivit le narrateur, pendant que cet audacieux faisait les doux yeux à la belle, moi je regardais amoureusement une bourse, assez rondelette, qui formait la plus séduisante des saillies sous le velours de son pourpoint...

Or, il paraît que le nerf visuel est doué, chez moi, d'une puissance dont je ne m'étais jamais douté... Car, au bout de quelques minutes, l'escarcelle de notre muguet était passée de sa poche dans la mienne.

— A la bonne heure ! fut-il opiné d'un commun élan.

Et les deux vieilles, avec effusion :

— Horeb, mon mignon, montre-nous la, veux-tu ?

— Quoi ?

— La bourse de ce gentilhomme.

— La bourse ? Impossible ! Je ne l'ai plus !

— Comment ?

— La Diamante avait vu le coup : elle m'a commandé de restituer l'objet...

— Et alors ?...

L'aréopage entier était pendu aux lèvres de l'orateur.

— Alors, j'ai obéi : n'est-elle pas la reine ?

Une rumeur de réprobation gronda :

— Tu as rendu la bourse ?

— Oui.

— Oh !

Ce monosyllabe exprimait à son période le plus aigu l'horreur qu'inspire à d'honnêtes gens l'aveu d'un acte infâme, monstrueux, inouï.

Horeb sourit.

— Attendez donc! Attendez donc! Oui, j'ai rendu la bourse à son propriétaire. Seulement...

— Seulement?...

— Seulement j'avais eu soin de garder les trente pistoles qui étaient dedans.

Il n'y eut qu'un cri :

— Bravo, Horeb!

Le Docteur lui frappa sur l'épaule :

— Voilà qui est d'un vrai fils d'Egypte, déclara-t-il solennellement.

Et Gargajal, lui tapant à l'endroit où ceux qui ont du ventre le placent d'ordinaire :

— Compère, la descendance entière de Ptolaüm te congratule par mon canal... Tu nous réconcilies avec nous-mêmes... Oui, ta généreuse conduite nous réhabilite à nos propres yeux...

Wiarda essuya le verre de ses lunettes qu'obscurcissait un pleur d'attendrissement.

— Le cher trésor! murmura-t-elle. Il a conservé les pistoles! Je ne sais ce qui me retient de l'embrasser!...

— Et moi, je l'embrasse sans barguigner, fit gaillardement Baïssa, qui donna un tour cavalier à la mèche de poils de sa loupe.

Tout n'est pas roses dans le métier de triomphateur. Horeb dut subir l'accolade. Il avait eu la précaution de mettre ses mains sur ses poches.

En ce moment, une voix appela :

— Yanoz!

Cette voix était celle de Pharam.

Le vieillard venait de se lever.

Il s'appuyait sur son bâton de commandement.

Pendant l'échange des propos qui précèdent, rien n'avait bougé dans le camp : les jeunes filles et leurs amoureux ne s'étaient point dérangés de leurs conversations, les joueurs de leurs dés, les dormeurs de leur sommeil.

Mais, au seul mot prononcé par le Pharaon, les joyeux

murmures des causeurs avaient cessé comme par enchantement.

Les dormeurs, les joueurs s'étaient mis sur leurs jambes.

Un religieux silence régnait dans toute la halte.

Seule, la fillette qui reposait sous la tente n'avait point donné signe de vie.

Yanoz s'était empressé de se diriger vers Pharam :

— Que désire mon père ? demanda-t-il avec respect.

— J'attends ici quelqu'un, répondit le vieillard.

— Quelqu'un ?...

— Un homme avec qui j'ai besoin de m'entretenir seul à seul...

— Un homme de notre race ?

Le vieux bohémien demeura silencieux.

— Un chrétien, alors ?

Pharam se retrancha dans le même mutisme.

— Un chrétien ! répéta le jeune homme avec un étonnement hostile.

Ensuite, avec une expression qui dévoilait une malveillance préconçue :

— Serait-ce, par hasard, un de ces étrangers, un de ces voyageurs avec lesquels je vous ai vu converser hier à San-Pagolo ?

Le vieillard le couvrit d'un regard sévère :

— Depuis quand, interrogea-t-il froidement, est-ce la mode, chez nous, que le fils adresse des questions à son père ?

Yanoz baissa la tête en se mordant les lèvres.

Le Pharaon haussa le ton :

— N'y a-t-il point de sentinelle sur la route qui descend vers la plaine ?

— Il y a Mikel, fut-il répondu à la ronde.

— Eh bien, Mikel sera puni s'il s'est endormi à son poste et s'il néglige de signaler l'arrivée du profane qui doit, en cet instant, approcher de ces lieux.

Il n'avait pas achevé, qu'une huée plaintive et perçante,

semblable au cri d'un oiseau de nuit, monta du fond de la vallée.

— C'est bien, fit le vieux chef radouci. Mikel veillait. L'homme approche.

— Un profane !...

Ce mot avait couru parmi les gitanos...

Et il y avait déjà des couteaux ouverts dans toutes les mains...

— Qu'on laisse là les armes ! commanda Pharam.

Il poursuivit :

— Giseph et Polgar, avancez !

Deux robustes zingari sortirent du cercle des auditeurs :

— Qu'ordonne le père ? s'informèrent-ils en se courbant.

— Allez recevoir celui qui vient et servez-lui de guides jusqu'ici... Et, quelles que soient les intentions qui l'amènent, que ce visiteur vous soit sacré, ainsi qu'à tous ceux qui m'entendent !... Car, pour une heure, il est notre hôte.

III

PREMIER VISITEUR

Environ dix minutes plus tard, Polgar et Giseph revenaient.

Ils tenaient chacun par un bras un personnage qu'ils conduisirent au Pharaon.

Celui-ci s'était assis sur une pierre et semblait s'être replongé dans de sérieuses réflexions.

Cependant, au bruit des pas des survenants et des chuchotements de l'assistance, dont le cercle se resserrait avec curiosité, il leva lentement la tête et dévisagea d'un coup d'œil l'individu qu'on lui présentait.

Aussitôt, une violente surprise remplaça sur ses traits l'impassibilité qui faisait de ceux-ci comme un masque de bronze antique.

Il se dressa de toute sa hauteur ; une lueur s'alluma dans le fouillis de ses rides, et sa voix tonna, courroucée et menaçante :

— Ça, quelle est cette plaisanterie ?... Se raillerait-on de moi ici ?... Ou bien est-ce ainsi qu'on exécute mes ordres ?

La galerie regarda avec ébahissement Giseph et Polgar, qui se regardaient avec stupeur.

Le Pharaon continua avec un redoublement de colère :

— Que m'amenez-vous là, ânes bâtés, chiens sans flair, linots sans cervelle ?

— Mais, père, c'est l'étranger qui...

— Père, c'est le visiteur que...

Le vieillard les interrompit avec un tour d'épaules ironique :

— L'étranger ! le visiteur ! oui-dà !... Vous êtes fous ou ivres, mes drilles !... Ce n'est pas là le cavalier, à qui j'ai donné rendez-vous !

— Cependant, balbutia Polgar, c'est lui que nous avons rencontré aux abords de la sentinelle.

— Et c'est lui, bégaya Giseph, qui, lorsque nous lui avons demandé si c'était bien nous qu'il cherchait, nous a suivis sans résistance.

— C'est-à-dire qu'il s'est moqué de vous... Deux *rômes* dupés par un *goï* !... Par Gog et Magog ! quelle misère !...

Goï signifie *chrétien* en argot de bohême.

Les deux gitanos répliquèrent tout honteux :

— Pourtant, père...

— Nous vous assurons...

Pharam frappa l'une contre l'autre ses mains qui rendirent un son de parchemin sec :

— Assez !... Vous serez châtiés de votre incroyable ineptie !... Encore une fois, je ne connais pas cet homme !

— Alors, riposta un organe clair, sonore, jeune et joyeux, permettez-moi, seigneur, de vous le faire connaître !...

Et le personnage, qui était l'objet du débat, fit un pas vers le Pharaon :

C'était un gars à peu près du même âge que le fils du vieux bohémien.

Ses yeux, d'un bleu lumineux ; sa moustache et ses cheveux d'un blond chaud : son teint, qu'on devinait blanc sous le fard du hâle, dénonçaient l'enfant des provinces septentrionales, en même temps que sa taille moyenne, mais bien prise, que ses larges épaules, ses mouvements dégagés, sa physionomie souriante, tout en lui indiquait la santé physique et morale jointe à une certaine insouciance et à une vigueur remarquable.

Il était habillé de drap gris, avec des guêtres de cuir de Hanovre qui montaient jusqu'à son haut-de-chausses ; la casaque et les manches ouvertes, laissant bouffer la chemise ; un grand col rabattu, tout uni, coupé carrément sur la poitrine, et un feutre orné d'une plume de héron.

Certes, ce n'était point là le costume d'un gentilhomme.

Mais notre voyageur en relevait la modestie par la crânerie de sa mine, de sa pose et de ses allures.

Les gens qui cheminent à pied portent, d'ordinaire, leur bagage au bout d'un bâton.

Le nouveau venu avait accroché le sien à la coquille d'une longue épée qu'il tenait posée sur l'épaule, par l'extrémité du fourreau.

Ce bagage se composait uniquement de l'un de ces grands cartons que les écoliers qui apprennent le dessin ont eus, de tout temps, sous le bras en allant suivre les leçons du maître.

L'étranger jeta à ses pieds et ce carton et cette épée, pour se découvrir, avec un geste d'une courtoisie et d'une grâce cavalières, devant le chef des Grands-Scorpions.

— D'abord, dit-il, deux mots d'explication, messire, à cette fin d'innocenter ces pauvres diables, qui ne sont coupables que d'une méprise à laquelle j'ai moi-même aidé sans le savoir...

— Parle et sois bref, fit le vieillard.

— Mon Dieu ! voici toute l'histoire : je suis artiste, pour vous servir...

— Artiste ?...

— Dessinateur, peintre, graveur ! Tout ce qui procède du crayon, du pinceau, du burin ! J'entends que je travaille pour devenir quelqu'un...

Or, toute la journée, j'avais erré dans la montagne, à co-
pier ces lointains, ces torrents, ces arbres égorgés, ces ro-
chers qui ressemblent à des nuages pétrifiés et ces nuages
monstrueux qui ont l'air d'entassements de roches... Car
j'estime que la nature est le meilleur des professeurs. D'autant plus qu'elle ne vous fait pas payer ses leçons...

Le soir vint, et je m'aperçus que j'étais à jeun depuis le
matin...

C'est ainsi : depuis l'aube crevant, je n'avais croqué que
des sites... Des sites superbes, il est vrai ; mais peu nour-
rissants, c'est certain... Mon carton était plein ; mais mon
estomac était vide... Et, à moins de me dévorer moi-même...

Je m'étais donc mis en quête, à défaut d'hôtellerie, de
quelque cabane de pâtre, de charbonnier ou de bûcheron,
où je pusse trouver la pitance et le gîte...

Ce fut juste en ce moment que j'eus la bonne fortune de
me heurter à ces deux messieurs...

L'un d'eux m'adressa cette question :

« — Ne cherchez-vous pas un campement de bohémiens ? »

Des bohémiens !...

Sangodémi ! comme jure l'Arlequin de Bergame, je les
connais et je les aime !...

Je les connais, pour avoir, lors de ma première escapade
du logis paternel, — je n'avais guère que douze ans, —
passé près de six semaines dans une de leurs bandes...

Je les aime, parce qu'ils n'ont pas les qualités et les dé-
fauts de tout le monde ; parce qu'ils sont pittoresques, bizarres, excessifs, beaux à faire peur ou laids à faire plaisir ; parce qu'il y a chez eux, dans l'arrangement du hail-
lon, des mœurs, de la vie, une fantaisie immodérée qui attire mes yeux épris de l'originalité, de l'exorbitant, de l'im-
prévu, — une liberté sans limites qui charme mon esprit
ivre d'indépendance et de vagabondage, — un caprice perpétuel qui sollicite mon crayon dédaigneux du banal, du
classique, du connu...

Et puis, je sais que, si les juifs se prosternèrent jadis devant le veau parce que celui-ci était d'or, les fils d'Egypte, sans mépriser l'or aucunement, s'agenouillent bien plutôt devant ce même symbole lorsque ce dernier tourne à la broche ou lorsqu'il sort de la marmite...

Je sais qu'ils adorent surtout ce que le soleil fertilise, ce que l'eau arrose et fait pousser, ce que le soleil mûrit ou cuit...

Je sais, enfin, que l'on s'accorde à leur attribuer deux vertus essentiellement opposées, mais qu'Alcibiade et plusieurs autres grands hommes ont réunies en eux-mêmes, avant-eux : une admirable faculté de supporter la privation, et une gourmandise, une sensualité effrénées...

Voilà pourquoi j'ai suivi vos compagnons, en laisse de mes goûts — et de mon appétit...

Et maintenant, je vous dis ceci :

« — Avez-vous par là, sous ces couvercles fumants, quelque morceau à partager avec l'hôte que le hasard vous envoie ?... Quand ce serait de la vache enragée !... Mon ordinaire, hélas ! depuis que j'ai quitté la table et la maison de mon père !...

» Vrai Dieu ! je vous serai aussi reconnaissant que si vous me faisiez asseoir devant un festin de Balthazar, de Trymalcion ou de Lucullus !...

» Etes-vous, au contraire, non moins besogneux que moi ?...

» Attablons-nous de compagnie devant la détresse commune. Les voyages et les aventures m'ont appris à me sustenter d'un cran serré au ceinturon. J'ai dîné hier d'une pastèque ; j'ai déjeuné, ce matin, d'une orange ; je souperai, ce soir, d'un verre d'eau, d'une cigarette et d'un air de mandoline...

» Et je m'endormirai gaiement, auprès de l'un de vos feux, avec ma fatigue pour matelas, mes illusions pour traversin, mes espérances pour oreiller, la nuit pour couverture, l'azur pour baldaquin et la lune pour chandelle ! »

. . . .

Toute cette harangue avait été débitée avec une verve et une bonne humeur incroyables.

Il y avait un singulier contraste entre la faconde, pleine de franchise et de rondeur, du nouveau venu ; entre sa figure avenante, où s'étalait, en quelque sorte effrontément, l'insouciance d'une jeunesse sans peur et sans reproche, et le silence farouche, les figures rébarbatives qui formaient autour de lui un cercle dont le Pharaon occupait le centre, trônant sur sa pierre comme le doge de ce sénat, comme le roi de cette pairie, comme le pape de ce conclave.

Le voyageur conclut en frappant sur sa poche, qui ne rendit, du reste, qu'un assez maigre son métallique :

— Aussi bien, j'ai encore là-dedans de quoi payer mon couvert et mon lit à l'hôtellerie de la Belle-Etoile.

Tant d'enjouement avait fini par désarmer une partie des assistants.

Les plus jeunes s'étaient déridés.

Quelques belles filles avaient souri.

Yanoz n'aimait point que les filles eussent des sourires pour d'autres que pour lui :

— Garde ton argent, répliqua-t-il rudement ; ce n'est pas à lui que nous en voulons.

— Et à quoi donc ?

— A ta vie.

L'autre arrondit les yeux avec un naïf étonnement.

— A ma vie ?... Vous plaisantez !... Et pourquoi cela, doux Jésus ?

— Parce que tu es un espion.

— Un espion !... Moi !... Par saint Epvre, qui dit que je suis un espion ?

Cette protestation eut l'éclat d'un coup de trompette.

En même temps, l'étranger avait bondi vers le fils de Pharam...

Polgar et Giseph, qui se tenaient à ses côtés, essayèrent bien de l'arrêter...

Ses bras se détendirent violemment...

Et les deux bohémiens furent lancés à distance comme par le jet d'une catapulte.

Les femmes étaient éblouies : jamais elles n'avaient rien vu de si superbe que le formidable courroux qui pétillait dans les yeux, qui frémissait dans les narines et qui tonnait par la bouche de l'inconnu.

Celui-ci était si terrible de rut, de geste et de visage, que Yanoz recula d'un pas, cherchant à sa ceinture une arme qui lui permît de faire face à l'attaque qui menaçait de le pulvériser.

Mais cette attaque n'eut pas lieu.

En effet, dès que le voyageur eut regardé son adversaire, sa colère s'éteignit comme par enchantement :

— Ne bougez pas ! s'écria-t-il. Vous êtes magnifique ainsi ! La main au couteau, le pied droit en avant, la tête en arrière, le corps arc-bouté sur la jambe gauche... C'est parfait !... Je m'y serais repris à dix fois avant de vous *poser* d'une façon aussi *nature* !...

Il s'assit prestement à terre, ouvrit son carton et en tira une feuille de vélin et un faisceau de crayons :

— Attention !... Je commence... C'est l'affaire de cinq minutes et d'une dizaine de coups de fusain...

Puis, posant le carton sur ses genoux et la feuille sur le carton, il se mit à dessiner, haut la main, à grands traits, avec fougue...

Tout en besognant, il ajouta :

— Soyez tranquille, mon camarade, nous nous expliquerons ensuite.

IV

Le fils de Pharam était resté abasourdi et *déferré*, ainsi que l'on disait alors, par ces paroles et par cette manière d'agir.

Muet, immobile, soupçonneux, il demeurait sur la défensive, en se demandant, avec une incertitude farouche, si le manège de l'étranger n'était pas une ruse de guerre.

Dans l'assistance, on murmurait avec une même stupéfaction :

— Est-ce que ce chrétien n'est pas fou?

Le Pharaon toucha du bout de son bâton l'épaule de ce dernier, désormais tout entier à son travail :

— Jeune homme, prononça-t-il gravement, sois sérieux. Nous sommes tes juges. Tu t'es introduit parmi nous sans motif plausible, avouable. C'est un crime que nos lois punissent de mort. Qu'as-tu à dire pour ta défense?

L'autre ne se dérangea pas de son esquisse :

— Mon digne seigneur, répliqua-t-il, je suis à vous dans

2

un moment... Permettez, seulement, que j'expédie monsieur:
un modèle accompli de sacripant féroce !... Costume et
galbe, tout y est... Non, vrai, je ne retrouverai jamais ces
airs de tigre à qui l'on a marché sur la queue, par mé-
garde, et ce plumeau couronnant un chapeau qui postule
pour servir d'épouvantail aux oiseaux !

Le vieillard l'examina avec attention.

Puis, en a-parté :

— Il est calme. Sa main ne bronche point. C'est un
brave.

Puis encore, d'une voix sévère :

— Ta vie est au bout de tes réponses...

— Eh bien, interrogez, *padre*. Je vous répondrai en tra-
vaillant. De cette façon, chacun de nous arrivera sans retard au terme de sa tâche...

— Ton nom ?

— Jacques Callot.

— Ton âge ?

— Vingt-cinq ans.

— Ton pays ?

— La Lorraine.

— La Lorraine !

Le vieux bohémien avait répété ce mot avec un singulier
accent.

En même temps, une sorte de houle s'était produite
parmi les anciens de la tribu.

Le jeune homme poursuivit sans s'en apercevoir :

— Né natif de Nancy, au coin de la rue Neuve, qui était
ci-devant la Grand-Rue...

— De Nancy ! redirent à la sourdine les membres de l'a-
réopage.

Ils se regardèrent avec une expression étrange.

La physionomie de Pharam s'était assombrie.

— D'où viens-tu ? demanda-t-il après une pause.

— De Bâle, que les Allemands appellent Basel, et de Turin, que les Italiens appellent Torino.

— Où vas-tu?

— A Florence, d'abord ; puis, à Rome.

— Quoi faire?

— Etudier la peinture, si je trouve là-bas quelque maître qui consente — sur ma bonne mine — à faire de moi un grand artiste.

— Ton histoire?

— Oh ! seigneur Dieu ! elle est bien simple : mes parents auraient bien voulu que je succédasse à mon cher et honoré père dans la charge que celui-ci remplissait à la cour de notre souverain, le duc Henri, deuxième du nom...

Moi, au contraire, j'avais soif de mouvement, d'espace, et d'horizons nouveaux...

Je rêvais une vie buissonnière, agitée, bigarrée, déchirée, tourmentée, — mais amusante tout de même...

Je grillais d'être gueux enfin, — et, ma foi, c'est la seule chose à laquelle je sois arrivé jusqu'à présent...

— Chaudière de Lucifer ! interrompit Yanoz, va-t-on prêter longtemps l'oreille au ramage mensonger de ce merle, et m'empêcher de faire de sa peau des boulettes à empoisonner les chiens errants ?

L'irascible gitano piétinait sur place.

Le Lorrain lui adressa un geste de remontrance pacifique :

— Tout beau, mon excellentissime ! Vous aurez plus tard le loisir de m'étriper tout à votre aise... Mais par les saints de mon pays, — qui sont saint Nicolas, saint Epvre, saint Goëric et saint Mansuy, — ayez patience, ne remuez pas, et, en attendant que vous me preniez ma peau, laissez-moi prendre votre tête !

Il allongea — du pouce — une touche rapide sur le papier :

— Heureusement, je vous tiens, et, dans un rien de temps...

Ensuite, se retournant vers Pharam, il poursuivit avec la même placidité :

— Quand je parlais de ce que j'appelais *ma vocation*, mon père se fâchait et ma mère pleurait...

O ma bonne et sainte mère! Combien je me reproche les larmes qu'elle a versées sur moi! Celles qu'elle doit encore répandre!

Et comme il va me falloir peiner pour devenir célèbre, afin de lui rendre en joie et en orgueil ce que je lui ai coûté d'ennuis et de chagrins !...

Mais une puissance irrésistible m'entraînait vers l'Italie, comme l'étoile qui guidait les rois mages vers le berceau du Sauveur...

L'Italie! l'Italie! me criait une voix inconnue : sur les banc de l'école, au milieu des jeux, pendant mon sommeil, et, le dimanche parmi les chants de la messe, la fumée des encensoirs et le soleil rayonnant sur l'autel à travers les vitraux gothiques...

Et toutes les splendeurs de la Ville Eternelle passaient devant moi comme des fées attrayantes...

Les Vierges de Raphaël me souriaient de leur divin sourire et me tendaient leurs bras célestes...

Bref, je m'enfuis, un beau matin, de la maison, et je m'en allai devant moi, riche de l'inexpérience de mes douze ans et de trois petits écus qui se battaient dans ma poche...

J'allais droit, résolument, devant moi, couchant à la ferme ou au cabaret, comme un jeune pèlerin, après avoir dérobé du fruit au voisinage ; me reposant à la fontaine déserte ; priant à tous les calvaires du chemin...

On me rattrapa au pied des Alpes : mon frère aîné, mon frère le procureur, qui me ramena au bercail, en croupe sur le cheval de dame Justice.

Je partis une seconde fois...

On me rattrapa de nouveau : des marchands de Nancy que je rencontrai au seuil de l'une des portes de Rome, alors que mon regard ébloui s'égarait au grand tableau de la grande cité où le soleil, à son couchant, semait une poussière d'or...

« — Ohé ! messire Jacques Callot, où allez-vous ainsi ? »

Les bonnes gens avaient été témoins du chagrin de ma famille...

Ils entreprirent de me reconduire sous bonne escorte au logis paternel...

J'eus beau prier à mains jointes et pleurer de colère...

Il fallut obéir...

Il me fallut revenir en Lorraine, sans avoir aperçu, de la ville de Michel Ange et de Raphaël, autre chose que ses dômes noyés — par-dessus ses murailles — dans la vapeur de l'éloignement...

Un autre eut renoncé à son idée...

Je persévérai dans la mienne...

Ah! dame! c'est que, lorsque je m'y mets, je suis têtu comme un Breton et patient comme un Normand...

J'attendis, je repartis, et me voici : j'ai fini...

J'ai fini mon croquis en même temps que mon récit...

Votre Seigneurie daignera-t-elle accepter le premier en remerciement de l'intérêt qu'elle a paru prendre au second?

.   .   .   .

Jacques Callot s'était levé.

Il tendait à son interlocuteur le papier sur lequel il avait jeté *de chic* et avec une fidélité, un brio de *patte* incroyables, comme nous dirions aujourd'hui, l'héritier du vieux bohémien.

Celui-ci prit machinalement ce véritable portrait et sembla le déchiffrer avec une curiosité instinctive.

Autour de lui, un mouvement se fit. Le cercle des spectateurs se resserra. Des faces basanées, à prunelles d'escarboucles, s'étaient allongées avidement par-dessus l'épaule du vieillard. Puis il y eut un cri général :

— C'est vivant !

Le masque rigide de Pharam s'était éclairé d'une lueur de bienveillance :

— Ton talent, dit-il au Lorrain, plaide ta cause plus éloquemment que le meilleur des avocats.

2.

Et, s'adressant aux membres de l'aréopage :

— Mes frères, poursuivit-il, ne sont-ils pas d'avis que ce jeune homme ne saurait être venu à nous dans de mauvaises intentions ?

Les pères-conscrits se consultèrent du regard...

Puis, le Docteur ouvrit la bouche pour répondre...

En ce moment, le cri d'oiseau, qui était le signal de l'approche d'un étranger, retentit derechef à travers l'espace...

Tout le monde se retourna...

La silhouette d'un cavalier venait d'apparaître au débouché du chemin qui grimpait en zigzags de la plaine sur le plateau.

Nous écrivons *cavalier* à cause des éperons que l'on entendait sonner aux talons de ses grosses bottes de voyage.

Aussi bien, ces éperons et ces bottes étaient à peu près tout ce que l'on apercevait de lui avec le sombrero dont les vastes ailes se rabattaient sur ses sourcils, et l'ample manteau dont le bas était relevé par le fourreau d'une rapière.

Ce personnage, — qui avait dû abandonner sa monture aux mains du gitano placé en sentinelle à l'endroit où la route était impraticable, pour tout autre que pour un piéton, — ce personnage, disons-nous, avait fait halte à l'orifice de cette route et semblait chercher, de l'œil, quelqu'un, à la clarté falotte des feux que l'on avait négligé d'entretenir depuis l'arrivée du Lorrain et dont la flamme allait mourant.

— Ranimez les foyers, enjoignit Pharam.

Le campement se ralluma brusquement.

Une brassée de sarments avait été jetée sur les tisons dont l'agonie fumait aux pieds du vieillard.

La flamme se raviva aussitôt, éclairant le visage du Pharaon, sur lequel elle marqua avec brutalité le contraste d'ombre et de lumière.

Ce visage avait repris son enveloppe impénétrable et morne

Le cavalier avait reconnu de loin celui à qui il avait affaire.

Il se hâta de marcher à lui, et, touchant légèrement les bords de son chapeau :

— Salut, s'écria t-il, doyen de la tribu des Grands-Scorpions.

Le vieillard inclina gravement la tête :

— Salut, baron Christian de Sierk, répondit-il sur le même ton un peu hautain.

Le nouveau venu tressaillit :

— Ah! ah! murmura-t-il, il paraît que je suis connu ici...

— Messire, repartit le bohémien, n'ai-je pas entendu hier vos compagnons et leurs valets vous donner ce nom et ce titre ?

Il y eut un instant de silence.

Ensuite, le gentilhomme reprit :

— Tu n'as pas oublié, mon maître, que nous avons à nous entretenir seul à seul...

— Je ne l'ai pas oublié, messire.

Puis, étendant la main vers Jacques Callot :

— Emmenez ce jeune homme, ordonna le Pharaon ; il sera statué tout à l'heure sur son sort.

Puis encore, élevant la voix et s'adressant au reste de la tribu d'une façon qui ne souffrait aucune réplique :

— Vous autres, tirez-vous à l'écart ! Et que toutes les oreilles soient sourdes, comme tous les yeux aveugles, toutes les langues muettes et toutes les armes au repos !

.   .   .   .

On avait obéi.

Callot avait été emmené.

On l'avait relégué dans une sorte de grotte, devant l'ouverture de laquelle Yanoz, son arquebuse au bras, se promenait avec une rancune rageuse.

Le gitano ne s'en rapportait qu'à lui-même du soin de garder le prisonnier et de l'empêcher de s'enfuir.

Ses compagnons mâles et femelles se tenaient désormais à une distance respectueuse de leur chef.

Ce dernier donnait audience au nouveau venu, assis en face de lui sur un quartier de roc.

Or, avant de leur apprendre l'objet et le but de cette audience, il est de toute nécessité que nous indiquions à nos lecteurs à la suite de quelles circonstances celle-ci avait été demandée par le gentilhomme et accordée par le bohémien.

A cette fin, nous les prierons de faire un pas en arrière, de se reporter avec nous au soir de la journée qui a précédé la nuit dont nous suivons le cours, et de déboucher — en croupe d'une petite troupe de cavaliers — sur la place de San-Pagolo, gros bourg placé en équerre sur la route de Florence, entre l'Apennin et l'Arno, comme une sentinelle avancée entre la plaine et la montagne.

V

ALTESSE ET BALLERINE

Figurez-vous la véritable *piazzetta* italienne, avec ses maisons blanches drapées de treilles, son église pointant le jet de son campanile élancé vers le ciel dont pas un nuage ne pommelait l'implacable azur, et, en face de l'église, son unique auberge, l'*Osteria* du *Corpo Santo*, dont la terrasse, encapuchonnée de vigne folle, s'élevait d'une douzaine de marches au-dessus du pavé de mosaïque.

C'était cette place qu'avait à traverser la petite troupe dont nous venons de parler.

Celle-ci se composait de quatre gentilshommes et d'autant de laquais, — tous supérieurement montés et armés jusqu'aux dents, ainsi qu'il convenait à une époque où, eu égard au peu de sécurité des grands chemins, la moindre excursion prenait le caractère d'une réelle expédition.

Un de ces gentilshommes marchait d'une longueur de cheval en avant des trois autres, derrière lesquels, à même distance, s'avançaient les quatre valets.

Il semblait être ainsi le chef de cette chevauchée de voyageurs.

Il en était, pourtant, le plus jeune.

Il n'avait, en effet, guère plus de dix-huit ans, quoiqu'il en parût davantage à cause de sa tête un peu forte et de ses traits gros et heurtés.

Ses cheveux blonds tombaient en boucles fournies sur l'acier de son colletin.

Car, ainsi que ses compagnons, il portait une tenue de voyage qui ressemblait singulièrement à un équipage de campagne : le feutre doublé d'une coiffe de mailles, le court manteau militaire, le pourpoint et les hautes bottes de buffle, les chausses garnies de cuir dans l'entre-jambes, l'épée au baudrier, la dague à la ceinture et, dans les fontes de la selle, ces *pistoles avec pierre à feu*, — premier essai du pistolet à pierre, auquel bien des gens de guerre préféraient encore, à tort, les armes à rouet et à mèche.

Des trois autres cavaliers, deux étaient de jeunes et beaux garçons à la mine avenante et discrète.

Le dernier avait dépassé la trentaine.

Ses tempes dégarnies et semées d'innombrables rides ténues indiquaient qu'il avait vécu dans la fournaise des passions.

Sa paupière s'abaissait sur ses yeux d'un gris froid, comme une toile de théâtre retombe sur une scène muette et cependant peuplée de choses indistinctes.

Sous sa moustache d'un roux ardent, sa bouche ne cessait point de sourire, — une bouche de courtisan, — souple, habile, persuasive, mielleuse...

Mais le sourire était un masque, comme la paupière était un rideau...

Et, derrière celui-ci et celui-là, on devinait que ce courtisan était un homme d'imagination et d'action extrêmes, — capable à la fois de tramer un coup d'Etat, un coup de main comme de Luynes, et de l'exécuter comme Vitry.

. . . .

En d'autres temps, cette cavalcade n'eût point manqué d'attirer dehors toute la population de San-Pagolo.

Mais celle-ci, était, pour l'instant, occupée à s'extasier devant un spectacle, qui, d'ores et déjà, l'avait fait sortir tumultueusement du logis, et, hommes, femmes, enfants, vieillards, la tenait tout entière massée — entre l'hôtellerie et l'église — en un cercle compacte, muet et ébahi.

Ce cercle obstruait le passage.

Nos voyageurs vinrent s'y heurter, et force leur fut de s'arrêter devant ce mur de dos de tous âges, de tous sexes et de toutes conditions.

Cela ne fit point le compte de celui des cavaliers qui précédait les autres :

— Holà ! Christian, s'écria-t-il avec colère, voyez donc un peu ce qui empêche ces marauds de se déranger, lorsque des gens de qualité leur font l'honneur de traverser leur taupinière, et avisez à nous ouvrir un chemin à coups de houssine.

Le gentilhomme à la moustache rousse se dressa sur les étriers, et, après avoir regardé par dessus la muraille vivante :

— Altesse, répondit-il, c'est une jeune fille qui danse...

— Une jeune fille ?...

— Une bohémienne, je crois...

Les deux autres cavaliers avaient imité leur compagnon :.

— Le baron a raison, dit l'un ; c'est une Egyptiaque fort accorte, ma foi...

— Et vive comme un oiseau, fit l'autre.

— Corbacque ! c'est ce dont il s'agit de s'assurer, reprit celui qui avait parlé le premier ; et gare à cette sauterelle, si elle ne se trémousse pas tout simplement comme la déesse Terpsychore en personne !... Nous causer un pareil retard !.. A nous que duc Cosme II attend, demain matin, à Florence !...

Et, sans se soucier des pauvres diables qu'il bousculait et de l'émeute de cris, de gémissements, d'imprécations qu'il soulevait, il poussa brusquement sa monture dans la co-

hue, troua violemment celle-ci et arriva au premier rang
des spectateurs.

Dans un espace circulaire laissé vide par ces derniers,
c'était, en effet, une gitana qui dansait.

Elle dansait au son d'une guzla, dont un grand escogriffe,
théâtralement planté, grattait les cordes avec ardeur, tandis
qu'une douzaine d'autres zingares, assises sur leurs talons
autour de lui, bourdonnaient à bouche close une mélopée
bizarre, scandée par les claquements de leurs mains sèches
comme des palettes de buis.

Un peu à l'écart de ce groupe, un vieillard, appuyé sur
un long bâton blanc, surveillait avec une paternelle sollici-
tude toutes les évolutions de la ballerine.

Celle-ci piaffait, bondissait, tourbillonnait à la surface d'un
tapis de Perse jeté sur le pavé.

Sa figure rayonnait. Ses yeux lançaient des éclairs. Tantôt, elle se balançait sur place avec des ondulations volup-
tueuses et de chastes abandons...

Tantôt, elle s'élevait, elle planait, elle volait, — les bras
harmonieusement arrondis au-dessus de sa tête comme les
deux anses d'une amphore, — agitant en cadence les son-
nailles d'un tambour de basque et en martelant la peau de
coups destinés à rythmer le chœur assourdi de ses compagnes...

Tantôt, elle retombait, ainsi qu'une flèche sur son fer,
sur la pointe de son pied mignon.

On avait peine à la suivre de l'œil, tellement ses mouvements étaient prestes sans cesser d'être gracieux.

Assurément, elle eût marché sur la corolle des margue-
rites sans en faire tomber la rosée.

Ses cheveux, dénoués, formaient comme une vapeur d'or
autour de son aérienne beauté, et les paillettes d'argent, qui
ruisselaient sur son corsage et sur sa jupe, tremblaient
dans un fourmillement perpétuel comme une eau agitée où
se reflète la lune.

Dans l'assistance, tous les regards étaient fixes, toutes les bouches étaient ouvertes.

Mais nul ne se montrait plus fasciné par cette chorégraphie en dehors de toutes les règles que celui des quatre voyageurs que ses compagnons avaient salué du titre d'*altesse*.

Celui-là semblait se demander si cette jeune fille était un être humain ou une fée, une nymphe ou un ange, une créature naturelle ou une éblouissante apparition.

A la fin, cependant, celle-ci s'arrêta.

Alors, il n'y eut qu'un cri dans la foule en délire :

— *E viva la ballerina !*

Et, de toutes les mains, les baïoques commencèrent à pleuvoir sur le tapis, autour d'elle.

Elle remercia du geste et du sourire.

Puis, laissant ses compagnes ramasser les pièces de monnaie, — sans lassitude comme sans joie apparente, — ainsi qu'une grande dame après une sarabande ou une pavane cérémonieuse, elle s'en fut rejoindre le vieillard, dont elle prit le bras avec une familiarité cordiale.

Le jeune gentilhomme avait tiré de sa poche une poignée de ducatons :

— Hé ! la belle, fit-il, à toi !

La magnificence de l'aubaine ne parut point impressionner la zingara outre mesure.

Elle se contenta de remettre le tambour de basque au joueur de guzla, en lui faisant signe de le présenter au voyageur.

Ceci ne satisfit qu'à demi ce dernier.

Il brûlait d'entendre la voix de la divine créature.

— Ça, *piccolina*, reprit-il, as-tu déjà fini tes exercices et ne sais-tu pas autre chose capable de nous divertir ?

— Seigneur, répondit la gitane, je sais jongler avec des boules de cuivre, des anneaux de fer et des poignards.

— Après ?

— Je sais pareillement chanter des *canzone* d'Italie, des

3

séguidilles d'Espagne, des ballades d'Allemagne et des bergerettes de France.

— Ensuite ?

— Je sais, enfin, prédire l'avenir par l'inspection des mains et le langage des cartes.

L'adolescent éclata de rire :

— En d'autres termes, tu sais dire la bonne aventure... Eh bien, soit, ma jolie sorcière... Va pour le langage des cartes !

La bohémienne demanda :

— Votre Seigneurie voudrait-elle les consulter sur cette place ?

Le gentilhomme réfléchit un moment.

Puis, avisant l'*osteria* du *Corpo Santo :*

— Non, point devant tous ces badauds... Vois-tu cette hôtellerie, ma mie ?... Viens nous y rejoindre dans vingt minutes... Et si je suis aussi content de ton talent de devineresse que du pas dont tu nous as régalés tout à l'heure, je jure Dieu que tu ne te plaindras pas d'avoir dépensé ta soirée en pure perte...

Puis encore, se tournant vers ses compagnons :

— *Avanti*, messieurs, *avanti !...* Voici une demeure dont la mine hospitalière se recommande à notre appétit et sollicite nos faveurs... Ah çà ! est-ce que vous ne vous sentez pas, comme moi, le gosier aussi sec qu'une pierre de mousquet et le ventre plus vide qu'une bourse de poète ?

L'un de ceux à qui il s'adressait questionna :

— Votre Altesse aurait-elle, par hasard, l'intention de passer la nuit dans cette auberge ?

— Pourquoi non, monsieur de Chalabre, si le souper y est passable, si le gîte m'y paraît possible, et si j'ai chance d'y rencontrer quelque aventure qui me délasse de la longue traite que j'ai fournie depuis ce matin ?

— C'est que, fit observer un autre voyageur, monseigneur nous disait, il n'y a qu'un instant, que nous sommes impatiemment attendus à Florence...

— Eh bien, mon cher de Brionne, mon oncle par alliance
le duc Cosme II attendra... Les Médicis ne sont que des marchands, après tout... Le beau malheur, quand un descendant de Charlemagne leur ferait faire le pied de grue !

Le quatrième cavalier ne s'était point mêlé à cette conversation.

Pendant tout le temps que Son Altesse s'était absorbée
dans la contemplation de la ballerine, il n'avait pas cessé
d'examiner le vieux bohémien qui se tenait non loin de la
grappe des chanteurs.

Il le regardait encore, quand « monseigneur » éleva la
voix :

— Christian, précédez-nous et faites votre office de maréchal de nos logis.

MM. de Chalabre et de Brionne appuyèrent :

— Allons, baron !

— Allons, monsieur de Sierk !

— A l'instant, Altesse ; à l'instant, messieurs.

Et Christian, baron de Sierk, se dirigea vers l'hôtellerie
en murmurant :

— Ou je m'abuse fort, ou cette tête blanche est le Pharam
que j'ai rencontré, il y a dix ans... Il faudrait que j'en fusse
certain... Et, dans ce cas...

Son sourire ordinaire avait disparu. Sa lèvre était devenue sérieuse. Son œil voilé s'entr'ouvrit pour laisser filtrer
un mauvais regard :

— Dans ce cas, reprit-il, prince Charles de Vaudémont,
le maréchal de vos logis pourrait peut-être, à la place des
vôtres, préparer les siens, à Nancy, dans le palais ducal
de Gérard d'Alsace et de René d'Anjou.

.   .   .   .

Cependant, le joueur de guzla s'était approché de la dan-
seuse :

— Ah çà ! interrogea-t-il à voix basse, est-ce que tu vas
vraiment te rendre à l'invitation de ce godelureau ?

La jeune fille garda un dédaigneux silence.

L'autre insista avec une irritation à peine contenue :

— Tu n'iras pas !... Non, par l'enfer !... Il ne faut pas que tu y ailles !

Puis, apostrophant le vieillard qui accompagnait la gitane :

— Mon père, dites-lui donc qu'elle aurait tort d'y aller !

Le vieux bohémien le couvrit d'un regard qui coupait court à toute réplique :

— Mon fils, questionna-t-il froidement, est-ce entre vos mains que Mani a remis le fouet à manche d'ébène et le sifflet d'argent ? Il n'y a ici de volonté que la volonté de la reine. Ne l'oubliez pas désormais.

— Merci, père, fit la ballerine.

Elle ajouta avec tendresse :

— Vous ne me quitterez point, n'est-ce pas ?...

— Si tu le désires, mon enfant...

— Je vous en prie : n'êtes-vous pas le conseiller, le protecteur et le bras droit d'une royauté à laquelle je me serais sûrement dérobée, si je n'avais cru devoir obéir aux derniers vœux d'une mourante ?

Ensuite, avec un air, un ton et un geste d'autorité :

— Où est le reste de nos frères ?

— Dans le reste du village sans doute, ainsi que dans les hameaux, dans les fermes des environs.

— Qu'ils regagnent au plus tôt l'endroit que vous avez désigné pour y passer la nuit.

Elle appuya en regardant fixement le joueur de guzla et les autres zingares :

— Et, surtout, que rien ne soit dérobé aux braves gens de ce pays ! Pas une poule, pas un fruit, pas un fétu de paille ! Que tout ce dont nous pourrons avoir besoin pour le souper, pour le coucher, tant pour les hommes que pour les bêtes, y soit acheté au prix marchand et payé sa juste valeur.

Puis, avec une gaieté ironique :

— La recette d'aujourd'hui a été assez bonne pour nous permettre d'être honnêtes une pauvre fois par hasard.

VI

HOROSCOPES ET RENDEZ-VOUS

Quelques minutes plus tard, — les chevaux ayant été
dessellés et conduits à l'écurie par leurs valets et par ceux
du *Corpo-Santo*, — nos quatre voyageurs s'étaient assis sur
la terrasse de l'hôtellerie, devant une table chargée de tout
ce qui forme le fond de la cuisine italienne : volaille frite à
l'huile, ragoût de chevreau aux tomates, mortadelle et sau-
cisson de Bologne, *lasagne, ravioli, macaroni di grano duro,*
— trois sortes de pâtes chères aux palais d'outre monts, —
sans oublier les vins capiteux de Sicile et de Naples, dans
les fiasques au long col, empaillées et ventrues.

La route avait aiguisé les dents des convives.

Aussi firent-ils honneur au repas, qu'ils ne négligèrent
point, du reste, d'arroser de fréquentes et copieuses rasades.

Aux fromages et aux fruits, celui que ses compagnons
traitaient avec une respectueuse déférence paraissait légèrement échauffé.

— Surtout, messieurs, s'ingéniait-il à répéter, souvenez-
vous que je ne suis ici que messire Charles... *Messire Char-*

les, vous entendez : un simple gentilhomme comme vous...
Je suis curieux de savoir si cette sibylle foraine déchiffrera
sous mon incognito mon nom, mon rang et ma naissance.

Puis, après un nouveau verre de vin de Syracuse :

— Elle est charmante, n'est-il pas vrai ?... Le velours et
les dentelles iraient merveilleusement à ses épaules... Et
des mains faites pour la manœuvre de l'éventail comme des
pieds pour la caresse des tapis les plus moelleux !...

— Votre Altesse la trouve plus belle que la reine Anne
d'Autriche ? demanda M. de Chalabre.

— Et que madame la connétable ? questionna M. de
Brionne.

— C'est une autre forme de beauté... Or, la beauté sous
toutes ses formes a des prises irrésistibles sur mon cerveau... D'abord, celle-ci possède les cheveux du soleil...

— Hé ! monseigneur, est-ce que l'Infante n'est pas blonde ?

— Et blonde aussi, la séduisante Marie de Rohan ?

Son Altesse éclata de rire :

— Du diable, si je m'en souviens ! Elles sont si loin de
moi ! .. Les absentes ont tort !

Les deux jeunes gens firent chorus.

Monseigneur poursuivit avec la même gaieté :

— Cette sirène de Bohême m'a conquis d'un regard. Elle
m'attire comme la lutte. Elle me subjugue comme l'inconnu...

— Bon ! prince, vous voilà parti !...

— Et j'arriverai, vive Dieu !... C'est un oiseau, avez-vous
dit... Eh bien, je serai l'oiseleur...

— Humph ! fit M. de Chalabre, si le comte François de
Vaudémont vous entendait parler ainsi...

M. de Brionne appuya :

— Et, avec lui, la princesse Nicole, votre noble et douce
fiancée...

Le jouvenceau fronça le sourcil d'une façon tout olym-
pienne :

— Messieurs, prononça-t-il gravement, vous n'avez jamais que des choses désagréables à me rappeler.

Puis, comme ses deux interlocuteurs ouvraient la bouche pour protester :

— Assez, de grâce, sur ce chapitre ! Assez sur mon honoré père et sur mon austère cousine ! Comme je voyage pour mon plaisir, je fais tout ce qui est en mon pouvoir pour oublier les trente-six vertus de l'une et les trente-six sermons de l'autre.

Le coude sur la nappe, Christian de Sierk songeait :

— Il faut que je retrouve ce bohémien. Il faut que je l'interroge au plus tôt... Il faut que cette fille, qui va venir, me fournisse sur l'heure le moyen de changer mes doutes en certitudes...

Messire Charles lui frappa brusquement sur l'épaule :

— Holà ! baron, tu nous négliges et tu te négliges !...

— Moi, monseigneur ?...

— Tu manges du bout des dents ! Tu bois du bout des lèvres ! Tu restes là planté comme une triple statue de la Réflexion, de la Sobriété et du Silence !.. Çà, méditerais-tu quelque crime ?... Ou tramerais-tu de me frustrer de l'héritage de mon oncle le duc Henri, en me soufflant la main de sa fille ?

Le prince, sans le savoir, avait-il touché juste ?

Toujours est-il que, si maître qu'il fût de lui-même, M. de Sierk ne put se défendre d'un embarras momentané :

— Prince, balbutia-t-il, je pensais...

Il se fût arrêté, ne sachant quoi ajouter si l'autre ne l'eût interrompu par un nouvel accès d'hilarité :

— Hé ! compères, regardez-moi cette figure de conspirateur !... Ne dirait-on pas de Judas Iscariote à la table de Notre-Seigneur ?... D'honneur ! on le pendrait sur la mine !

Le baron avait jeté un regard au dehors, — et son sourire habituel était revenu sous sa moustache :

— Altesse, reprit-il, — sans hésitation cette fois, — je pensais que voici la jolie magicienne aux sorcelleries de laquelle il vous a plu de faire appel.

Il ajouta en *aparté* :

— Le vieillard de tout à l'heure l'accompagne... **Allons, on a raison de** prétendre que la fortune est la fille du hasard... Car la voici qui vient à moi, en pendeloque **au bras de son père.**

C'était, en effet, la ballerine.

Le vieux bohémien marchait à ses côtés.

Seulement, celui-ci demeura au bas de l'escalier, dont la jeune fille gravit les marches avec une légèreté gracieuse.

Pour l'attendre, le vieillard s'adossa, dans une pose méditative, à l'un des piliers enguirlandés de pampres, qui soutenaient la terrasse.

La ballerine, cependant, s'inclinait devant les convives avec une dignité que n'eussent point reniée une grande dame de la cour de France, une dona de la cour d'Espagne et une lady de la cour d'Angleterre.

Et, interpellant personnellement messire Charles :

— Seigneur, annonça-t-elle, me voici à vos ordres.

— Pourquoi, questionna le jeune homme, t'adresses-tu plutôt à moi qu'à l'un de mes trois compagnons ?

— Parce que je sais que c'est vous qui commandez ici.

— Vraiment ?... Tu sais cela ?... Et qui te l'a appris ?

— L'habitude que j'ai de commander moi-même.

— Toi, ma gentille mécréante ?

— Une mécréante ? Oh ! que non pas ! repartit vivement la jeune fille. Je ne suis point de race idolâtre. On m'a baptisée. Je suis chrétienne.

Elle ajouta avec fierté :

— Je suis, en outre, la reine de la tribu qui m'a adoptée.

— Ah !

— La tribu des Grands-Scorpions.

Son interlocuteur la salua avec un respect affecté :

— Royauté piquante, s'il en fut... Mes compliments à Votre Majesté... Régner est toujours chose enviable : même sur un peuple de reptiles !

Christian de Sierk, qui écoutait avec attention, murmura :

— Chrétienne !... Adoptée !... C'est elle !... Ce doit être elle !

La gitana avait plissé ses lèvres :

— Avec la permission de Votre Seigneurie, reprit-elle, j'oserai rappeler à la noble compagnie que je suis venue ici pour faire mon métier...

— Ah ! oui, dit M. de Chalabre, ton métier de cabale et de magie...

— Est-ce que tu. lis véritablement dans l'avenir ? demanda, de son ,côté, M. de Brionne.

— Avec l'aide de Dieu, oui, messire, quelquefois.

— Alors tu pourrais nous tirer notre horoscope ?

— J'essaierai, si c'est votre désir.

— Cordieu ! fit messire Charles, c'est notre désir à tous. Commence donc par mes compagnons. Car le destin doit être médiocrement soucieux des lois de l'étiquette et de la préséance.

La jeune fille se tourna vers MM. de Brionne et de Chalabre :

— Voulez-vous, leur demanda-t-elle, me donner chacun la main droite ?

— Volontiers.

Elle examina rapidement les deux mains qu'on lui présentait.

Puis, souriant aux deux cavaliers :

— Vous êtes gentilshommes et soldats, et vous mènerez l'existence des gentilshommes et des soldats.... Une existence partagée entre les hasards de la guerre, les bonnes grâces des dames de la cour et les faveurs de votre prince... Voilà, en vérité, messires, tout ce que j'ai à vous annoncer.

3.

— Merci, la belle enfant! firent d'un commun accord les
deux jeunes gens enchantés.

Messire Charles se tourna vers M. de Sierk.

— A ton tour, maintenant, baron! s'écria-t-il. Corbacque! je grille de savoir comment finira un paillard de ton
espèce, et si ce sera dans un tonneau de malvoisie, comme
Clarence, du mal napolitain, comme François Ier, ou sur la
croix, comme le larron Barrabas.

— Votre Altesse a toujours la plaisanterie charmante, dit
le gentilhomme froidement.

Ensuite, secouant la tête :

— Seulement, je déclare d'ores et déjà que je n'ai en ces
momeries qu'une foi médiocre.

— Bon! répliqua le jouvenceau, exécute-toi, nonobstant!
La sorcière ne te mangera pas. Elle a une bouche trop mignonne!

M. de Sierk tendit la main :

— Comment diable, demanda-t-il à la zingare, peux-tu
lire sur la peau d'un homme le secret de sa destinée?.

— Oh! bien facilement, messire : par exemple, c'est mon
secret, à moi!

— Eh bien, voyons-le, ce secret ?

— Messire, si je vous le confie, ce ne sera plus mon
secret.

— Tu as raison : garde-le : mais dépêche-toi ; j'ai hâte
d'en finir avec ces sortilèges.

La jeune fille regarda la main.

Puis, d'un ton lent et grave :

— N'est pas riche et puissant qui veut, mon gentilhomme;
et, pourtant, il y a des gens qui veulent bien fort, — si fort,
qu'ils font tout pour la richesse et la puissance, au risque
de la honte et de la hart !

Le baron se mordit les lèvres :

— Oh! oh! questionna-t-il, où prends-tu tout cela ?

— Dans votre passé et dans votre avenir, messire.

Christian haussa les épaules :

— Mon passé est chose morte, ma fille, et je m'en soucie comme d'une vieille lune.... Pour l'avenir, c'est différent. Que lis-tu dans mon avenir?

— J'y lis, poursuivit la devineresse sur le même mode solennel, j'y lis que vous êtes ambitieux et que vous brûlez de reconquérir tout ce que vous avez perdu, — plus même que vous n'avez perdu....

J'y lis encore que rien ne vous coûtera pour atteindre ce but : ni la violence, ni la ruse, ni la vie, ni le malheur des autres...

J'y lis, enfin, qu'en ce moment vous échafaudez un projet, vous creusez sourdement une mine dont les mystérieuses profondeurs échappent à ma pénétration...

— Et ce projet réussira-t-il ? interrogea Christian avec avidité.

La jeune fille parut se recueillir un instant, la tête penchée sur la poitrine, les bras pendants, le corps agité par un tremblement convulsif.

Ensuite, d'une voix qu'une indicible émotion affaiblissait, voilait, assombrissait :

— Oui, il réussira... Mais à quel prix, mon Dieu !.. Un pauvre cœur brisé... Celui d'une innocente créature...

Il est connu que les gens qui vivent de la superstition sont, la plupart du temps, non moins superstitieux que leurs dupes :

Ils exploitent une tromperie qui les trompe eux-mêmes...

La bohémienne croyait fermement et sincèrement à son pouvoir prophétique.

Aussi avait-elle lâché avec une espèce d'épouvante la main de M. de Sierk et considérait-elle celui-ci avec une sorte d'horreur.

Le baron, par contre, palpitait d'une joie qu'il s'efforçait en vain de réprimer.

— Ainsi, reprit-il après une pause : ainsi, je triompherai

des obstacles qui m'ont arrêté jusqu'ici sur le chemin du succès et de la fortune ?

— J'en ai vu le signe infaillible dans les lignes de votre main.

— Et crois-tu que ce sera bientôt, que j'en arriverai à mes fins ?

— Trop tôt, hélas ! pour ceux qui auront à en souffrir.

— Dans quelques années ?... Dans quelques mois ?... Dans quelques jours ?...

— Messire, je puis annoncer le résultat des événements, mais non hâter leur marche ni préciser leur date.

— En tout cas, aurai-je beaucoup de peine à obtenir ce résultat ?

— Moins que vous n'en causerez aux autres.

Le gentilhomme fit un premier geste que signifiait : *Que m'importe !* et un second qui coupait court à l'entretien.

Mais la gitana, dont l'accent devint farouche :

— Attendez ; je n'ai pas terminé ..

— Bah !...

— J'ai encore lu autre chose dans le livre de la fatalité....

— Et quoi donc ?...

— Avec les pages mouillées de larmes, j'y ai vu des feuillets rouges de sang...

— Du sang ?...

— Le vôtre !

Christian pâlit :

— Le mien !

Elle appuya.

— Prenez garde !

Le baron eut un court frisson :

— Oh ! oh ! murmura-t-il, tu plaisantes, j'imagine ?

Elle répéta :

— Prenez garde ! Qui commence par le poignard finit quelquefois par l'épée.

— Qu'est-ce à dire, corneille maudite ?

— Je dis que le destin est mon maître, que c'est lui qui rend ses arrêts par ma bouche, et que je suis de bonne foi quand on exige que je l'interroge et que je me fasse l'interprète de ses réponses... La ligne de vie s'interrompt chez vous d'une façon violente... Encore une fois, prenez garde !

Le sourire de M. de Sierk s'était changé en grimace...

Mais, s'ingéniant à dominer la colère et la terreur qui s'emparaient de lui :

— Des menaces ! railla-t-il. Bravo ! Ah çà ! race de Belzébuth, aurais-tu donc la prétention d'intimider un gentilhomme ?

— Ni de vous effrayer, ni vous détourner de l'accomplissement de vos volontés : ceci n'est point en mon pouvoir...

Mais je vous réitère que je suis de bonne foi...

Tenez, quand, il n'y a qu'un instant, je vous ai parlé de l'innocente créature à qui vous volerez son bonheur, j'ai senti mon cœur tressauter dans ma poitrine comme si c'était moi qui devais être cette victime de vos projets...

Et, maintenant, c'est avec la plus entière, la plus intime conviction, que je vous annonce de nouveau que vous mourrez de mort sanglante...

Car à qui mal veut mal arrive...

— Malpeste ! s'exclama messire Charles, qui, avec les deux autres voyageurs, avait attentivement suivi de l'œil et de l'oreille cette séance de chiromancie ; malpeste ! voilà un horoscope qui n'est point d'une gaieté folle ! Et, si ce qu'il affirme est vrai, m'est avis, mon pauvre baron, que tu n'auras pas volé le coup d'estoc ou de taille qui fera justice de tes méfaits !...

Le gentilhomme tordait sa moustache avec un mouvement fébrile :

— Pardieu ! répliqua-t-il avec un rire nerveux, la donzelle s'est moquée de moi... Un sot badinage, monseigneur !...Qui mériterait qu'on envoyât cette parpaillotte servir de fagot au bûcher !

— Tout beau ! Comme tu y vas ! protesta monseigneur.

Passe encore si elle était vieille, laide et cornue !... Au demeurant, de quoi te plains-tu ?... Ne nous as-tu pas avertis,
tout à l'heure, que tu ne croyais pas à un seul mot de ces
diableries ?

— Votre Altesse y croit donc? questionna de Sierk
aigrement.

— Ma foi, mon cher, j'ai vu, quoique bien jeune, tant de
prédictions manquer et tant d'autres s'accomplir, que je te
répondrai comme Montaigne : *Que sais-je !...* Du reste, je
vais tenter l'expérience... Et, si ce que l'on me pronostique
se réalise, fût-ce un trépas désagréable, je finirai par me
convertir au culte d'Hermès Trismégiste.

Et le jouvenceau ajouta, avec l'insouciance de son âge :

— Il est vrai, par exemple, que ce sera un peu tard.

Le baron s'était levé :

—A votre aise, monseigneur. En attendant, je demanderai
à Votre Altesse la permission de m'absenter quelques instants. Ne faut-il pas que je m'assure si nos chevaux ont la
litière et la provende suffisantes, si l'on a pris soin de nos
valets comme il convient, et si l'on nous a préparé des
chambres à peu près présentables ?

Messire Charles le salua familièrement de la main :

— Allez. Nous vous donnons congé. N'êtes-vous point,
pendant ce voyage, le fourrier de nos quartiers et le grand-
maître de notre maison ?

Puis, apostrophant la jeune fille avec un redoublement
de belle humeur :

— A présent, à nous deux, séduisante pythonisse !

. . . .
. . . .

M. de Sierk descendit rapidement l'escalier de la terrasse.

Mais il ne se dirigea pas, de prime abord, vers les com-
muns de l'hôtellerie.

Il s'arrêta devant le vieux bohémien qui se tenait au bas
des marches, dans une immobilité de statue.

— Tu te nommes Pharam, lui dit-il, et tu es l'époux de Mani, la reine des Grands-Scorpions.

Un mouvement des muscles faciaux témoigna de la surprise du vieillard.

D'un coup d'œil prompt et sûr, il dévisagea celui qui l'interpellait ainsi.

Ensuite, sans se départir de sa tranquillité rigide :

— C'est vrai, répondit-il, Pharam est mon nom ; mais Mani a cessé de vivre.

— Alors, ce que disait cette fille est exact?

— Quelle fille?

— Celle qui est là-haut et que tu attends ici.

— Que disait-elle?

— Que c'est elle qui, désormais, exerce sur tes frères le pouvoir souverain.

— C'est exact : la feue reine l'a désignée pour lui succéder, selon la loi de la tribu, et je ne suis, — comme autrefois avec ma femme bien-aimée, — que le premier exécuteur de ses ordres et de ses volontés.

Il y eut un moment de silence.

Puis le baron continua :

— Pharam, il est urgent que nous nous entendions.

— A quel propos, messire ? Parlez. Je vous écoute.

— Oh! ce n'est ni le lieu ni l'heure. Ce que nous avons à échanger exige plus de temps et de mystère. Où te retrouverai-je, cette nuit?

— Cette nuit, je serai au milieu des miens à l'endroit où nous avons fait halte, débridé nos montures et allumé nos feux.

— Où est situé ce campement?

— A trois milles d'ici, dans la montagne, sur le plateau qui domine le ravin du *Lago-Negro*.

— Par quelle route y arrive-t-on?

Le gitano allongea le bras :

— Sortez du village par la route que voici ; suivez-la jusqu'à ce que vous rencontriez un bois de mélèzes : tour-

nez à gauche, alors, et montez, ·   montez jusqu'à ce que
ce sentier lui-même devienne impraticable aux cavaliers :
vous vous heurterez là à l'une de nos vedettes...

— C'est bien : tu recevras ma visite avant demain.

Puis, appuyant un regard scrutateur sur le masque de
pierre de son interlocuteur :

— Seulement, poursuivit le gentilhomme, tu vas auparavant m'engager ta foi qu'il me sera permis de m'en retourner aussi facilement, aussi librement que je serai venu, —
sans effort, accroc ni dommage...

— Seigneur, commença le vieillard qui ne l'étudiait pas
avec moins d'attention, si vous me promettez vous-même
que vous ne vous présenterez pas en ennemi...

M. de Sierk l'interrompit :

— Je viens tout simplement te proposer un marché que
tu accepteras, j'en suis sûr ; car il sera pour vous une
source de profits.

Pharam appuya :

— Si rien dans vos projets ne menace notre reine...

— Votre reine ?... Je n'ai en vue que son bonheur... Tu
n'en douteras plus un instant, lorsque tu m'auras entendu.

— Alors, soyez sans crainte : le Pharaon vous garantit
qu'il ne sera touché ni à un fer de votre monture, ni à un
écu de votre bourse, ni à un cheveu de votre tête.

L'autre insista :

— Je veux un serment solennel.

Le bohémien frappa le sol de son bâton :

— Sur les os de mes pères et de Mani, je le jure.

M. de Sierk lui tendit la main :

— A la bonne heure ! Voilà qui est parler. Je prends
acte...

Et, comme le vieillard accusait plus d'étonnement de ce
geste de familiarité amicale qu'il n'en avait montré de la
rencontre et du langage du gentilhomme :

— Oh ! ricana ce dernier, je n'ai pas de préjugés, moi !...
Surtout, quand ils ne me rapportent rien... Et puis, je sais

que, pour ceux de ta race, la vie de celui-là est sacrée, dont ils ont effleuré la main...

Le Pharaon avança le bras sans empressement et effleura du bout des doigts l'extrémité de ceux de son interlocuteur.

— A cette nuit donc, dit le baron.

— A cette nuit ! répondit Pharam.

VII

LE LANGAGE DES CARTES ET DU STYLET

Sur la terrasse, la bohémienne avait tiré un jeu de cartes de la poche de son jupon.

— Ainsi, questionna M. de Brionne, Votre Altesse n'a éprouvé aucun émoi des choses bizarres qu'elle vient d'entendre ?

— Oui, appuya M. de Chalabre, des sinistres avertissements que le baron n'a pas écoutés sans impatience et sans trouble ?

— Hé ! messieurs, repartit le jeune homme, je n'ignore point que le livre du destin est aux mains de Dieu seul... Mais que voulez-vous ? on est toujours curieux d'interroger cette science étrange que l'on appelle la magie... Quitte à lui donner raison si elle vous annonce mille félicités, et à lui donner tort si elle vous prédit mille infortunes !

Puis, s'adressant derechef à la zingare :

— J'ai dit : *A nous deux*, ma commère !

— A nous deux, soit, fit la jeune fille en réponse à l'invitation, puisque Votre Altesse a tenu à mettre en pratique le précepte de l'Ecriture : *Les premiers seront les derniers.*

— Encore une fois, se récria le jouvenceau, je ne suis qu'un capitaine d'aventure... Un soldat de fortune, voilà tout !

— Oui, reprit-elle en battant ses cartes, vous êtes un capitaine : un capitaine précoce et vaillant... Un soldat épris de la gloire... Mais réfléchissez-y, seigneur : la gloire est une maîtresse infidèle, qui trompe et délaisse ses amants, après leur avoir fait payer cher ses faveurs.

Messire Charles eut un geste de défi :

— Pardieu ! il faudra bien qu'elle me suive... Je l'attacherai à la queue de mon cheval... Donc, si tu veux m'être agréable, prédis-moi, annonce-moi une vie d'homme d'épée : l'amour ici, la guerre là, — et, au bout...

— Au bout, murmura la gitane, au bout, la mort inévitable. Pour le vainqueur comme pour le vaincu. La mort, après l'œuvre de dévastation et de ruine !

Elle alignait ses cartes sur la table.

MM. de Chalabre et de Brionne suivaient de l'œil ce manège, — attentifs et silencieux.

Elle posa le doigt sur l'une des *figures* du jeu étalé :

— S'il vous plaît, nous prendrons, pour vous représenter, La Hire, le valet de cœur.

— Et pourquoi pas Charles, le roi ? demanda vivement le jeune homme.

— Monseigneur, parce que vous ne portez pas encore la couronne.

— Tu as dit : *Pas encore*... Je la porterai donc ?

— N'est-ce pas l'une de vos nombreuses ambitions ?

— Oui, certes... Mais, à mon tour, je te demanderai, comme mon compagnon tout à l'heure : — Dans combien d'années ?... Dans combien de mois ?... Dans combien de jours ?

— Avant qu'il soit un an, un mois et onze jours.

— Et de quelle façon m'adviendra-t-elle ?

— Par une femme.

— Une femme ?

— Cette dame de pique, Pallas, la déesse de la sagesse,
que le hasard a fait tomber à votre droite... Hélas! la droite
n'est pas le côté du cœur... Vous n'aimerez pas cette femme,
et cette femme ne vous aimera pas...

— Je la connais, ta dame de pique et ta déesse de la sagesse! s'écria gaiement le jouvenceau: c'est ma cousine Nicole, la fille de mon oncle, le duc Henri... Peu me chaut,
après tout... Défunt le Béarnais disait que Paris vaut bien
une messe: pourquoi ne dirais-je pas, après lui que le
duché de Lorraine vaut bien la peine qu'on le ramasse,
— fût-ce sur l'oreiller d'une prude?

Il se pencha sur les cartes:

— D'autant plus que, si je ne m'abuse, voici d'autres
dames dans mon jeu...

— Oui, Judith, la dame de cœur, et Rachel, la dame de
carreau...

— Deux blondes, ici, près de ma tête...

— Ce qui signifie, monseigneur, qu'elles absorbent toutes
vos pensées.

— La reine Anne d'Autriche, fit M. de Chalabre à demi-
voix.

— Ou madame de Luynes, ajouta M. de Brionne sur le
même ton.

— Vous vous trompez, messieurs. Tu te trompes, ma
charmante. Ce ne sont pas deux femmes qui m'occupent,
mais une seule: une seule, dont les cheveux d'or, les yeux
d'azur et le teint de neige ont mis toute ma personne en
rut...

En parlant ainsi avec feu, messire Charles essaya de saisir
la main de la jeune fille...

Mais celle-ci retira cette main...

Et, frappant sur la table:

— Monseigneur, interrogea-t-elle, vous convient-il que
je continue?

Puis, sans attendre une réponse, elle parut se livrer à
une minutieuse étude des cartes qu'elle tirait du jeu, une

par une, pour les espacer méthodiquement autour du valet
de cœur...

Parfois, elle relevait la tête, et, reportant son regard sur
le visage de son interlocuteur, elle semblait vouloir comparer, avec certains indices physionomiques, les pronostics
qui se dégageaient de l'examen et de l'arrangement de ces
cartes...

Puis encore, elle laissait échapper des mots, des lambeaux
de phrase qui révélaient le résultat de cet examen et de
cette comparaison :

— Vous avez l'âme haute, l'esprit subtil... Votre courage
est sans égal... Vous recherchez avant tout le hasard des
aventures, et votre gaieté n'est jamais si grande que dans
le danger...

— Flatteuse !... De pareils compliments... Gageons que
tu as appris ton métier à la cour ?...

— Altesse, ce sont les cartes qui tiennent ce langage...
Mais elles ajoutent, en même temps, que vous êtes d'un
caractère fantasque et variable... Que la franchise n'est
pas, chez vous, une qualité prédominante... Enfin, qu'il ne
faudrait se fier qu'à moitié à vos promesses, à vos ten-
dresses...

Messire Charles arracha un ou deux des poils follets qui
ombrageaient sa lèvre supérieure :

— Ouais ! fit-il, voilà des morceaux de carton qui me
paraissent d'une insolence !... Mais je leur pardonne en faveur de la bouche vermeille qu'ils empruntent pour débiter
leurs irrévérencieux propos... Allons, poursuis, petite, poursuis !...

La jeune fille brouillait les cartes :

— Que monseigneur daigne m'excuser; mais je ne saurais...

— Qu'y a-t-il ?...

— Je le conjure d'en rester là...

— Hein ?...

— Oui : de renoncer à m'interroger plus longtemps...

— Comment ! tu veux déjà cesser ta comédie ?...

— Ceci n'est point une comédie, répliqua-t-elle avec une moue irritée.

— Eh bien, alors, qui t'empêche de continuer ?

— J'aurais peur de vous offenser...

— Moi ?...

— Encore une fois, je vous supplie de me dispenser de répondre...

— Pourquoi cela, ma capricieuse ?... Pourquoi cet embarras sur tes traits ?... Pourquoi cette tristesse dans tes yeux ?...

— Monseigneur, parce qu'un intérêt, dont je suis impuissante à deviner la cause, me rattache à votre personne, et que je vois, dans ce jeu, votre horizon s'assombrir... Parce que le langage des cartes va devenir sévère, cruel, impitoyable... Parce qu'il ne sied point, enfin, à une pauvre fille de ma condition de faire la leçon à un prince de la terre...

Le jouvenceau frappa du pied :

— Vive Dieu ! ne me crois-tu point capable de supporter la vérité comme de regarder en face la mauvaise fortune ?... Et t'imagines-tu, par hasard, que je vais tomber en pâmoison parce que ces carrés de papier peint m'annonceront quelque mécompte ?... Çà, voyons, pas de réticences : dicte-nous les arrêts du Ciel, afin que, les connaissant, je puisse m'y soustraire !...

La bohémienne essaya, en dernier ressort, de se dérober à cette invitation, à cet ordre :

— Que Votre Altesse n'insiste point... Je suis fatiguée... Je n'y vois plus...

Mais lui, têtu et irrité :

— Trêve de subterfuges, truande !... Si tu es fatiguée, tu te reposeras plus tard... Mais, cordieu ! pour l'instant, il faut vider ton sac...

— Vous l'exigez ?

— Je l'exige.

Elle se résigna, et reprit son air et son ton décidés :

— Eh bien, soit ! Ecoutez donc, — et profitez, si vous pouvez.

Elle rassembla les cartes et les mêla d'un geste bref et saccadé.

Puis, les reposant sur la table :

— Coupez ! dit-elle brusquement à son interlocuteur.

Celui-ci obéit.

La jeune fille interrogea :

— Sur quelle carte avez-vous coupé ?

— Sur le roi de carreau.

— Mettez-le de côté.

— C'est fait.

Elle réunit le jeu et le battit de nouveau.

Puis, elle dit encore :

— Coupez.

Ensuite, elle questionna derechef :

— Sur quelle carte ?

— Sur le valet de carreau.

— La même couleur... C'est bien cela... Le valet a suivi le maître...

Elle pointa l'index sur les deux cartes juxtaposées :

— Voilà vos ennemis. Le valet conseillera le maître. Tous deux trameront votre perte...

Elle abattit trois autres cartes :

— Pacifique, modéré, prudent, vous leur échapperiez peut-être... Mais les trois piques que voici m'apprennent que vous brûlez de la folie des armes... Oui, vous souhaitez bien plus que vous ne le redoutez, un conflit d'où vous espérez tirer à la fois renommée et puissance...

Messire Charles vida son verre d'un trait et, d'une voix qui éclata comme un appel de trompette :

— Alors, Lorraine et Vaudémont, à la rescousse !... Bataille avec le roi, avec le valet, avec César, avec Hector, avec tout le monde, sang du Christ !... Chacun pour soi et Dieu pour tous !...

La gitana le considéra avec une sorte de commisération :

— Bataille soit ; mais vous y perdrez deux choses également précieuses...

Le jeune homme se versa une nouvelle rasade :

— Quoi donc ?... Ma vie ?... La belle affaire !... Est-ce
qu'un soldat n'est pas toujours exposé à se faire tuer ?...

La zingara hocha le front :

— S'il ne s'agissait que de la vie...

— Comment ?...

— Il s'agit de votre couronne...

— Ma couronne, dit-tu ?... Moi !... Je perdrai ma couronne !

— Vous la perdrez deux fois, hélas ! par votre faute...

Messire Charles eut un éclat de rire forcé :

— Entendez-vous, messieurs ?... Me voilà détrôné !...
Comme cela, par cette péronnelle !

Puis, tendant son verre :

— J'ai soif. Versez-moi, de Brionne ! C'est à croire que
j'ai avalé toute la poussière de la route !...

Puis, se tournant vers la jeune fille :

— Après ! commanda-t-il tandis que ses cheveux blonds
s'agitaient autour de son visage enflammé.

La bohémienne, de son côté, s'exaltait malgré elle, comme
la devineresse antique sur le trépied.

Elle le sentait et s'efforçait de se retenir.

— Monseigneur, pria-t-elle, épargnez-moi : je souffre...
Je souffre, et vous ignorez, voyez-vous, la redoutable ten-
tation à laquelle vous m'exposez... La vérité m'oppresse...
Au nom du ciel, n'insistez pas et renoncez à une curiosité
aussi stérile que funeste !

Le jouvenceau lui saisit le bras :

— Après, te dis-je !... C'est le prince Charles de Vaudémont qui t'enjoint d'aller jusqu'au bout..

— Vous voulez donc que je vous annonce la perte de votre
liberté après celle de votre héritage ?

— Prisonnier !... On me ferait prisonnier !... Comme François Ier à Pavie !

Elle eut un nouveau hochement de tête :

— Ce n'est pas sur un champ de bataille, comme le roi-chevalier, que vous aurez la douleur de rendre votre épée...

— Oh !...

— Il vous faudra la remettre entre les mains de gens qui auront commission de vous la demander de la part de vos adversaires triomphants...

Le prince tendit son verre derechef :

— Versez encore !... Versez toujours !... Il faut boire pour faire passer d'aussi stupides radotages !

Son interlocutrice se courbait sur les cartes qu'elle retournait, en les prenant au hasard, avec une vivacité fiévreuse :

— Oui, murmurait-elle, toujours ces signes indéniables... Toujours cet assemblage fatal... Toujours ces heurts étranges de carreaux et de piques : ceux-ci, couleur de nuit ; ceux-là, couleur de sang. Absence presque absolue de trèfles et de cœurs : c'est-à-dire de l'argent qui procure le succès, et de l'amour paisible qui donne le bonheur... En d'autres termes : la défaite... la captivité... une existence errante... l'appui des puissants mendié et refusé... Et puis, la maladie... la mort... la mort sur un lit de souffrance...

Le jouvenceau lui montra le poing :

— Te tairas-tu, misérable folle !... Oh ! cette engeance maudite de marchands d'orviétan et de marchandes de mensonges !... Gibier de potence, chair à bourreau, étoupes à bûcher !...

Un changement complet s'était opéré en lui :

Pendant que la zingare lui dévoilait ainsi les sombres perspectives de l'avenir, il n'avait point cessé de boire — de boire coup sur coup, avec rage, — comme s'il eût voulu noyer dans le vin capiteux d'Italie les menaçantes prophéties qui frappaient à la fois son oreille et son esprit...

Et nous avons vu que son langage avait suivi la gradation de son ivresse...

4

De cette ivresse qui lui empourprait le visage et ne laissait plus en sa personne le moindre reflet de noblesse ni de raison...

Pour lui la charmeresse de tout à l'heure était devenue, dans une furibonde progression, une truande, une misérable, une folle !...

En l'invectivant de la sorte, le gentilhomme s'était emparé d'une bouteille...

Un instant, on put craindre que, dans le vertige de l'emportement, ce ne fût pour la briser sur le front de la sibylle...

MM. de Chalabre et de Brionne s'élancèrent pour lui arrêter le bras :

— Monseigneur, pour Dieu, calmez-vous !...

— Au nom de votre propre dignité !...

Charles, prince de Vaudémont, riposta :

— Allez au diable !

Il porta le goulot de la bouteille à ses lèvres et lampa une copieuse gorgée.

Puis, rejetant bruyamment le flacon sur la table et balayant les cartes d'un revers de main :

— Au diable aussi ces langues d'aspic ! Noires comme la fumée des canons, rouges comme la flamme des mousquets ! Éclairs et tonnerres de tempêtes qui n'intimident pas plus mon âme avide de lutte qu'elles ne lasseront mon corps insatiable de mouvement.

Il se mit péniblement sur ses pieds :

— Souffrir, c'est vivre... Mourir même est une volupté. C'est l'anéantissement de la taupe dans son trou qui m'épouvante et m'exaspère...

Ensuite, essayant de marcher :

— En attendant, vive Bacchus, le dieu des rasades, et Cupido, le dieu des baisers !... Le présent est à nous... Profitons-en, sang du Christ !

Il se dirigea, en chancelant, vers la bohémienne :

— Ces Italiennes, ruminait-il, finissaient par me fatiguer.

Elles sont brunes comme l'acier et piquantes comme un glaive... Celle-ci, à la bonne heure, avec son corselet de guêpe, son col de cygne et ses cheveux qui me rappellent les riches moissons de mon pays !

Sa nature mobile et changeante se révélait encore sous un nouvel aspect.

Ce n'était plus la fureur du vin, c'était celle de la passion sauvage qui incendiait sa prunelle, chauffait sa joue, gonflait ses veines et entr'ouvrait sa bouche...

Il s'était planté, dans un équilibre assez difficile à garder, en face de la jeune fille, qui l'avait regardé venir avec plus de pitié que d'effroi...

Et, dans un élan impétueux et brutal, il avait tenté d'enlacer de ses bras la taille de la mignonne...

Mais celle-ci raidit son corps souple...

Une énergie, une force et une agilité, que l'on n'eût point soupçonnées dans sa frêle personne la débarrassèrent de l'étreinte...

En même temps, sa main droite, qui s'était plongée dans l'entrebâillement de son corsage, reparaissait armée d'un stylet à la lame triangulaire, affilée et brillante...

Le jeune homme fut obligé de reculer devant la pointe qui lui effleurait la poitrine...

Mais, après une demi-minute d'hésitation :

— Oh ! oh ! s'écria-t-il avec le rire hébété des gens ivres, la guêpe montre son aiguillon... A son aise !... On va en découdre !...

Et il fit mine de se ruer sur la gitane...

Or, l'attitude de cette dernière était si irritée, si résolue, si formidable, que M. de Chalabre se hâta de se précipiter entre elle et son agresseur.

Et saisissant celui-ci à bras-le-corps pour l'éloigner de l'arme menaçante :

— Monseigneur, supplia-t-il, songez que nous répondons de vous à votre père, au duc, notre maître, et à votre fiancée !

De son côté, M. de Brionne s'adressait à la bohémienne, qui restait là, la main levée, les doigts crispés sur le manche de son poignard, les lèvres gonflées, les narines ouvertes, l'œil étincelant d'un courroux et d'une décision indomptables :

— Eloignez-vous!... Il le faut... Vite !... Vite !...

La jeune fille remit lentement l'arme dans son corsage.

Puis, sans se presser, secouant fièrement le front, avec une moue dédaigneuse, elle quitta la terrasse d'un pas ferme et tranquille et redescendit l'escalier.

Sur les marches de celui-ci, elle rencontra Pharam, qui, attiré par le bruit, montait en brandissant son bâton comme une arme.

— Que s'est il donc passé là-haut ? questionna le vieillard avec anxiété.

— Rien qui doive vous effrayer, mon père, répondit la zingare qui avait recouvré tout son calme : un ivrogne que je viens de mettre à la raison.

Elle ajouta, en prenant le bras du Pharaon :

— Partons ; il est temps de rejoindre nos compagnons.

Le soir tombait rapidement, et ses brumes commençaient à emplir les rues qui aboutissaient à la *piazzetta*.

Le vieillard et la jeune fille disparurent dans l'ombre naissante.

L'héritier des Vaudémont se livrait cependant à d'incroyables efforts pour se tenir debout.

Son exaspération mettait le comble à son ivresse.

— C'est ce vin, balbutiait-il, ce vin de Syracuse, qui est un traître !... La terre tremble sous mes pas... Tout tourne ! Vrai Dieu ! je ne puis pourtant pas être gris comme le dernier de mes vassaux !

Il trébucha et s'affaissa lourdement sur un siège.

Puis, apostrophant ses deux compagnons :

— Où est-elle, cette prophétesse de malheur ?... Ai-je donc rêvé ?.. Ai-je rêvé qu'elle était plus belle que jamais avec ses airs de Bradamante et son aiguille à tricoter ?...

— Monseigneur, elle s'est enfuie...

— Et nous l'avons perdue de vue dans le crépuscule...

— Il me la faut... Qu'on me la retrouve !... Ou je crie... je casse... je tue tout !...

Il fit une tentative pour porter la main à la garde de son épée...

Mais ses forces expirantes trahirent sa volonté...

Son bras retomba, inerte, le long de son corps...

Sa tête vacilla un moment sur ses épaules et finit par s'affaler pesamment sur sa poitrine...

Il bégaya encore quelques paroles sans suite...

Puis sa voix s'éteignit peu à peu dans le gosier...

Ses paupières battirent et se fermèrent...

Tout son être croulait dans un sommeil de plomb.

MM. de Chalabre et de Brionne étaient deux courtisans selon la formule.

J'entends qu'ils ne perdaient jamais l'occasion de mordre...

Surtout, quand ils étaient certains de le faire sans danger.

Ils attendirent quelques minutes.

Ensuite, assurés que leur maître dormait, ils échangèrent un regard d'ironique commisération...

Et, comme si la même pensée leur avait poussé en même temps, la même réflexion jaillit simultanément de leurs lèvres.

— Pauvre petite princesse Nicole !

VIII

On avait emporté Son Altesse dans sa chambre, et on l'a-vait mise — tout bourgeoisement — dans son lit.

MM. de Chalabre et de Brionne étaient allés de même se livrer au repos.

M. de Sierk avait paru en faire autant.

Mais il ne s'était point couché, et, quand il avait été sûr que ses trois compagnons dormaient à poings fermés, il était descendu sans bruit à l'écurie du *Corpo-Santo*, s'était fait seller et brider sa monture par un valet, et avait mis le pied à l'étrier en murmurant :

— Une heure pour aller, une pour revenir, autant pour débattre l'affaire... Il est encore loin de minuit... Allons, je serai de retour avant que mon noble maître ait fini de cu-ver son vin de Syracuse.

Sur quoi, sortant de l'*osteria*, après avoir recommandé à l'hôte et à ses gens de garder un silence absolu sur cette chevauchée nocturne, il avait donné de l'éperon et s'était

lancé au galop sur la route indiquée par le vieux bohémien.

Voilà comment nous les retrouvons tous les deux, assis
en face l'un de l'autre, dans le campement des Grands-Scorpions.

Le Pharaon écoutait et le baron parlait :

— Il y a seize ans, disait-il, tu étais un homme heureux,
Pharam....

Tu avais épousé ta parente Mani, souveraine de la tribu,
et de cette union était née une fille que vous aviez appelée
Diamante...

Après avoir parcouru les Flandres et les provinces rive-
raines de la Moselle, vous aviez décidé de descendre vers
la Suisse et le Piémont en traversant le duché de Lorraine...

Vous vous étiez donc engagés dans ce dernier pays, et,
après différentes étapes, vous étiez venus camper sous les
murs de Nancy, à l'endroit dit : *la Commanderie de Saint-
Jean*, hors de la porte de ce nom et près de l'étang dans les
glaces duquel avait été retrouvé — un siècle auparavant
— le corps de Charles le Téméraire...

C'était une grave imprudence...

Il ne faisait point bon, par ce temps, en Lorraine, pour
les hérétiques, les idolâtres, les démoniaques et les sor-
ciers...

Le procureur général Nicolas Rémy leur donnait une
chasse continue, acharnée, impitoyable...

Et la population, rendue féroce par la vue des gibets,
des échafauds et des bûchers, ne demandait qu'à déchirer
de ses propres mains ceux que le fanatique magistrat lui
désignait comme fabricants de maléfices, jeteurs de sorts,
ennemis de la religion et autres suppôts de Satan, — capables de déchaîner sur la contrée que souille leur présence
toutes les calamités vengeresses et tous les fléaux destruc-
teurs...

Aussi, la nuit de votre arrivée, — c'était, si je ne m'a-

buse, celle du 16 octobre 1604, — une foule, ivre de colère
et de carnage, assaillit-elle votre campement...

On mit le feu à vos tentes...

Et, lorsque, réveillés dans leur premier sommeil, les tiens
essayèrent de se soustraire aux flammes qui les entouraient, ils se heurtèrent à une muraille de bourreaux qui
les rejeta sans pitié dans le brasier, à coups de fourche, de
pique, d'épieu et de mousquet...

— Oui, murmura le bohémien, je me souviens de cette
nuit terrible : une nuit pleine de lueurs sinistres, de cris de
détresse, de chocs d'armes et de fauves rugissements ..

J'avais pris mon enfant dans mes bras. Ma femme s'accrochait à moi défaillante, éperdue, folle. Nous tentâmes de
rompre le cercle de fer et de feu qui nous étreignait...

Hélas ! j'y parvins seul !...

Et, quand, après une heure d'une course furieuse, insensée et sans but, je me fus enfoncé dans l'ombre et la
campagne assez loin pour n'être plus poursuivi par les sanglants reflets de l'incendie, par les rauques clameurs du
massacre et par les gémissements déchirants des victimes...

Lorsque je fus contraint de m'arrêter, à bout de force
et de courage, Mani n'était plus avec moi...

Elle ne m'avait point suivi...

J'eus un instant l'idée de retourner la chercher...

Puis, comme, à la clarté livide de la lune, je regardais
machinalement mon enfant, une épouvante suprême para-
lysa mes membres...

La pauvre petite figure de Diamante était blanche comme
de la cire...

Ses yeux étaient éteints...

Sa bouche n'avait plus de souffle...

Quelque chose de tiède et de rouge coulait de son corps
sur mes mains...

C'était du sang !...

Horreur ! le sang de mon enfant !...

Un coup qui m'était destiné l'avait sans doute frappée, dans la bagarre...

Misère de moi ! ma fille, — mon trésor, mon espoir, celle qui était toute ma vie et tout ce qui me restait de sa mère, — ma fille, ma Diamante était morte !...

C'était un cadavre que je serrais contre ma poitrine haletante et que je m'efforçais en vain de réchauffer sous mes baisers !...

Alors, oh ! alors, il me sembla que la terre s'entr'ouvrait sous mes pieds et que le ciel s'écroulait sur ma tête. Un voile s'étendit devant ma vue. Je tombai, foudroyé, sur le bord du chemin...

— Et ce fut là, reprit le gentilhomme, que l'on te ramassa, le lendemain, pour te jeter en prison, instruire ton procès, te traîner devant des juges, et te condamner au bûcher, pour crimes d'hérésie, de sortilège et de magie.

Le vieillard haussa les épaules :

— Que m'importait l'arrêt de votre tribunal ? La fatalité ne m'avait-elle pas condamné à un supplice cent fois plus atroce que le feu, en me privant des deux seuls êtres que j'eusse jamais aimés ? Par le dieu de mes pères, il fut le bienvenu, ce jour qui allait me délivrer d'une existence insupportable !

— Seulement, la veille de ce jour-là, deux personnes furent introduites par le geôlier dans ton cachot :

Un cavalier d'allures hautaines, enveloppé d'un manteau, comme je le suis aujourd'hui, et dont, par surcroît de précaution, un masque couvrait le visage...

Et un page, qui comptait de quinze à dix-huit ans...

Le premier te dit :

« — Ta femme n'est pas morte. On l'a arrêtée comme toi. Comme toi, on l'a jugée et condamnée. Comme toi, elle sera exécutée demain matin... »

Tu l'écoutas, d'abord, hébété et sans comprendre...

Puis, à la pensée que la flamme allait mordre, enlacer, dévorer ces membres que tu avais tenus, palpitants, dans tes bras amoureux, sur la couche nuptiale, ce cœur qui avait battu contre le tien, cette femme encore jeune, encore belle, et qui pouvait devenir mère une seconde fois ; à cette pensée, ton désespoir dépassa ton malheur, et l'on te vit t'arracher les cheveux et la barbe, te meurtrir le front et la poitrine, et te rouler sur les dalles avec des hurlements et des sanglots...

Le visiteur masqué poursuivit :

« — Je vous offre la liberté à tous les deux...

» — La liberté !...

» — Tu vas sortir de cette prison. Ta femme quittera la sienne pareillement. Elle te rejoindra, cette nuit, en un lieu où l'on te conduira. Vous partirez ensemble. Voici un sauf-conduit qui vous permettra de vous retirer au delà du Rhin sans être autrement inquiétés. »

Tu osais à peine croire à ce que tu entendais.

C'était le salut inespéré à la veille du supplice terrible.

Tu te laissas choir à deux genoux devant le sauveur inattendu.

Tu saisis le bas de son manteau et tu l'approchas de tes lèvres, comme font les gens de ta race pour témoigner de leur humilité et de leur gratitude.

Et d'une voix que la surprise, la joie et le doute mêlés étranglaient dans ta poitrine haletante :

« — Oh ! monseigneur, t'écrias-tu, comment payer la dette de la reconnaissance ?... Disposez de mon bras, de ma volonté, de ma vie... Oui, si mon sang versé goutte à goutte, si ma chair arrachée lambeau par lambeau, si tout ce qui m'appartient dans ce monde et tout ce qui m'attend dans l'autre... »

Ton interlocuteur t'interrompit froidement :

« — On n'en exige pas tant de toi...

» — Que faut-il que je fasse alors ? »

L'inconnu te désigna l'adolescent qui l'accompagnait :

« — Suivre mon page et lui obéir en tout ce qu'il te commandera.

» — Je suis prêt, monseigneur. »

Le gentilhomme appuya :

« — Tu as bien entendu et bien compris : *en tout*... »

Tu étendis le bras comme pour jurer et tu protestas avec chaleur :

« — Même quand il s'agirait d'un crime !...

» — Sans question, sans hésitation, sans scrupules ?

» — Muet et soumis comme le chien l'est à son maître. »

. . . .

Vingt minutes plus tard, le jeune homme et toi, vous galopiez hors de la ville sur deux excellents chevaux de race.

Vous arrivâtes ainsi à la corne d'un bois.

C'était vers le milieu de la nuit du 20 octobre.

Ton compagnon mit pied à terre et te fit signe de l'imiter. Vos montures furent attachées à un arbre. Ensuite le page te dit :

« — Remarque bien l'endroit où nous sommes et le chemin qu'il te faudra prendre pour y revenir. C'est ici que Mani sera amenée tout à l'heure. C'est ici que tu nous retrouveras tous les deux, une fois la besogne terminée.

» — Quelle besogne ?

» — Viens : je vais te l'indiquer. »

Vous longeâtes la lisière du bois pendant un quart d'heure environ...

Puis, un mur se dressa devant vous...

Dans ce mur il y avait une petite porte basse...

Ton guide te remit trois clefs :

« — Avec celle-ci, reprit-il, tu vas ouvrir cette porte...

» Tu traverseras le jardin qui s'étend derrière cette muraille...

» Au bout de ce jardin, tu rencontreras un corps de logis assez vaste...

» Sur la façade de celui-ci, une fenêtre sera faiblement éclairée...

» Sous cette fenêtre, une seconde porte...

» Tu te serviras de cette seconde clef pour ouvrir cette seconde porte...

» Tu monteras un escalier. Une troisième porte sera devant toi. Tu l'ouvriras avec la troisième clef que voici...

» Tu entreras dans une chambre...

» Il y a, dans cette chambre, un lit et un berceau...

» Dans le lit, une femme. Dans le berceau, un enfant. Profondément endormis tous les deux...

» Tu enlèveras l'enfant, et tu me l'apporteras, là-bas, près de nos chevaux, où je vais aller t'attendre et où t'attendra ta compagne...

» — Mais, demandas-tu, et la femme ?

» — La femme ne te dérangera point.

» — Si elle se réveillait, pourtant ?

» — Elle ne se réveillera pas : un narcotique lui a été versé, ce soir, qui nous répond de son immobilité et de son silence...

» — Bien.

» — Quant aux gens de la maison, rien à craindre de leur part : ils sont entièrement à notre dévotion...

» — A merveille !

» — Si, cependant, par un hasard difficile à prévoir, tu te heurtais à quelqu'un qui fit mine de s'opposer à l'exécution de l'ordre que mon maître te transmet par ma voix...

» — Eh bien ?...

» — Eh bien, prends ce poignard et frappe... Frappe sans peur comme sans faiblesse... Celui à qui tu as promis obéissance est assez haut placé pour garantir l'impunité à quiconque fait preuve de zèle à son service. »

En parlant de cette façon le page te tendit sa dague.

Ensuite, il ajouta, en pesant sur les mots :

« — Songe que ce n'est que contre cet enfant que ta femme te sera rendue. »

Est-ce exact, tout cela, mon maître ?

— C'est exact, répéta Pharam.

Puis, comme emporté par ses souvenirs :

— J'ouvris la première porte, et je me glissai dans le jardin ; j'ouvris la seconde porte, et je gravis l'escalier ; j'ouvris la troisième porte, et j'entrai dans la chambre...

Il y avait sur une table une lampe d'un riche travail dont la lumière, tamisée par un verre dépoli, éclairait un lit et un berceau...

Un lit de chêne à colonnes torses et à baldaquin empanaché, que surmontait un large écusson et que drapaient de vieilles tapisseries...

Un berceau qui n'était que dentelle et fine toile de Flandre, avec une couronne au-dessus...

Dans le lit, une femme reposait. Un enfant était couché dans le berceau. Le page ne m'avait pas trompé : leur respiration à tous deux annonçait un sommeil lourd et profond...

Je soufflai la lampe sur la table...

Aussitôt, dans l'obscurité, un rayon de lune tomba sur le visage de la dormeuse et dessina sur les velours de la courte-pointe les contours vigoureux et l'éclatante blancheur de sa poitrine et de ses bras...

Elle me parut belle, — très belle...

Mais je n'étais point là pour elle...

Je m'avançai sur la pointe du pied...

L'épaisseur des tapis étouffait le bruit de mes pas...

Du reste, nous autres zingari, nous savons avoir, quand il faut, la marche silencieuse des fauves...

Je me penchai sur le berceau ; j'en retirai l'enfant avec précaution et je l'enveloppai dans ma cape : une fillette calme, blonde et rose, dont les lèvres fraîches, entr'ouvertes pour laisser passer le souffle si doux des petits, semblaient appeler à la fois le baiser et le sein maternels...

La dormeuse n'avait pas bougé...

Chargé de mon précieux fardeau, je me retirai comme j'étais venu...

Aucune rencontre malencontreuse ne me mit, Dieu merci, dans la nécessité de me servir de l'arme du page...

5

J'eus bientôt rejoint celui-ci à l'endroit indiqué, près de nos chevaux à l'attache...

Mani, ma chère Mani, était à ses côtés...

— Oui, interrompit M. de Sierk, le cavalier masqué avait tenu sa promesse ; mais vous, seigneur Pharam, comment tîntes-vous la vôtre ?

— Oh ! moi, répliqua le vieillard, lorsque je sentis dans mes bras la frêle créature endormie, un souvenir que j'avais perdu dans le tourbillon d'événements qui m'entraînait depuis quelques jours, se dressa soudain devant moi, comme un fantôme...

Ce souvenir, c'était celui de ma fille, de ma petite Diamante, que j'avais emportée de la même façon, dans la nuit de sang et de flamme, et dont l'âme s'était envolée sans seulement m'effleurer d'un souffle au passage...

Qu'allais-je répondre à Mani, lorsque celle-ci me demanderait ce qu'était devenu notre enfant ?

Lui apprendre sans ménagements la mort violente du cher trésor, c'était la tuer aussi sûrement que si on la frappait au cœur du coup qui avait atteint l'innocente créature...

Je ne le pouvais pas, non, certes!...

Alors, une idée folle jaillit de mon anxiété poignante...

L'enfant que je tenais là, dans les plis de ma cape, était à peu près du même âge que Diamante...

Comme celle-ci, c'était une fille...

Tous les petits enfants de cet âge se ressemblent...

Pas pour une mère, peut-être !...

Mais, si peu qu'un pieux mensonge abusât ma pauvre Mani, j'aurais le temps de la préparer à toute l'étendue de son malheur...

— Si bien, reprit M. de Sierk, que, quand tu abordas le page qui t'attendait sans défiance, tu ne songeais plus à lui remettre ta capture, comme il avait été convenu...

— Oui, je jetai l'enfant dans les bras de ma femme...

— Puis, bondissant sur le jeune homme, tu le terrassas à

l'improviste et tu lui posas sur la gorge la pointe de son propre poignard...

Tu lui disais, en même temps, d'un ton qui ne souffrait pas de réplique :

« — Si tu fais un mouvement ou si tu pousses un cri, je te saigne sans miséricorde ! »

Et tu n'y aurais pas manqué, mon maître.

Tes doigts s'étaient noués comme un collier de fer autour du cou du pauvre diable, qui sentait l'acier de son arme labourer sa chair d'une menace plus significative encore que tes paroles.

Il se tint coi. C'était le plus sage. A l'aide de ta ceinture et de celle de ta compagne, tu le lias et le bâillonnas avec une dextérité qui témoigne de votre habitude en ce genre d'opérations...

Ensuite, tu détachas les chevaux de l'arbre qui les retenait ; tu fis monter ta femme sur l'un ; tu enfourchas l'autre lestement...

Et, sans échanger un seul mot, vous partîtes sous bois à fond de train, emportant dans cette fuite rapide le poupon doublement volé...

Volé à sa mère endormie...

Et à l'inconnu de la prison, au page duquel tu t'étais engagé à le rendre.

— Messire, dit le bohémien, c'est vous qui étiez ce page.

— Moi !

— Oh ! n'essayez pas de nier : je vous ai reconnu pendant que vous parliez, comme vous m'avez reconnu hier, en dépit des changements que le temps a imprimés sur notre visage à tous deux.

Le vieillard ajouta d'une voix grave et avec un regard profond :

— M'expliquerez-vous, maintenant, pourquoi vous êtes venu me rappeler toutes ces choses d'un passé déjà si loin de nous?

— Mons Pharam, repartit le baron, il faudrait m'apprendre d'abord ce qu'est devenue la fillette qui nous occupe.

— Elle est devenue notre reine.

— C'est, en effet, ce qu'elle n'a pas hésité à nous déclarer, à mes compagnons et à moi, à l'auberge de San-Pagolo, et ce qui n'a pas laissé, je l'avoue, que de me causer un certain étonnement.

— Rien de plus simple, cependant :

En vous quittant, Mani et moi, nous nous dirigeâmes vers les Vosges, et nous les atteignîmes sans trop de difficultés, grâce au sauf-conduit du gentilhomme masqué et à la vigueur de jarret de nos montures.

Ce fut dans l'un des courts répits de ce voyage à toute vitesse que ma compagne s'aperçut que l'enfant qu'elle serrait, d'une main, sur son cœur, tandis que, de l'autre, elle guidait la course vertigineuse de son cheval, — que cet enfant, dis-je, n'était pas celui qu'elle avait porté dans son sein...

Il me fallut lui révéler la vérité épouvantable...

Ah ! ce furent bien des larmes amères, bien des sanglots déchirants, bien des malédictions rugies : l'agonie d'un cœur qui se brise !...

Un instant, je pus croire que l'infortunée avait perdu la raison...

Elle fit un mouvement pour jeter sur la route l'être faible et inconscient qui m'avait servi à la tromper...

Celui-ci s'était réveillé...

Il agitait ses petits bras ; ses petites mains cherchaient ; une plainte vague s'échappait de ses lèvres...

Il avait froid ; il avait soif ; il souffrait...

Ses gémissements allaient se changer en râle...

Mani le regardait de ses deux prunelles agrandies par la douleur et désormais sèches et brûlantes...

Que se passa-t-il en elle ?...

Je ne sais...

Mais je la vis soudain dégrafer son corsage...

Je lui demandai :

« — Que vas-tu faire ? »

Elle me répondit brièvement :

« — Faut-il donc le laisser mourir ? »

L'enfant avait pris le sein qu'elle lui présentait...

Elle poursuivit, tandis qu'il buvait avidement :

— « — J'ai entendu une voix en moi, une voix qui parlait dans mon àme, une voix douce comme une prière et suave comme un chant...

» Elle venait d'en haut : c'était celle de notre Diamante, dont l'ombre, invisible pour nous, erre dans les espaces supérieurs avec les martyrs et les anges...

» Cette voix me disait :

» — Ne pleure plus, mère adorée. Celle-ci est ma sœur. Aime-la comme si elle sortait de tes flancs. Elle me remplacera près de toi et te consolera de ma perte. La moitié des baisers que tu lui prodigueras montera vers moi dans l'extra-monde d'où je te souris, et je te les rendrai par ses lèvres. »

Nous autres gitanos, messire, nous avons scindé le système de Pythagore, et nous croyons volontiers qu'après le trépas l'âme immortelle peut quelquefois revenir habiter un autre logis que celui qu'elle vient d'abandonner.

Je songeai :

« — Si l'àme de notre Diamante était passée dans le corps de cet enfantelet ? »

Que vous raconterai-je davantage ? Les débris de notre tribu avaient cherché un refuge dans la montagne. Nous les ralliàmes et Mani en reprit le commandement. Pour tous nos frères, c'était notre fille à tous deux qu'elle nourrissait de son lait.

Bref, l'étrangère grandit au milieu de nous comme si elle eût été notre propre héritière.

Et elle le devint par le fait, lorsque, voici tantôt un an, à son heure dernière, ma vaillante et généreuse femme la désignant pour lui succéder, — comme c'étaient son droit et

la loi, — déposa entre ses mains le fouet à 'manche d'ébène
et le sifflet d'argent, insignes de sa royauté.

— Mais ne me semble-t-il pas que, hier, elle nous avait
dit avoir reçu le baptême?

— Elle sait, en effet, qu'elle n'est point née de nous et
qu'elle doit le jour à des chrétiens...

Mani le lui a avoué au lit de mort...

Mais elle ne sait que cela, et, hormis elle et moi, une seule
personne connaît le secret de son origine : c'est mon fils Yanoz lequel était présent lorsque sa mère fit cet aveu.

IX

Il y eut une légère pause.

Ensuite, M. de Sierk se leva.

— Compère, fit-il, finissons-en. Le temps marche. Or, je suis pressé.

Le doyen des Grands-Scorpions l'imita et, saluant avec une humilité trop accusée pour ne pas être feinte :

— J'attends, prononça-t-il, que M. le baron m'instruise de ce qu'il désire de son obéissant serviteur. Qu'il parle. Je suis tout oreilles.

Le gentilhomme n'eut point l'air de s'apercevoir de l'ironie qui se dissimulait sous cette affectation de respect.

Il passa familièrement son bras sous celui de Pharam.

— Que dirais-tu, questionna-t-il, de cinq cents ducats à empocher ?

— Cinq cents ducats ?... Une pareille somme ?... A moi ?

— A toi.

On n'a jamais parlé d'argent impunément devant un membre de la grande famille égyptienne.

Hommes ou femmes, jeunes ou vieux, l'ivresse jaune leur

monte violemment au cerveau, sitôt qu'ils entendent le bruissement métallique d'un chiffre. Le Pharaon leva la tête. Sous le rideau de rides qui le bridait aux tempes, son œil lança le grand éclair de la cupidité brusquement excitée.

— Excellence, répondit-il, je dirais que c'est une pluie d'or tombée du ciel dans la besace d'un misérable tel que moi.

— Eh bien, il ne tient qu'à toi d'encaisser cette averse sonnante et trébuchante.

Le vieillard questionna à son tour.

— Et que faut-il faire pour mériter une aubaine de cette importance?

— Peu de chose. Moins que rien. Une bonne œuvre.

Le gitano hocha le front :

— Une bonne œuvre?... Hum! c'est difficile... Quand on n'en a pas l'habitude!

— Rassure-toi: celle-ci ne te coûtera aucun effort. De plus, on te la payera comme une mauvaise action. Il s'agit seulement de me remettre, pour que je la conduise à ses parents, la jeune fille qui fait, depuis une heure, l'objet de notre conversation.

— Diamante?

— Elle-même.

— Notre reine?

— Précisément.

Le regard de Pharam se fit perçant et scrutateur.

— Et avant? interrogea-t-il.

— Avant quoi?

— Avant de la conduire à ses parents à qui vous tentiez de la dérober il y a seize ans...

— Hein?...

— Que comptez-vous faire de cette enfant?

M. de Sierk retira son bras de dessous celui du bohémien :

— Oh! oh! qu'est-ce que ceci? fit-il avec surprise.

L'autre répliqua froidement :

— Ceci, messire, est une question à laquelle je vous invite à répondre d'une façon aussi nette qu'elle vous est adressée, si vous tenez à prolonger cet entretien.

Le gentilhomme le toisa de haut :

— Et s'il ne me plaisait pas d'obtempérer à cette véritable sommation ?

Le Pharaon s'inclina comme pour prendre congé :

— A votre aise. Gardez le silence. Moi, je garde ma fille.

Le baron recula comme s'il avait marché sur un serpent.

— Garder Diamante ! s'exclama-t-il. Allons donc ! Tu n'en as pas le droit !

Le doyen eut un sourire narquois :

— Eh bien ! je le prends, voilà tout. Nous sommes gens de sac et de corde. Il faut toujours que nous prenions quelque chose.

Christian frappa du pied avec colère :

— Trêve de raillerie, mon maître !... Tu n'y songes pas, sur mon âme !... Cette enfant a une famille...

Pharam demanda froidement :

— Et quelle est-elle, cette famille ? Où est-elle ? Comment se nomme-t-elle ? Parlez. Est-ce elle qui vous a chargé de venir réclamer le trésor que vous forciez jadis mon bras à lui soustraire ?... S'il en est ainsi, produisez-moi une preuve, — une seule, — de la réalité de cette mission, et je suis prêt à vous fournir tous les moyens de l'accomplir... Tenez, prouvez-moi, par exemple, que vous étiez à la recherche de la mignonne, que vous saviez la trouver ici, et que ce n'est pas uniquement le hasard qui vous a mis en sa présence...

Il ajouta avec un hochement de tête ironique :

— Mais non, vous ne sauriez rien établir de tout cela... Aussi, brisons là, seigneurie... Et si le temps vous presse, ainsi que vous le disiez tout à l'heure...

A cette manière non équivoque de l'éconduire, M. de Sierk riposta par un bruyant accès d'hilarité :

— Ah ! vieux mécréant, bien joué !... Etais-je assez sottement ta dupe !... Mais, je te comprends, à présent...

5.

— Et que comprenez-vous, je vous prie?...

— Que tu ne me tiens la dragée haute, qu'afin de me la faire payer plus cher...

— Oh !

— Ne te dépense pas en protestations. Economise-les pour de meilleures occasions et sois raisonnable, parbleu ! Encore une fois, je te répète que j'ai besoin de cette fille : non que je nourrisse contre elle aucun méchant dessein ; mais simplement pour la doter d'une fortune...

— Dont j'imagine qu'il restera quelque parcelle entre vos mains...

— Entre les miennes, si tu veux; entre les nôtres, si tu aimes mieux... Par ainsi, réfléchis, calcule, fixe ton prix... Voyons, faut-il que je double la somme?... Mille ducats: un joli denier !

Le vieillard demeura immobile et muet.

L'autre insista.

— Deux mille !... Trois mille !... Quatre mille !

Le Pharaon ferma les yeux pour échapper au mirage de l'or.

M. de Sierk appuya :

— J'irai jusqu'à dix mille ducats...

Ce fut au tour du bohémien de frapper le sol du talon :

— Taisez-vous !... Ne me tentez pas !... Ne m'éblouissez pas !...

Ensuite, après un moment, d'une voix qui, de sourde et tremblante, allait s'affermissant, s'animant, avec des vibrations convaincues, solennelles :

— Oui, l'argent est le Baal auquel les gens de ma race ont sacrifié dans tous les temps...

Mais vous en étendriez aujourd'hui une nappe sous mes pas, que je ne me baisserais point pour en ramasser une bribe...

Car il y a deux seules choses que le gitano ne vend pas : son amour et sa haine...

Or, j'aime comme un père l'adorable créature que vous avez entrepris de m'acheter...

Je l'aime, parce que Mani, ma femme idolâtrée, la chérissait comme si elle eût été le propre fruit de ses entrailles...

Je l'aime comme si elle avait de notre sang bleu dans les veines...

Je l'aime pour tout ce qui devrait la faire haïr d'un tzigane rouge de Moravie, septième arrière-neveu, comme moi, de Ptolaüm et d'Egyptus, double tige de nos tribus : pour la transparence de sa peau, pour la lumière de sa chevelure, pour l'orgueil de sa caste, pour la noblesse de son origine et pour la fierté de son cœur...

Je l'aime parce qu'elle est bonne, parce qu'elle est belle, parce qu'elle n'a aucun des vices de sa race et de la mienne, parce qu'elle me rend tendresse pour tendresse enfin...

Son sourire est la joie de ma misère vagabonde; le rayon dans l'orage de ma vie tourmentée; la consolation du mépris dont les chrétiens, ses frères, nous écrasent, des persécutions dont ils nous accablent, des piloris, des gibets, des bûchers auxquels ils nous condamnent sans pitié...

Quand elle penche sa sereine jeunesse vers mes épaules voûtées, vers mes membres aux ressorts rouillés, vers ma face ravagée de rides, je sens renaître en moi toutes les forces, toutes les espérances, toutes les illusions de mon printemps...

Et, quand elle me parle de son Dieu, il me semble que je vais croire aux récompenses réservées là-haut à ceux qui ont été ici-bas victimes de l'injustice et de l'erreur des hommes...

Voilà pourquoi on m'arrachera plutôt le cœur de la poitrine que de l'arracher de mes bras.

Et puis, je vous connais, baron de Sierk...

Vous ne valez pas mieux que les fils d'Egyptus...

Comme nous, en effet, vous professez l'absence de tous scrupules et le dédain de toutes lois...

Sans compter les ambitions inassouvies, les appétits insatiables, les criminelles rancœurs que je devine sous votre masque de courtisan...

Oh! oui, en dépit de ce masque, je déchiffre dans les plis de votre front l'incubation de quelque comédie coupable, de quelque tragédie ténébreuse dont ma Diamante serait l'héroïne vouée d'avance à un sinistre dénouement...

Donc, vous n'obtiendrez rien de moi...

Cherchez ailleurs une proie et un complice...

Tant que le « vieux mécréant » vivra, sa fille d'adoption ne le quittera pas...

Il la défendra, il se défendra avec tout ce qui lui reste d'énergie et de vigueur contre quiconque entreprendrait de les séparer...

Et malheur à celui qui s'aviserait de porter une main hardie et sacrilège sur le bonheur ou sur l'honneur de la reine des Grands-Scorpions !

. . . .

. . . .

Pendant que le vieillard parlait avec des notes tour à tour émues, attendries ou menaçantes, les traits de son interlocuteur avaient dépouillé leur apparente bonhomie pour passer successivement de l'impatience à la colère...

Et, lorsque Pharam eut terminé, en accentuant la péroraison de sa harangue d'un geste qui ne laissait aucun doute sur la nature résolue et immuable de ses intentions :

— Ainsi, questionna le gentilhomme d'une voix qui sifflait entre ses dents serrées, ainsi, septième neveu d'Egyptus et de Ploiaüm, c'est la guerre que tu me déclares ?

— Je ne la déclare pas, je ne la demande pas, je ne la cherche pas, Excellence, répondit le Pharaon avec un calme glacial ; mais je suis prêt à la soutenir, s'il vous convient de me la faire.

— Prends garde !

Pas un pli ne bougea sur le visage du bohémien.

— Seigneur baron, répliqua-t-il, n'espérez pas m'intimider. Vous y perdriez votre peine. A mon âge, croyez-le, on est trop près de la mort pour avoir grand'peur des vivants.

L'autre répéta :

— Prends garde ! Nous ne sommes pas si loin de Florence... Or, mon premier soin, en arrivant dans cette ville, sera d'aller trouver le barigel et de requérir l'appui de sa justice pour t'arracher, de gré ou de force ce que tu ne crains pas de me refuser...

Le doyen des Grands-Scorpions reprit sa place sur la pierre qui lui servait de siège.

Il était là comme sur un trône, — le buste tendu, la tête droite, l'œil grand ouvert.

Sa physionomie revêtait une sorte de majesté sauvage.

— C'est bien, fit-il avec défi : amenez contre nous tous les sbires de Florence... Contre eux, contre le barigel, contre sa prétendue justice, nous avons une alliée sûre, fidèle, invincible : la montagne !... La montagne aux cimes inaccessibles, aux défilés infranchissables, aux gorges dans lesquelles cent hommes déterminés arrêteraient, écraseraient une armée tout entière, aux entrailles assez profondes pour dérober un peuple de fuyards aux recherches d'un monde de limiers !

Il ajouta, tandis qu'un sourire sarcastique creusait ses rides :

— Allez, les puissances supérieures, — quelles qu'elles soient, Dieu ou diable, — ont bien fait ce qu'elles ont fait. Aux forts, aux riches, aux puissants, aux heureux elles ont donné la plaine pour y étaler l'insolence de ces privilèges du hasard. Aux pauvres, aux opprimés, aux proscrits, aux gitanos, pour y abriter leur faiblesse, elles ont donné la montagne.

Christian ne contenait plus sa rage :

— Cette armée que tu braves, je l'aurai, gronda-t-il, et nous verrons quelle figure feront les bandits que tu commandes en face des soldats de Cosme II.

Pharam se croisa les bras sur la poitrine.

— Les bandits que je commande ne sont pas des soldats, c'est vrai...

Ce sont encore moins des héros...

Les soldats savent combattre. Mes bandits ne savent que fuir. C'est là leur force et leur triomphe !..

Essayez de saisir la poussière que le vent balaie de son souffle ! Tentez de fermer la main sur ce souffle lui-même ! Vous n'y réussirez jamais...

Il en sera ainsi avec mes compagnons : c'est en vain que vous vous fatiguerez à les poursuivre sur les plateaux où les transportera leur vol d'aigle, à travers les abîmes qu'ils franchiront de leur pied de chamois et dans les retraites souterraines où ils se couleront avec la prudente souplesse du serpent !...

— Oh ! s'écria M. de Sierk, j'intéresserai à ma cause tous les princes de l'Italie !...

— Eh bien, nous quitterons l'Italie...

— Vous !

— Est-ce que quelque chose nous attache à ce sol, nous autres, éternels voyageurs, citoyens de l'immensité, sujets de notre volonté seule ?...

Est-ce que, pour nous retenir plutôt ici que là, nous avons des biens au soleil, des maisons où dormir, des temples où prier, une tombe où nous coucher à côté des aïeux ?...

Non, nous n'avons rien de tout cela : rien qui nous gêne, rien qui nous retarde, rien qui nous lie !...

Mais nous avons l'espace, qui est notre domaine, et la rapidité, qui est notre salut...

Sait-on seulement d'où nous venons ? On prétend que c'est de là-bas, dans le Midi, ou de tout là-bas, dans le Nord. Qui nous empêche d'y retourner ?...

Oui, plutôt que de vous livrer la douce et innocente fille, objet de vos convoitises et de vos machinations, par dessus les pays parcourus d'une haleine et par dessus les mers enjambées d'un élan, nous nous enfoncerons dans les sables du désert ou dans les neiges du pôle, — habitués que nous sommes à respirer cet air embrasé des terres chaudes et cet air glacé des solitudes boréales qui dévoreraient quiconque rêverait de nous atteindre !

— Misère de Dieu ! gronda le baron, vous n'en êtes pas encore là, mes maîtres !

— Et vous, vous êtes encore ici : ne l'oubliez pas, Excellence.

— Que veux-tu dire ?

Le Pharaon montra l'espèce de crosse blanche qui était le symbole de son pouvoir :

— Je veux dire que, si je frappais le sol avec ceci, vous seriez englouti sur l'heure.

Le gentilhomme eut un court frisson et sa main chercha sous son manteau la poignée de sa rapière.

Pharam continua d'un accent dédaigneux :

— Oui, je sais, vous avez au côté une brette de capitaine... Mais veillez à ce qu'elle ne quitte pas le fourreau... Autrement, cinquante couteaux sortiraient aussitôt de leur gaine...

Christian pâlit :

— Tu me laisserais assassiner ! s'exclama-t-il.

Un frémissement secoua le corps du vieillard, et une lueur farouche brilla sous la double touffe de sourcils, épais et blancs comme ses cheveux, qui formait saillie au-dessus de son nez hardi et coupant comme une serre :

— Messire, poursuivit-il, voilà bien des années que le sang versé crie vengeance... Bien des années que l'occasion ne s'est pas présentée d'immoler un chrétien aux mânes de nos frères égorgés sous les murs de Nancy... Par Ptolaüm, fils d'Egyptus ! ne tentez pas notre patience, ne réveillez pas nos souvenirs et ne prolongez pas votre séjour ici !

— Mais, balbutia M. de Sierk, je n'y suis venu qu'en me fiant à ta promesse que j'en sortirais sain et sauf.

Le doyen appuya :

— Si vous ne vous y présentiez pas en ennemi...

Ensuite, d'un ton grave et digne :

— Votre confiance, du reste, ne sera point trompée. La promesse faite sera tenue. Vous pouvez vous retirer en toute sécurité. Ma parole vous protège mieux que la trempe de votre épée.

Puis, après un moment :

— Nous n'avons plus rien à nous dire, n'est-ce pas ?

Puis encore, appelant :

— Holà ! Polgar et Giseph !

Les deux gitanos s'approchèrent vivement.

Le Pharaon leur intima :

— Reconduisez ce cavalier jusqu'à l'endroit où il a laissé sa monture.

Le gentilhomme regarda fixement le bohémien :

— C'est ton dernier mot ? demanda-t-il.

— Je ne reviens jamais sur ce que j'ai décidé, répondit le vieillard.

Il salua de la tête, et, avec intention :

— Adieu donc, monsieur le baron.

Ensuite, s'adressant au reste de la tribu, qui formait le cercle à distance :

— Et vous, que l'on fasse place et honneur à notre hôte!

Le cercle obéit, docile, et ce fut entre une double haie d'hommes et de femmes immobiles, muets, inclinés avec déférence, que Christian de Sierk s'éloigna à grands pas.

Quelques minutes plus tard, en se mettant en selle :

— Oh ! non, murmura-t-il, tandis qu'une flamme sinistre jaillissait de sa prunelle, non, *ladrone*, non, *birbante*, non, engeance maudite qui essayez de me voler le talisman sur lequel je compte pour changer ma détresse présente en un avenir radieux, non, tout n'est pas encore terminé entre nous, et ce n'est pas *adieu* que je vous dis, mais *au revoir*.

. . . .

. . . .

Pharam avait repris sa pose méditative, et son impassibilité était revenue sur ses traits.

Quelqu'un le toucha à l'épaule.

Le vieillard se retourna avec impatience :

— Qu'est-ce donc ? interrogea-t-il.

— Seigneur doyen, demanda le jovial Gargajal, que va-t-on faire du prisonnier ? On a fini de souper. C'est le moment de rire.

— Quel prisonnier ? questionna derechef le Pharaon tout entier à ses réflexions.

— Hé ! ce barbouilleur de papier... Notre premier visiteur de cette nuit... Celui qui dort là-bas, sous la garde de votre fils.

— C'est vrai. Je l'avais oublié. Qu'on l'amène.

Gargajal fit un signe.

Une demi-douzaine de zingari se détachèrent de leurs camarades pour exécuter l'ordre du vieillard.

Celui-ci réunit du geste autour de lui les respectables sacripants et les vénérables coquines qui composaient le « conseil des anciens ».

— Mes frères, s'informa-t-il, ont-ils eu le temps de décider de quelle façon il convient de traiter ce jeune homme ?

— Nous avons eu ce temps, répondit le Docteur, organe de l'aréopage.

— Et à quelle décision vous êtes-vous arrêtés ?

— A celle-ci : que cet étourneau devait être pendu sur-le-champ.

Le doyen fit un haut-le-corps :

— Pendu !... Vous avez dit pendu ?

— Pendu ! répéta le Docteur.

— Cet inconnu sans importance !... Cet artiste inoffensif !... Ce malheureux que le hasard seul a amené parmi nous !

— Lui-même ! déclara le sanhédrin tout d'une voix.

— Mais que vous a-t-il fait ? s'écria le vieillard. En quoi peut-il vous nuire ? Que craignez-vous de lui ?

— Seigneur, reprit le Docteur, il ne s'agit pas de cela.

— De quoi s'agit-il donc, alors?

— D'une de nos lois fondamentales.

— Laquelle ?

— La loi du talion.

X

LA LOI DU TALION

Pendant ce temps, Jacques Callot dormait.

La fatigue avait eu raison de la perplexité, qui n'avait pu s'empêcher de surgir en lui, du sort qui lui était réservé.

A peine s'était-il adossé à la paroi du roc qui lui servait de cellule, que le sommeil s'était appesanti sur ses yeux : un sommeil de plomb, — soudain, envahisseur, invincible !

C'est tout au plus s'il avait eu le temps de s'étendre de son long sur le sol et de pousser — en guise d'oreiller — son carton à dessins sous sa nuque.

Maintenant il reposait à poings fermés comme dans son lit.

Et, s'il vous eût été donné de vous pencher sur lui, ainsi que l'ange gardien sur un berceau d'enfant, vous auriez vu sa franche et honnête figure sourire à un rêve rassurant et enchanteur...

Ah ! c'est que le brave garçon était, pour le moment, bien loin de l'Apennin sauvage et de la tribu des Grands-Scorpions !...

Il revoyait, là-bas, là-bas, — par delà les Alpes neigeuses
et les Vosges aux noirs sapins, — la Meurthe et la Moselle
flotter, comme deux rubans pailletés, sur la robe, verte de
cultures ou blonde de moissons, des grasses plaines de la
Lorraine...

Il revoyait, perdus au milieu des fumées bleuâtres des
cheminées, qui formaient autour d'eux comme un voile
diaphane, les clochers, les murailles, les toits de Nancy, sa
ville natale.

Puis, derrière les fossés larges et profonds, derrière l'en-
ceinte bastionnée, derrière les portes flanquées de tours
massives, — sur les marches de la Ville-Vieille et de la
Ville-Neuve, — non loin de cet hôtel Marquez qui avait
donné l'hospitalité au cadavre du Téméraire, — l'antique
logis paternel, avec son porche armorié, son pignon en
lanterne accroché à un angle et ses fenêtres qu'une croix
de pierre divisait en quatre parties inégales, garnies de
petites vitres coupées en losange et montées en plomb...

Puis encore, dans cette maison même, le *poêle* — comme
on appelle la pièce principale en Lorraine, — avec son
énorme buffet en noyer noir, lustré à la cire par le bras
infatigable de la servante : ce buffet qui s'élevait jusqu'aux
solives du plafond, et dont la partie supérieure offrait six
rayons étagés...

Six rayons sur lesquels s'alignaient les assiettes d'étain,
brillantes comme des miroirs, les pots de grès bleu à *sujets*
et à devises, les verreries de Bohème aux facettes piquées
d'étincelles, et les hauts gobelets d'argent, aux pieds fleu-
ronnés et aux bords contournés, dont on ne se servait que
dans les jours solennels...

Il revoyait, en face de ce meuble monumental, la vaste
cheminée où brûlaient, en hiver, d'épais quartiers de
charme, et où, en été, une ramée de feuillage, trempant
dans un vase rempli d'eau, masquait la nudité du foyer
éteint...

Dans l'embrasure d'une croisée, une bonne grosse dame

filait, sous les courtines à ramages, tandis qu'une chatte au poil *mirjolé*, (mêlé de blanc et de roux), ronronnait béatement sur ses genoux ou se frottait amoureusement contre son rouet...

Une bonne grosse dame vêtue de couleur foncée, avec un bonnet à tuyaux, une fraise empesée, un trousseau de clefs pendu à la ceinture par une chaînette d'argent et une figure qui reflétait le calme profond et inaltérable que donne la santé du corps et de l'âme...

Ensuite, un homme entrait, qui déposait dans un coin sa haute canne à pomme d'ivoire, et qui accrochait à la boiserie son manteau de drap brun passementé de soie et son chapeau dont la large forme s'entourait d'une « chenille » d'or.

Cet homme portait, en outre, des chausses et un pourpoint de velours noir très étroit, — ce dernier surmonté d'un col de chemise évasé et *godronné* qui ne se rabattait pas sur les épaules.

Ses cheveux grisonnants rejoignaient une barbe partagée en deux lobes, selon l'habitude des vieillards du temps.

Son air était sérieux et un peu compassé, — et toute sa personne dégageait je ne sais quoi de solennel qui révélait la nature de ses fonctions...

Car ce n'était pas un mince personnage que messire Jean Callot, roi d'armes du duc Charles III, conservateur des titres et registres de la noblesse de Lorraine, et époux de la grosse dame au rouet et à la chatte *mirjolée*, laquelle dame n'était rien moins que Renée Brunehaut, fille de Jacques Brunehaut, en son vivant médecin de Christine de Danemark, duchesse douairière...

Jacques se revoyait lui-même arriver, bambin, de l'école des Cordeliers, ses livres et ses cahiers sous le bras, avec ses grègues et son justaucorps de droguet et sa tête rose ébouriffée...

La famille s'asseyait alors — pour le dîner ou le souper — devant une table couverte d'une nappe à liteaux rouges, sur laquelle la servante plaçait, suivant les jours ou les repas, la soupe fumante aux corps de grenouilles, — potage fort usité dans le pays, — et les grillades de porc, saupoudrées de fines herbes, ou les *knœpfels* de pâte dorée et les poissons cuits au vin rouge avec les oignons et la crême qui donnent à cette sauce de matelote une si friande couleur lilas...

Et le père, en dépliant sa serviette, disait gravement à l'enfant :

— Récitez le *Benedicite,* monsieur mon fils, afin que le Seigneur nous accorde la grâce de digérer l'excellente cuisine que voici avec autant de facilité que nous en allons mettre à nous l'incorporer.

. . . .

. . . .

— Çà, debout, beau sire du crayon ! On t'attend ici près pour te régler ton compte.

C'était le fils de Pharam qui parlait ainsi en poussant du pied le dormeur.

Celui-ci se mit sur ses jambes machinalement. Le heurt brutal du bohémien ne l'avait réveillé qu'à demi. Il avait encore les yeux pleins de sommeil et brouillés par les hallucinations du songe.

Yanoz lui fit signe de le suivre, et il le suivit incontinent. Ne croyait-il pas toujours dormir ? Ne croyait-il pas rêver sans cesse ?

Seulement le rêve avait changé d'aspect :

La table abondamment servie avait disparu comme sous le coup de baguette de quelque génie malfaisant.

Toute la sauvage horreur d'un paysage bouleversé, — éclairé par de fantastiques clartés, — avait succédé à l'intérieur calme et joyeux du logis de la Grand'Rue ..

Et, au lieu des visages connus, tranquilles et doux de son père respecté et de sa mère chérie, c'était un fourmillement de figures glapissantes et grimaçantes que l'héritier du héraut d'armes de Charles III et de dame Renée Brune-

haut voyait grouiller dans le brouillard confus de la nuit
ou danser dans les zones où tremblaient la lueur incertaine
de la lune et le rouge reflet des feux.

Comme il arrivait devant Pharam, le Docteur venait de
reprendre, en s'adressant à ce dernier :

— Ce chrétien n'a-t-il pas avoué tout à l'heure qu'il était
du pays de Lorraine ?

Le vieillard tressaillit.

Il avait complètement oublié ce détail.

L'autre poursuivit aigrement :

— As-tu donc perdu la mémoire de ce qui s'est passé
autrefois ?

— Moi !

— Quand nombre de nos frères ont été mis à mort cruellement et lâchement par les gens de cette province...

— Oui, murmura le Pharaon : des enfants, des femmes,
des vieillards, des hommes sans défiance, sans défense...

— Eh bien ! continua le Docteur, ce crime n'a pas été
vengé : aucune personne originaire de cette contrée de bourreaux n'étant jusqu'à présent tombée entre nos mains... Or,
voici que nous en tenons une, à la fin... Celle-là payera
pour les autres !...

— Mais, protesta Pharam, ce misérable est innocent de
la faute commise par ses pères !...

— Nos frères eux-mêmes n'étaient-ils pas innocents des
méfaits que leur imputait la populace de Nancy ? On ne les
a pas moins massacrés. Donc, la loi doit suivre son cours ;
la loi d'Egyptus et de Ptolaüm : œil pour œil, dent pour
dent, tête pour tête. L'usage des représailles n'est-il pas la
première comme la plus ancienne vertu de notre race ?

— D'ailleurs, opina Baïssa, — la mégère en lunettes, qui
avait un éclair féroce sous ses paupières éraillées, — d'ailleurs, il faut bien que l'on voie, de temps en temps, une
grimace de goï au-dessus du collier de chanvre : cela change
les habitudes de celui-ci.

Et Horeb, le barbon-squelette, opina sentencieusement :

— Une bonne petite exécution est un spectacle salutaire pour la jeunesse ; il lui aguerrit les yeux, lui forme le caractère et lui élève les sentiments...

— Sans compter, conclut Gargajal, qu'il aide puissamment aux fonctions de l'estomac... Récréatif, digestif et apéritif à la fois... Moi, d'abord, je n'ai jamais pu, en sortant de table, voir un de mes semblables se trémousser au bout d'une corde sans éprouver l'envie, que dis-je ! le besoin de repiquer sur la nourriture.

Jacques Callot écoutait tout cela sans comprendre.

Pharam le considérait avec compassion.

— Frères, réfléchissez, reprit-il, que cet enfant n'a pas beaucoup plus de vingt ans.

— Aussi, ricana Wiarda, — la sorcière à la loupe et à la pipe, dont la langue sortait de la bouche édentée comme celle d'une ogresse qui flaire la chair fraîche, — aussi a-t-on pour lui, doyen, les égards que son âge commande : on pourrait l'embrocher, le rôtir à petit feu et le déchiqueter de façon que chacun en tirât son morceau avec son couteau ou ses ongles ; eh bien, on se contente de le pendre...

Le Pharaon était sombre :

— Ce que vous voulez faire là, dit-il, est injuste, barbare, inutile...

— C'est la loi, répliqua le Docteur.

Puis, pesant sur chacun des mots :

— Faut-il te rappeler ce qui est édicté dans le code parlé que nous nous transmettons de génération en génération ? *Les Chrétiens seront traités chez nous comme ils traitent les nôtres chez eux.* Encore une fois, c'est la loi !

— C'est la loi ! répéta le cénacle à l'unisson.

La tribu entière fit chorus :

— C'est la loi ! c'est la loi !

Le vieillard se courba sous cette manifestation spontanée et générale.

L'arme dont il s'était servi, quelques instants auparavant,

pour effrayer Christian de Sierk, se retournait dans sa main pour atteindre celui qu'il avait dessein de protéger.

Son regard fit rapidement le tour de l'assistance : vous auriez juré qu'il cherchait un allié qui le secondât dans ses généreuses intentions.

Mais il n'y avait là que des faces sordides, sinistres et bestiales.

Pharam essuya d'un revers de manche la sueur qui perlait dans les rides de son front :

— Ainsi, demanda-t-il lentement, c'est votre volonté qu'il meure ?

— C'est notre volonté, déclara l'aréopage.

Parmi les autres, il y eut une sorte d'explosion :

— Qu'il meure ! oui, qu'il meure, le *goï* !

Les femmes n'étaient pas les moins promptes à crier.

Le Pharaon se leva :

— C'est bien ; que votre volonté soit faite !

Il eut le geste de Pilate abandonnant Jésus à la fureur de Caïphe, des Pharisiens et de la plèbe de Jérusalem.

Ensuite, s'adressant au Lorrain :

— L'ami, prononça-t-il avec un accent de pitié qui pleurait malgré lui dans sa voix rude et brève, le ciel m'est témoin que j'ai fait pour te sauver tout ce qui est en mon pouvoir... Ce n'est pas moi qui te condamne : ce sont ceux de tes compatriotes qui ont assassiné nos frères... Chacun va de vie à trépas selon sa destinée écrite. La tienne m'afflige. Elle est cruelle. Oppose-lui, pourtant, bon visage et sache mourir comme je suis sûr que tu aurais vécu : sans peur.

Ayant ainsi parlé, le doyen des Grands-Scorpions se détourna — non sans émotion — et se couvrit la tête d'un pan de la couverture qui lui tenait lieu de manteau pour ne pas assister à ce qui allait se passer.

Jacques Callot avait bien entendu cet arrêt sans appel.

Mais il n'en avait saisi ni le sens ni la portée terribles.

Yanoz lui posa la main sur l'épaule :

6

— Si tu as un Dieu, railla-t-il, on t'accorde un couple de minutes pour lui jeter ton âme à la tête.

En même temps, il poussait le pauvre garçon vers un gros arbre qui se penchait sur une fissure de la montagne, et dont la maîtresse branche se balançait au-dessus d'un ravin de près de cent pieds de profondeur.

Un bohémien était déjà à cheval sur cette branche, à laquelle il avait attaché une corde neuve que terminait un nœud coulant.

Notre artiste se laissa conduire sans résistance vers cet instrument de son supplice :

— C'est la suite du rêve ! pensait-il

Cependant, quand il se vit placé en équilibre au bord extrême de la crevasse, dont le vide s'ouvrait à quelques lignes de ses talons...

Quand il sentit le *lasso* fatal, adroitemnt lancé par le bourreau improvisé, lui enserrer le cou dans son anneau de chanvre..

Quand il entendit le ventripotent Gargajal se constituer l'ordonnateur de la triste cérémonie et en formuler de la sorte le programme succinct, clair et net :

— Je frappe trois coups dans mes mains... Au troisième, v'lan ! une poussée !... Et notre jouvenceau gigotte, au bout de son fil, entre le fond du ravin que voici et la branche de l'arbre que voilà... C'est aussi simple que de faire un pape avec un cardinal et une poignée d'écus romains.

Quand il entendit pareillement le féroce Yanoz approuver :

— C'est bon ; je me charge de la poussée.

Quand il s'aperçut, à la fin, qu'on lui avait enlevé son épée...

Et quand il eut examiné le cercle de 'démons qui l'enveloppait : masques couleur de suie ou de tan, prunelles en escarboucles, rires silencieux et diaboliques...

Alors, il commença à trouver que le rêve tournait au cauchemar.

Une chose le rassurait, pourtant

C'est que ce cauchemar ne pouvait pas durer...

Dans tout rêve, quand on s'imagine tomber d'un endroit élevé, on se réveille sur le coup...

Or, ici, la chute était imminente...

Donc, le réveil était tout proche.

Sous l'empire de cette idée :

— Dépêchons-nous, hein, camarades ? dit notre dormeur éveillé : j'ai hâte de me retrouver dans un lit.

Les assistants se regardèrent avec étonnement.

— Mort de mes os ! le drôle nous brave ! murmura le fils de Pharam.

— Heureusement, c'est nous qui rirons les derniers, fit paisiblement Gargajal.

Puis, saluant notre Lorrain avec une soumission ironique :

— A vos ordres, mon prince !

Puis encore, écartant les mains :

— Attention !... Je commence... Un !... Deux !...

Il allait ajouter :

— Trois !

Un coup de sifflet strident et prolongé lui coupa le mot sur les lèvres.

XI

LE FOUET A MANCHE D'ÉBÈNE ET LE SIFFLET D'ARGENT

Ces choses arrivent dans les féeries :

A un moment suprème, quand on s'y attend le moins, une divinité — bienfaisante ou malfaisante — monte des *dessous*, descend du cintre, jaillit d'une machine, étend le bras, lève sa baguette...

Et tout ce qui était mouvement et bruit sur le théâtre s'arrête, se tait, se fige, se pétrifie à ce geste de commandement.

Il en fut à peu près de même dans la scène qui allait avoir un si funèbre dénouement.

A cette modulation subite et impérieuse, Gargajal, ordonnateur de la tragique cérémonie, demeura là, la bouche bée, — et les deux mains, qu'il s'apprêtait à rapprocher pour frapper le troisième coup, restèrent comme ankylosées par une soudaine et foudroyante paralysie.

Yanoz, de son côté, s'était métamorphosé en statue.

Son père regardait et écoutait sans bouger.

Quant aux autres bohémiens, après un léger frémissement, ils se tenaient cois et silencieux.

La personne qui intervenait de la sorte n'était point, cependant, d'aspect si imposant qu'elle dût frapper de respect ou d'effroi la tribu tout entière, des enfants aux vieillards.

C'était la jeune fille que nous avons vue danser, devant la foule éblouie, sur la place de San-Pagolo ;

Celle que nous avons entendue plus tard faire à Christian de Sierk et à Charles de Vaudémont de si bizarres et de si sombres prédictions ;

Celle qui, son énergie et son poignard aidant, avait échappé à l'étreinte de Son Altesse ;

Celle enfin qui, au début de notre récit, semblait dormir sous l'œil ardent et jaloux du fils de Pharam.

Elle était grande, presque longue, et il fallait le riche témoignage de sa poitrine aux merveilleux contours pour ne pas favoriser la pensée de faiblesse qui voulait naître dans l'esprit.

Tout d'abord, au milieu de ces femmes aux cheveux plantés bas sur un crâne bombé, et aux lèvres, au teint, aux yeux africains, l'admiration qu'elle inspirait se doublait d'une bizarrerie à la triomphante séduction.

Les fatigues de la vie au grand air, sous la pluie et sous le soleil, n'avaient point étendu leur hâle sur sa peau, qui avait la blancheur et l'éclat d'un marbre mouillé.

L'ovale pur de son visage s'élargissait au-dessus des tempes et donnait à son front une majestueuse ampleur, et les spirales d'une abondante chevelure aux lumineuses nuances d'or se déroulaient jusqu'au-dessous de ses hanches.

Toutefois, sous les boucles molles de cette chevelure si légère et si claire, il y avait deux fiers sourcils bruns, dessinés nettement, et des prunelles d'un bleu d'acier dont la froide étincelle commandait.

Ce regard, dont l'audace inattendue s'allumait parmi tant de douceur, avait d'irrésistibles charmes.

Parce que, bien souvent, sa hardiesse s'éteignait en des langueurs qui prêtaient à cette créature deux beautés dis-

6.

tinctes, — celles de l'ange et de la femme — et lui livraient
ainsi les deux portes du cœur.

Un corsage de velours cerise emprisonnait sa taille ; une
jupe de satin d'un vert tendre bouillonnait autour de ses
reins, que ceignait une écharpe mauresque ; une sorte de
petit diadème se penchait coquettement sur le côté gauche
de sa tête.

En outre, ses jambes et ses bras étaient cerclés de bracelets aux poignets et aux chevilles.

Il est vrai que bracelets et diadème n'étaient guère que
cuivre et verroteries.

Il est vrai pareillement que le velours du corsage s'élimait
par endroits, que le satin de la jupe se ternissait par places,
et que les babouches de Cendrillon, dans lesquelles dansaient
ses pieds andalous, avaient quelque peu éraillé leur maroquin aux ronces, aux pierres des sentiers, et perdu leur
vive couleur rouge sous la poussière des grands chemins.

N'importe : elle était belle à tourner toutes les têtes !

En la voyant marcher vers lui :

— Pardieu ! se dit Jacques Callot, voici mon rêve qui se
décide à redevenir agréable !

Un petit fouet à manche d'ébène était passé dans la ceinture de la survenante, et un petit sifflet d'argent pendait à
son cou par une chaînette du même métal : le sifflet qui
venait de jeter sa note aiguë et impérative.

La jeune fille s'avança jusqu'au centre de l'arc que les
rangs pressés des zingari décrivaient autour du patient.

Elle examina alternativement celui-ci et ceux-là.

Puis, elle demanda d'une voix brève :

— Que se passe-t-il donc, mes frères ?

Et, comme personne ne répondait :

— Vous vous taisez ? poursuivit-elle. Alors je vais parler
pour vous... Car voici près d'une heure que j'ai cessé de
dormir, et je suis au courant de ce qui se prépare... Vous
allez faire ripaille de sang et tuer une créature humaine
pour le régal des yeux, pour le plaisir, pour rien...

Il y eut un grognement de révolte.

Encouragé par cette attitude des masses :

— Diamante, déclara le Docteur, ne t'occupe pas de nos affaires.

— D'abord, répliqua-t-elle vivement, quand j'ai à ma ceinture le fouet à manche d'ébène et à mon cou le sifflet d'argent, insignes de mon autorité, j'entends qu'on me parle comme à celle qui a succédé à Mani et qui a le droit d'être consultée sur toutes les mesures débattues en conseil...

— Eh bien, reprit l'autre, cet homme a mérité son sort... Son pays le place sous le coup de la loi du talion... Que la reine laisse donc passer notre justice, et, si le spectacle de nos représailles lui répugne, qu'elle s'en retourne achever son somme interrompu...

La jeune fille battit le sol de son pied mignon :

— Et toi, fit-elle avec colère, retourne-t-en à tes grimoires et à tes fioles, fabricant de mauvaises chicanes, avocat des méchantes causes, Esculape des chiens gâtés, ange exterminateur des mulots et des taupes !...

— Bon ! grommela le rubicond Gargajal, si l'on ne peut plus prendre un moment de bon temps !...

Diamante l'apostropha :

— Vous, monsieur le Grand-Ecumoir, j'engage Votre Gourmandise à ne prendre désormais de bon temps que dans la fréquentation des pots et le commerce des marmites !

Horeb, Wiarda et Baïssa s'étant avisés, de leur côté, de coasser quelque chose qui ressemblait à une protestation, elle les interrompit rudement :

— La paix, coupeur de bourses ! La paix, voleuse d'enfants ! La paix, marchande de mort subite !

Callot la dévorait des yeux.

— La preuve que je dors, pensait-il, c'est que voilà une enchanteresse comme on n'en rencontre qu'en rêve.

L'enchanteresse étendit le bras vers lui :

— Que l'on enlève, ordonna-t-elle, la corde qui menace d'étrangler ce brave garçon.

— Quoi ! s'écria Yanoz, tu veux...

Elle le regarda avec une indéfinissable expression :

— Silence, hyène enragée ! reprit-elle. Nous agissons chacun selon notre volonté. Moi, pour le bien ; toi, pour le mal...

Le bohémien insista avec une exaspération croissante :

— Tu n'es pas la maîtresse de la vie de cet homme... Non, tu n'en es pas la maîtresse... Demande plutôt à notre père...

Ainsi mis en cause, le vieillard intervint :

— Yanoz a raison, ma fille... Moi aussi, tout à l'heure, j'ai eu l'intention de sauver ce malheureux étranger...: Mais je n'en avais pas le pouvoir... Pas plus que tu ne l'as toi-même...

Diamante haussa les épaules avec impatience :

— Oui, oui, je sais, j'ai entendu... La nécessité des représailles, la loi du talion, le code d'Egyptus et de Ptolaüm... Toutes choses absurdes et cruelles !...

La figure du Pharaon devint sévère :

— Enfant, prononça-t-il avec solennité, cette loi, ce sont les chrétiens eux-mêmes qui l'ont faite en nous traitant comme des bêtes fauves...

Ce sont eux qui nous ont contraints de la placer dans le faisceau de celles que nos pères nous ont léguées pour nous régir, et, au besoin, pour nous défendre...

L'en arracher, c'est rompre ce faisceau ; c'est en éparpiller la force ; c'est détruire l'unité d'une race, qui, en butte à toutes les oppressions, à tous les dénis de justice, à toutes les persécutions, n'existe qu'en se serrant dans le respect de ses aïeux, dans l'observation de ses coutumes et dans la pratique de ses vertus...

Oui, de ses vertus, dont ce n'est pas l'une des moindres que conserver la mémoire des outrages comme des bienfaits...

C'est parce que tu es la première de cette tribu que tu dois l'exemple de la soumission aux principes qui forment la base de notre code...

— Hé ! mon père, qui songe à les méconnaître, ces principes ? Qui pense à les violer, ces lois ? Qui cherche à le fouler aux pieds, ce code ?...

Pendant que le vieillard parlait, la jeune fille avait paru réfléchir.

Maintenant, il y avait une singulière malice dans ses yeux et dans son sourire.

— Seulement, continua-t-elle, si vous les invoquez pour punir, ces lois, ce code, ces principes, il m'est bien permis, à mon tour, de les invoquer pour faire grâce...

— Comment ?...

— N'est-ce pas une tradition chez nous que le chrétien qui demande à entrer dans la grande famille des *Rômes* renonce, par ce fait, à tous les avantages dont il pouvait jouir dans le monde des profanes ; à son nom, à sa fortune, à ses liens de parenté et de patrie ?...

Plusieurs voix questionnèrent :

— Eh bien ?...

— Eh bien ! la tradition, qui dit : *Renonce à tous les avantages,* sous-entend naturellement : *Mais perd, en même temps, tous les inconvénients...* Interrogez là-dessus cet excellent Docteur... Il est trop éminent légiste pour n'en pas convenir avec moi.

— Après ? s'informa-t-on à la ronde.

Et Pharam, intrigué, s'enquit :

— Où veux-tu en venir, ma fille ?

— A ceci, père : c'est que, si ce jeune homme sollicite, s'il obtient son admission dans la tribu des Grands-Scorpions, il dépouille incontinent la nationalité lorraine : partant, qu'aucun recours ne saurait être exercé contre lui à l'endroit du méfait, — du crime si vous voulez, — commis par ses compatriotes.

— Notre compagnon !... Lui !... Jamais !

C'était Yanoz qui éclatait.

Diamante le toisa froidement :

— Pourquoi non ?... S'il le demande et si j'y consens... Car vos législateurs ont prévu le cas : c'est à la reine qu'ils laissent le soin de statuer sur une requête de cette nature.

— Pardon, ajouta le Docteur : encore faut-il, avant toute chose, que le postulant justifie de qualités, d'aptitudes ou de ressources dont puisse profiter la communauté à laquelle il ambitionne d'appartenir.

Le sourire devint railleur sur les lèvres de la fillette, qui étaient comme une fleur.

— Mon Dieu, répliqua-t-elle gaiement, je ne prétends pas qu'il ait la science de médicamenter des malades à quatre pattes, comme votre érudite seigneurie ; ni le génie de la cuisine, comme le vertueux Gargajal ; ni ce don de fascination, particulier à l'honnête Horeb, qui fait, rien qu'en la regardant, passer le contenu d'une poche de bourgeois dans la sienne...

Je ne suis même pas certaine qu'à l'instar de la généreuse Wiarda ou de la bénigne Baïssa, il ait le cœur assez bien placé pour adopter les chérubins que leurs mères laissent traîner, ou pour soutenir la cause des dames contre des maris vétilleux...

Mais soyez tranquilles : nous trouverons à utiliser ses talents. C'est un artiste, à ce qu'il paraît. Eh bien, il peindra nos enseignes, il dessinera pour le public, il nous brossera nos portraits...

— C'est cela : les nôtres, d'abord ! s'exclamèrent quelques jeunes femmes.

— Et le mien aussi, appuya un gitano d'une laideur remarquable : un souvenir pour mon épouse et mes marmots, lorsque j'aurai été pendu.

La reine lui frappa amicalement sur l'épaule :

— Bravo, Gorbas !... Excellent père de famille ! Tu verras que tu seras ressemblant à faire peur !

— D'accord, insinua hargneusement Gargajal ; mais qui

nous dit que ce jeune cadet ait envie de s'enrôler dans l'armée de Bohême ?

— C'est ce que je vais lui demander, repartit péremptoirement Diamante.

Puis, se tournant vers le Lorrain :

— Çà, messire peintre, reprit-elle, vous plaît-il de devenir des nôtres ?

XII

L'AVENTURE DU RAVIN ET DE L'ENFANT

Pendant toute cette discussion, qui n'avait rien moins que sa vie pour objet, Jacques Callot n'avait entendu, n'a- vait vu que cette bizarre et séduisante créature.

Il l'avait entendue sans comprendre les paroles qu'elle prononçait, — l'oreille enivrée par la musique de cette voix qui lui semblait mêler des roucoulements de tour- terelle caressante à des grondements de lionne irritée.

Il l'avait vue sans se rendre compte de l'énergie qu'elle déployait pour le sauver, — l'œil pris par cette beauté pétrie de contrastes, par ces allures faites d'oppositions, comme le costume aux vives couleurs sous lequel la mignonne apprivoisait la sauvagerie de la bohémienne par l'élégance de la grande dame.

Ajoutez que, chez lui, l'admiration de l'homme pour la femme se doublait de celle de l'artiste pour l'originalité de cette physionomie, de cet accoutrement et de cette désin- volture...

Ajoutez le décor qui encadrait cette scène : la nuit à peine combattue par une lune intermittente, le rayonnement chancelant et pauvre des feux abandonnés, l'aspect du coupe-gorge peuplé de têtes grimaçantes et menaçantes...

Ajoutez la fumée qui emplissait son cerveau de fantaisiste, ou qui s'élevait peut-être — tout simplement et tout prosaïquement — de son estomac vide...

Et ne vous étonnez pas si le pauvre garçon avait assisté comme une machine, — sans parler, sans bouger, insensible, — au débat qui mettait son existence en cause...

S'il persistait à croire à un rêve prolongé...

Et si sa raison, ballottée dans les espaces imaginaires, ne tenait plus qu'à un fil, de même que son corps, prêt à perdre plante, ne se rattachait plus à la terre que par la corde qui allait le lancer dans l'éternité.

Pour le tirer de son mutisme, la jeune fille fut obligée de répéter sa question :

— Je vous demande s'il vous convient de rester avec nous.

Elle le regardait fixement.

Ce regard lui rendit la parole :

— Avec vous ! s'exclama-t-il avec impétuosité. Vous me demandez s'il me convient de rester avec vous, si belle, si radieuse, si divine ! Mais je voudrais y passer le reste de mes jours, avec vous ! Quand chacun de ceux-ci devrait durer un an, et quand leur somme devrait parfaire des siècles !

Elle fit sa jolie petite moue de la lèvre inférieure :

— Il ne s'agit pas de moi seule, répliqua-t-elle ; il s'agit de savoir si vous acceptez de prendre notre tribu pour famille, notre métier pour profession, mes compagnons pour frères et la liberté pour tout bien, toute religion et toute patrie...

Elle continuait à le regarder.

Ce regard fascinait le jeune homme.

— Madame la reine, répondit-il, — car je vois que vous êtes la reine, non pas seulement à la couronne qui vous

7

sied comme une auréole, mais encore à la majesté toute de
grâce et de prestige souverain qui se dégage de votre personne, — madame la reine, disposez de moi...

Je suis votre sujet, votre serviteur, votre esclave...

Là, vrai, vous me commanderiez de me brûler vif à petit
feu ou de me laisser mourir de faim, — ce qui est un genre
de trépas éminemment désagréable, — que, ma foi, je vous
obéirais sans barguigner...

— Ainsi, vous consentez à marcher dans les rangs des
Tziganes rouges...

— Des Tziganes de toutes les couleurs que vous voudrez.

— Des Tziganes rouges de Moravie...

— De tous les pays qu'il vous plaira.

— Connus sous le nom de Grands-Scorpions...

— Oui, certes.

— A reconnaître Ptoiaüm pour tige et Châl, en Egypte,
pour berceau de la race des *Roumi* ou *Rômes*...

— Précisément.

— Vous renoncez à retourner jamais parmi les vôtres?
A pratiquer un autre culte que celui de l'eau, de l'air et du
feu? A avoir d'autres amitiés et d'autres haines, d'autres
ennemis et d'autres alliés, d'autres intérêts et d'autres calculs que les calculs, les intérêts, les alliés, les ennemis, les
haines et les amitiés de ceux qui vont devenir vos frères?

— Diable ! pensa notre Lorrain, voilà, ce me semble, un
tas de choses qui ne sont pas trop catholiques !

Puis, après un moment de réflexion :

— Mais, puisque je dors, qu'est-ce que je risque ?

Puis encore, d'un ton déterminé :

— Affaire entendue ; j'y renonce.

Diamante poursuivit :

— Vous jurez de préférer la ruse à la force, l'or à l'argent, le bien et le salut de tous à votre bonheur, à votre
fortune, à votre vie...

— Je le jure.

— De vous conformer à nos usages, de respecter nos

rites, d'observer nos lois ; de garder le secret de nos mys-
tères ; d'exécuter aveuglément les ordres qui vous seront
donnés...

— Je le jure.

— Enfin, de frapper sans faiblesse, sans hésitation, sans
pitié, quiconque vous sera désigné, ne fût-ce que par un
mot, ne fût-ce que par un signe de votre reine, — maîtresse absolue de vos pensées, guide suprême de vos actions,
arbitre de votre destinée...

— Je le jure, je le jure, je le jure !

Et, toujours sous l'empire de son idée de rêve :

— Pendant que j'y suis, ajouta Jacques gaillardement, y
a-t-il encore autre chose ?

— Vous jurez tout cela dans l'âme ?

— Dans l'âme.

— Par le fouet à manche d'ébène et par le sifflet d'argent ?

— Par ces deux instruments, — l'un à vent, l'autre à
corde — je le jure très volontiers.

— C'est bien.

La jeune fille se tourna vers les bohémiens :

— Otez-lui le collier de chanvre, intima-t-elle.

On obéit.

Callot respira bruyamment :

— Bon ! se dit-il, voici que je vais me réveiller.

Cependant, quelques voix réclamèrent :

— Les épreuves !... Nous exigeons les épreuves !... Les
épreuves de la force, du courage et de l'adresse !

— Les épreuves, les voilà ! hurla le fils de Pharam.

Et, s'écartant de quelques pas, il épaula vivement son
arquebuse dans la direction du Lorrain, appuya sur le ressort et fit feu...

Mais, au moment où la mèche s'abattait sur le bassinet,
un bras releva le canon de l'arme, qui dévia du point de
mire, et le coup partit en l'air...

Ce bras était celui du Pharaon.

— Respect aux volontés de la reine ! prononça impérieusement le vieillard en repoussant le jeune homme furieux.

Or, à la détonation un double cri avait répondu :

Un cri d'enfant et un cri de femme !

Un cri d'angoisse et un cri de mort !

Voici ce qui était arrivé :

Une demi-douzaine des galopins de la bande s'étaient glissés, pour ainsi dire, jusque sous les pieds du patient, afin de ne perdre aucun des détails de son supplice...

Au geste menaçant de Yanoz, à l'explosion de l'arquebuse, l'un d'eux, épouvanté, avait fait un mouvement de recul...

Mais, derrière lui, c'était la fissure béante au bord de laquelle Callot avait été placé...

Le talon de l'enfant — un enfant de cinq à six ans — ne rencontra que le vide...

Et le pauvre petit disparut en poussant un appel strident...

C'était la mère, — Djabel, — une créature bien découplée au teint et aux yeux de charbon, — qui avait jeté l'autre cri...

Le père, — ce Gorbas, qui, un instant auparavant, parlait de faire faire son portrait, — demeurait comme cloué à sa place dans une terreur impuissante...

Diamante était devenue pâle comme une morte, et ses dents claquaient ainsi que dans une crise nerveuse...

Les autres bohémiens, — hommes et femmes, — restaient immobiles, comme Gorbas, la poitrine étreinte et le sang glacé...

Jacques songeait :

— Le rêve ne finit pas. Au contraire. Il se corse.

Cependant, Djabel s'était précipitée vers l'abîme...

Mais elle n'osait pas plonger les yeux dedans...

Elle avait peur d'apercevoir son fils broyé sur les quartiers de roc qui hérissaient le fond du ravin ou entraîné par le torrent qu'on entendait gronder contre ces véritables brisants...

Et elle frappait du pied avec un désespoir sinistre...
Elle levait les bras, elle les tendait, elle les tordait...
Elle répétait en trépignant :

— Mon enfant ! mon enfant ! mon enfant !

Ce cri de l'inexprimable angoisse n'est donné qu'aux mères. Rien n'est plus farouche et rien n'est plus touchant. Un grand poète a dit :

« Quand une femme le jette, on croit entendre une louve, et [quand une louve le pousse, on croit entendre une femme. »

La tribu tout entière écoutait avec une consternation muette ce hurlement effrayant et déchirant.

Elle considérait, dans le paroxysme de l'effroi, cette figure hagarde et lamentable.

On regardait aussi du côté du gouffre.

Mais on se gardait d'en approcher.

Tous ces vivants semblaient redouter que la victime de cette chute mortelle ne les attirât après elle dans le vide.

Seul, notre Lorrain eut le cœur de se pencher.

Puis, après un moment :

— Rassurez-vous, ma bonne femme, prononça-t-il, le marmot s'est arrêté en route.

Il ajouta avec simplicité :

— Je vais aller vous le chercher.

XIII

LE SAUVETAGE ET L'ENROLEMENT

L'artiste avait dit vrai :

A mi-chemin, entre l'orifice et le fond du ravin, entre les quartiers de roc qui en formaient les flancs, un figuier sauvage avait poussé.

Et le ciel, protecteur des innocents, avait voulu que le *bambino* restât accroché par sa ceinture dans la chevelure de cet arbre.

Par une chance non moins providentielle, le malheureux s'était évanoui en tombant.

Il n'y avait donc pas à craindre qu'un mouvement, le détachant de ce point d'appui fragile ou brisant sous lui la branche qui l'avait happé au passage, l'envoyât s'abîmer sur les pierres aiguës qui pointaient et dans l'eau rageuse qui roulait à une trentaine de pieds plus bas.

Il n'en semblait pas moins perdu pour cela.

Aller le chercher ainsi, entre ciel et terre, eût paru à tout le monde une entreprise plus que périlleuse, téméraire, insensée, impossible !...

Callot n'hésita pas, pourtant...

Les bohémiens le virent avec stupeur mettre les jambes, puis le reste du corps, dans la crevasse profonde et noire, et, sans se hâter, résolument, avec une sûreté, une souplesse et une agilité magistrales, se couler dans l'horreur et le danger du vide.

Le vide au-dessous de lui, — autour de lui, — partout !...

Il commença à descendre.

Opération qui eût donné le vertige au plus brave !...

Il se retenait à toutes les touffes de broussailles, à toutes les étroites anfractuosités qu'il rencontrait sur cette paroi coupée à pic...

Ses genoux s'y écorchaient ; ses mains s'y ensanglantaient ; ses habits et sa chair s'y en allaient également par lambeaux...

Si, par hasard, une branche se rompait sous son poids : si son pied glissait, d'aventure, sur une de ces saillies si peu prononcées que c'était à peine s'il pouvait y appuyer le bout de l'orteil ; si les grêles bouquets de pariétaires sur lesquels ses doigts se crispaient, cédaient sous l'étreinte de ceux-ci, c'en était fait de lui et de l'enfant, qu'il eût entraîné dans sa chute !...

Lentement, il s'enfonça dans la nuit de l'abîme qu'éclairaient seuls, à une distance que l'ombre défendait d'apprécier, les blancs remous d'écume du torrent...

Tous les cous s'étaient tendus, tous les yeux étaient devenus fixes, toutes les poitrines haletaient.

On entendait je ne sais quoi d'inarticulé.

C'étaient Djabel et Gorbas.

Tous deux se dressaient devant l'abîme.

La mère, avec l'éclair de son œil sec et sa face convulsive d'où tombaient des imprécations rauques.

Le père, les prunelles noyées de larmes et la lèvre marmottant quelque chose comme une prière.

Vingt minutes s'écoulèrent, — de ces minutes que les circonstances rendent plus longues que des siècles.

Ensuite, une voix s'éleva de la profondeur et de l'ombre :

— Une corde ! demanda-t-elle.

Il y en avait justement un paquet qui gisait là, sur le sol : le paquet dans lequel on avait coupé les quelques brasses qui devaient servir à la pendaison du Lorrain...

Deux hommes, — Polgar et Giseph, — s'empressèrent de le saisir et de le dérouler dans le vide...

Bientôt, ils la sentirent, cette corde, se tendre violemment entre leurs doigts...

C'était Jacques qui venait de se cramponner des deux mains à son extrémité...

L'artiste remontait à la force des poignets...

Il tenait entre ses dents, — des dents de fer et d'acier comme ses muscles, — le bout de l'écharpe, heureusement solide, à laquelle pendait le petit bohémien, toujours privé de sentiment...

Après quelques instants, sa tête reparut au niveau du rebord de la fissure...

Puis, elle dépassa ce niveau...

Puis, après la tête, le buste...

Puis encore, le genou du jeune homme s'appuya sur ce rebord...

Le Lorrain, d'un dernier effort, prit alors terre lestement, — les mains saignantes, les vêtements déchirés, le front ruisselant de sueur, — mais l'œil et le visage radieux...

Et, élevant dans ses bras le bambin qui finissait par donner signe de vie :

— A qui l'objet ? questionna-t-il.

Djabel bondit, insensée, ivre...

Elle se jeta sur l'enfant et le couvrit de baisers...

Puis elle éclata de rire et tomba évanouie.

Gorbas s'était agenouillé à la droite du jeune homme...

Il lui avait saisi la main et l'avait portée à ses lèvres.

. . . .

— Eh bien, interrogea Diamante, croyez-vous que celui-là ait encore besoin de faire ses preuves de force, de courage et d'adresse ?

La tribu entière répondit par un immense battement de mains.

La jeune fille continua :

— Ainsi vous ne refusez plus de le recevoir dans votre famille ?

Il n'y eut qu'un cri :

— Non ! non ! non !

— Vous consentez à l'accepter pour compagnon, ami et frère ?

On trépigna :

— Oui ! oui ! oui !

Diamante prit son air et son accent de reine :

— Alors, que la plus jeune et la plus vieille donnent l'accolade au nouveau fils d'Eygpte et qu'on lui verse le vin de bienvenue !

Une fillette de deux ou trois mois, qui ressemblait dans ses langes à une baie de cassis, fut aussitôt mise sous le nez du jeune homme, qui l'embrassa sans répugnance.

Puis Wiarda et Baïssa s'avancèrent, d'un commun mouvement.

— J'ai soixante-quatorze ans, dit l'une.

— J'en ai soixante-quinze, dit l'autre.

— Ouais ! murmura notre Lorrain, voilà le cauchemar qui recommence !

Les deux sorcières se montraient le poing :

— Tu mens, guenon de Lucifer !

— Tu mens, girafe de Belzébuth !

Un conflit était imminent.

L'artiste le prévint gaiement :

— Mesdames les Parques, déclara-t-il, m'est avis que c'est celle de vous qui n'est point là qui doit être la plus âgée. En son absence, vous me permettrez de lui substituer le brelan de piquantes signorines que voici. Chacune d'elles

me paraît approcher vingt-cinq ans. Or, comme trois fois
vingt-cinq font soixante-quinze, le compte d'années y est,
n'est-il pas vrai ?

Et, joignant l'action à la parole, il planta un rapide et
solide baiser sur les joues mordorées de trois jeunes bohé-
miennes qui ne s'en montrèrent point fâchées.

On applaudit. Toute foule a des revirements soudains. On
cria d'un bruyant accord :

— Allons, le vin de bienvenue à ce joli garçon !

Gargajal s'approcha, porteur d'un gobelet et d'une fias-
que.

— Mon gros Bacchus, reprit Callot, je viderai volontiers
un flacon à la santé de madame la reine... Mais je ne serais
pas fâché non plus de casser une légère croûte... Je suis à
jeun depuis ce matin, et cette quasi-pendaison m'a donné une
faim canine !

On s'empressa de lui apporter, qui un quartier d'agneau,
qui un jambon, une moitié de dinde, un chapelet de sau-
cissons, une meule de pain, un disque de fromage.

Aussitôt, il commença à manger avec un si héroïque
appétit, que tous les coudes se touchèrent à la ronde dans
l'honorable assistance.

C'était un spectacle plus curieux que celui d'un patient
cravaté par la corde.

Chacun voulait voir.

Il y avait là des maîtres en fait de goinfrerie ; mais on
n'avait rien contemplé de si glorieux et de si complet. La
tribu ouvrait des yeux démesurés. Les hommes disaient :

— Voilà une solide recrue !

Les femmes pensaient, en s'extasiant :

— Il en est à sa troisième miche et à sa quatrième bouteille !

L'enthousiasme avait gagné le clan des pères conscrits.

— On pourrait, opinait le Docteur, l'utiliser comme phénomène.

— C'est cela, appuyait Gargajal, on le montrerait dans les

foires : *l'Homme-machine à faire le vide dans les fioles et dans les plats...*

— Sans compter, ajoutait Horeb, que, pendant que la foule des badauds admirerait cette mâchoire incomparable et cet entonnoir sans pareil, les mains habiles auraient beau jeu à travailler dans les poches.

De son côté, Wiarda, — la Tisiphone aux bésicles, — marmottait :

— Il dévore comme un loup. J'aime les beaux mangeurs. Ceux qui ne boudent pas devant le rôti ne renaclent point davantage devant l'amoureuse besogne.

Et Baïssa, — l'Alecto à la loupe et au calumet, — ruminait :

— C'est un franc luron. Il me plaît. Que diable ! je suis encore de calibre à enterrer un jeune mari !

Yanoz était allé blasphémer dans un coin.

Pharam s'entretenait avec Diamante.

A un moment, celle-ci donna un coup de sifflet.

Toutes les têtes se dressèrent.

— Frères, prononça la jeune fille, nous quitterons ces lieux à l'aube. Songez à prendre du repos. Que tout le monde soit debout dès la fine pique du jour.

Il y eut un va-et-vient général.

Chacun s'arrangeait pour achever la nuit de la façon la plus commode possible.

A la faveur de ce mouvement, la reine s'approcha du Lorrain, qui broyait sa dernière bouchée et humait sa dernière rasade.

— Ecoutez-moi, lui murmura-t-elle rapidement.

— Majesté, je suis tout oreilles, répondit l'autre, la bouche pleine.

— Vous allez vous coucher auprès de l'un de ces feux...

— Bien.

— Vous feindrez de vous endormir...

— Volontiers.

— Puis, lorsque vos voisins seront plongés dans le som-

meil, vous vous lèverez sans bruit, vous vous glisserez avec
précaution hors du campement, et vous vous engagerez
dans ce sentier à chèvres que vous apercevez là-bas, derrière
ce bouquet de sapins...

— Ensuite ?

— Ce sentier descend vers la plaine...

Jacques savourait avec délices cette voix d'or et de velours, métallique et moelleuse à la fois.

— Et après ? interrogea-t-il en frissonnant sous le souffle
chaud de cette bouche qui effleurait ses cheveux.

— Vous êtes agile et robuste. Le sentier conduit au village.
Avant une heure, en vous hâtant, vous aurez atteint les
premières maisons de San-Pagolo.

Le jeune homme regarda la jeune fille avec une surprise
intense :

— Vous me renvoyez ! s'écria-t-il.

Elle lui imposa silence du geste.

— Avez-vous donc pensé, demanda-t-elle, que tout ce
qui vient de se passer pût être autre chose qu'une comédie
jouée par moi pour vous sauver?

Le Lorrain laissa tomber ses bras :

— Une comédie maintenant !... Un rêve tout à l'heure !...
Du diable si je sais où j'en suis !

Diamante reprit gravement :

— Je vous ai deviné trop honnête homme, trop bon fils
et trop bon chrétien pour avoir un instant songé sérieuse-
ment à vous enlever à votre patrie, à vos parents, à votre
religion, — à cette religion qui est la mienne, et que je
suis forcée, hélas ! de ne pratiquer que dans mon cœur...
Vous-même, vous n'avez pas cru, une seule minute, que
votre place fût parmi nous... Encore une fois, il faut
partir...

— Partir !... Vous quitter !... Vous voulez...

— Sans retard. Je l'exige. Je vous en prie...

— Vous m'en priez !...

Il fit un mouvement pour s'élancer vers elle...

Mais elle fit un pas en arrière...

Et, le saluant avec une incomparable majesté :

— Dieu vous garde, messire Jacques Callot !... Allez en paix !... Et n'oubliez pas dans vos prières la reine des Grands-Scorpions !

XIV

LA FÊTE DE LA MADONE DELL' IMPRUNETTA

Près d'un an s'était écoulé depuis les scènes que nous venons de mettre sous les yeux du lecteur.

Transportons-nous dans une plaine riante qui s'étendait à quelques milles de Florence et où, au milieu de l'éparpillement d'une bourgade aux blanches maisons, s'élevait la chapelle de la Madone *dell' Imprunetta*.

Cette chapelle avait été construite par les soins de la « très noble et très insigne » famille des Buondelmonte, en un endroit où, d'après une tradition répandue dans le pays, une image de la Vierge (*Virginis quædam imago*) était sortie d'un buisson d'épines pour accomplir nombre de miracles.

La fête de cette Madone se célébrait à la mi-mai.

Six semaines à l'avance, les marchands, les taverniers, les bateleurs, les industriels de toutes les provenances, de toutes les espèces et de toutes les catégories, y installaient leurs boutiques, y dressaient leurs tentes, y échafaudaient leurs baraques, y plantaient leurs tréteaux ou y déroulaient leurs tapis.

Car on y venait de toutes les villes, de tous les villages, de tous les hameaux du voisinage :

Les uns, à cheval ; les autres, à mulet ; ceux-ci, à âne ; ceux-là, en charrette, en carrosse, en coche...

Les coches avaient été inventés quelques années auparavant.

Trente mille curieux, au bas mot, auxquels se joignait une véritable armée de bohèmes, de filous et de filles équivoques :

Quelque chose comme une des grandes migrations du quatrième siècle, — avec cette différence que ces dames et ces demoiselles, au lieu d'être des barbares, ou des sauvages, n'étaient que trop civilisées.

Arrivé en vue de la chapelle, chacun faisait halte, descendait de son cheval, de sa mule, de son baudet ou de sa voiture, secouait simplement la poussière de ses bottes, de ses chausses, de ses houseaux, de ses souliers, de ses spadrilles ou de ses pieds nus, et, après ses dévotions, s'en allait où la fantaisie le conduisait : devant les étalages des marchands, sous les auvents des taverniers, dans les loges des diseurs de bonne aventure, des débitants de vulnéraire, des montreurs d'animaux féroces, ou autour des tapis des râcleurs de violon, des joueurs de gobelets, des acrobates et des chanteurs en plein vent.

C'était un mouvement continuel et un bruit sans fin :

Charivaris d'instruments, lambeaux de refrains, discours de charlatans, auxquels venaient, par intervalles, se mêler les clameurs des badauds dépouillés par les passe-volants.

J'ai sous les yeux, au moment où j'écris, une gravure « dédiée, en témoignage de sa gratitude, au sérénissime Cosme le Grand, duc d'Etrurie, par le noble Lorrain Jacques Callot. »

Cette gravure, reproduite par Israël Silvestre, de Nancy, avec *privilège du Roy*, et tirée des *Petites et grandes foires de Florence*, représente la fête *della Madona dell' Imprunetta*.

Aux derniers plans, la chapelle, — avec le jet fluet et léger de son clocher :

Une procession en sort, — cierges au poing et bannières au vent.

Aux premiers, de grands arbres formant parasol et des maisons aux toits de tuiles, avec des rez-de-chaussée ouverts comme les terrasses de nos cafés...

Puis, dans ce décor champêtre, un fourmillement de personnages divers, dont, à la plus grande gloire du burin de l'artiste, chacun, jusqu'au plus petit, a sa physionomie distincte, son caractère propre et son action particulière :

Bourgeois, paysans, dames élégantes avec des robes à queue portée par des laquais, gentilshommes à plumet et à chamarres, soldats armés de pertuisanes et de mousquets, moines, mendiants, courtisanes, acheteurs, vendeurs, banquistes, vieillards, commères, enfants, ivrognes !

Sans compter les chevaux débridés, les mules au piquet, les ânes en liberté, les voitures dételées et les chiens qui se battent !...

Rien n'y manque :

Pas même le larron, pris la main dans le sac, à qui l'on est en train de donner l'estrapade dans un coin.

Figurez-vous la foire de Beaucaire, il y a un demi-siècle, ou la fête des Loges, à Saint-Germain, il y a une vingtaine d'années...

Etendez à des proportions gigantesques le tableau qu'offraient alors ces deux localités...

Au lieu de ces vêtements de nuance sombre, qui, au milieu de toutes nos réjouissances modernes, attristent malgré eux les moins mélancoliques, comme une protestation de la tristesse, — la reine de ce pauvre monde, — contre la gaieté, qui n'en est que l'usurpatrice...

Au lieu, de ces vêtements, disons-nous, mettez sur le dos de cette foule des habits aux couleurs éclatantes...

Mettez des panaches aux chapeaux, des galons aux man-

teaux, des passements, des ferrets, des rubans aux pourpoints...

Accrochez aux hanches des femmes le velours lamé d'or
et le satin broché d'argent...

Sur les épaules des misérables jetez ces guenilles picares-
ques que l'on croirait taillées dans la jupe des tulipes...

Eclairez tout cela du soleil d'Italie à la lumière rousse,
poussiéreuse, toute chargée d'atomes étincelants...

Et vous aurez une toile vivante d'après le cuivre de
Callot...

Mais laissons là le cuivre, la toile, l'image, — et revenons
à la réalité.

Dans cette cohue enfiévrée, foisonnant, en ce jour de mai,
autour de la chapelle *dell' Imprunetta*, vous auriez sûrement remarqué deux personnages dont la mine formait un
singulier contraste avec la figure joyeuse des gens qui grouil-
laient autour d'eux.

Ces deux promeneurs, qui marchaient au bras l'un de
l'autre, paraissaient ne s'être appairés que pour donner un
démenti en chair et en os au proverbe connu : *Qui se ressemble s'assemble.*

L'un était grand.

L'autre était petit.

Celui-ci était gras.

Celui-là était maigre.

Le premier avait une apparence formidable.

Il mesurait six pieds de haut et accusait la cinquantaine.

Ses sourcils, larges comme deux doigts et noirs comme
s'ils eussent été en peau de taupe, se rejoignaient à la ra-
cine d'un nez énorme, dont le bout se rabattait sur une
maîtresse bouche à humilier un four.

Cette moustache, d'une longueur démesurée, remontait
en arc de cercle et poignardait le ciel de ses crocs raidis
par le cosmétique.

Son cou de taureau s'enfonçait dans des épaules carrées, robustes, et dans une vaste poitrine parfaitement en harmonie avec sa taille herculéenne.

Epaules et poitrine se dessinaient sous un pourpoint, d'une couleur et d'une étoffe indescriptibles, qui paraissait de meilleure humeur que son propriétaire, car il riait par toutes les coutures.

Ses chausses étaient au diapason d'hilarité de son pourpoint : elles crevaient de gaieté — et aussi de vieillesse.

Et ses bottes évasées racornissaient leur cuir espagnol, criblé de trous, sur des lambeaux de toile bise au travers desquels on apercevait le dessin puissant de son mollet.

Tout cela, drapé dans une cape de bourracan que le temps avait déchiquetée en barbe d'écrevisse, et surmonté d'un feutre informe, roussi par le soleil et lavé par la pluie, sur lequel se dressait une méchante plume ébarbée.

Une forte épée allemande, dont la poignée, fenestrée à jour, pesait au moins cinquante livres, et de vieux gants de buffle, qui, couvrant presque entièrement ses bras musculeux, lui montaient approchant le coude, complétaient l'équipement de ce truculent personnage aux airs de croquemitaine, de tranche-montagne, de coupe-jarrets et de pourfendeur de naseaux.

Sous ces airs-là, pourtant, un observateur attentif n'eût rien démêlé de foncièrement pendable.

L'œil était doux ; le sourire débonnaire ; une certaine timidité, mélangée d'une légère tristesse, perçait même à travers ces signes extérieurs de férocité.

Le compagnon de ce capitan était mièvre, sec et laid.

Il avait la tête pointue, la figure aiguisée en navette, le regard niais, la bouche prétentieuse, une chevelure longue, jaune et plate, et, au-dessus de la lèvre supérieure comme à la pointe du menton, deux bouquets d'un poil déteint et follet.

Il avait, en outre, un habillement complet de serge brune

usée et un rabat de toile empesée qui fleuraient, comme paperasses, leur rat de chicane d'une lieue ; des bas de soie, couturés de reprises, qui se plissaient en spirale sur ses mollets étiques ; des souliers découverts, dont l'un manquait d'un nœud et dont l'autre manquait d'une boucle, et deux pennes de coq qui bifurquaient sur un de ces chapeaux en pain de sucre comme les médecins de notre Molière devaient en porter plus tard.

Ce grotesque ne se rapprochait du capitan, son compagnon, que par la rapière invraisemblable qui se vissait, comme une queue, à son échine de lévrier.

Et puis aussi par l'air de désolation répandu sur toute sa personne.

Car il n'y avait pas à le nier : ces deux amis étaient lugubres.

Ils allaient et venaient, au hasard, dans la foule, jetant çà et là des regards affamés de marchands qui attendent la pratique pour manger.

Chaque fois qu'ils passaient devant un cabaret ; chaque fois qu'une odeur de cuisine chatouillait ses narines en quête, chaque fois qu'un bruit de verres choqués sonnait à ses oreilles tendues, le grand avançait d'un cran l'ardillon de son ceinturon, en étouffant une kyrielle de jurons...

Et, chaque fois qu'une femme l'effleurait de ses jupes, le petit poussait des soupirs à faire tourner les ailes d'un moulin à vent.

Cependant, autour d'eux, les débitants de victuailles à bon marché s'égosillaient à annoncer leurs marchandises :

— *Lasagne ! lasagne fondante !*

— *Ravioli dulci !*

— *Fritella calida !.... Frittata !.... Frittume !*

— Ventre d'hippopotame ! cornes de rhinocéros ! écailles de crocodile ! gronda le grand sous sa moustache, m'est avis que nous souperons, ce soir, comme nous avons dîné hier et déjeuné ce matin.

Il fit jouer derechef la sangle qui avait été son déjeuner et son dîner :

— Du diable si je ne me sens pas maigrir de minute en minute !

Le petit eut une pantomime non moins navrée.

— Distinguons, confrère, distinguons, gémit-il : que serait-ce, si, comme chez moi, le mal d'amour se joignait à l'inanition ?

Il ajouta avec un nouveau soupir à décorner un bison d'Amérique :

— Quand on pense que, depuis deux jours, je m'étiole loin de ma Francisquine, faute de pouvoir lui apporter le bijou qu'elle me demandait !

Les marchands continuaient à crier :

— *Macaroni !... Ostriche !... Carbonchiosi !... Carnesecche !...*

A l'annonce de ces joies du ventre :

— Par les tripes du grand-duc, qui sont moins vides que les miennes, déclara le premier des deux compagnons, j'étranglerais un lion pour avoir sa pâtée !

— Et moi, ajouta le second, pour un ducat j'embrasserais une duègne nonagénaire !

Puis, tous les deux, à l'unisson :

— Quel métier de chien !

— Quel chien de métier !

XV

LA TRATTORIA DEL BABUINO

En se lamentant de la sorte, nos promeneurs étaient arrivés devant une grande masure, dont le rez-de-chaussée, ouvert à tous les vents, formait à la fois cuisine, cabaret et restaurant.

Un vieil homme et une jeune fille s'y agitaient au milieu de consommateurs attablés.

L'établissement avait pour enseigne un singe attifé en cavalier et déployant une banderole sur le fond rouge de laquelle l'indication suivante se détachait en lettres d'or :

TRATTORIA DEL BABUINO

Le vieil homme était le maestro Tartaglia, propriétaire de cette officine culinaire.

La jeune fille était la signorina Francisquine, sa nièce.

Maître Tartaglia avait la serviette sous le bras, l'œil effaré, l'air important.

La signorina Francisquine était brune, grande et hardiment charpentée.

Elle regardait les gens en face avec un sourire un peu trop naïf.

Parmi les clients de maître Tartaglia, certains disaient qu'elle était sotte un tantinet : *oun porco !* D'autres prétendaient qu'elle avait plus de vice qu'une couleuvre.

Devant le cabaret, devant le vieil homme et devant la jeune fille, nos deux promeneurs s'étaient arrêtés brusquement.

On aurait dit qu'une force irrésistible les empêchait d'aller plus loin.

Immobiles, ils considéraient, avec une égale avidité, — celui-ci, le cabaretier, qui allait de table en table, posant les plats fumants et les brocs remplis jusqu'aux bords, — celui-là, la jeune fille, qui papillonnait de groupe en groupe, distribuant à tout le monde les œillades et les sourires.

La fumée des plats aux effluves engageantes titillait le nez du premier.

Et les prunelles fulgurantes, les lèvres rouges, le corsage bombé de la fillette révolutionnaient le cœur du second.

Bientôt, ces parfums et cette vue ne se contentèrent plus de méduser les deux compagnons et de les clouer sur la place :

Ils les fascinèrent, ils les attirèrent, ils les entraînèrent en avant...

Non seulement il devint impossible aux pauvres diables de passer outre...

Mais encore, nouveaux Tantales, ils grillèrent de se rapprocher des objets de leurs convoitises.

Après quelques minutes d'hésitation, le capitan parut prendre un parti héroïque :

Il enfonça du poing son feutre sur sa tête, retroussa sa moustache d'une façon belliqueuse, posa la main sur le pommeau de sa rapière et hasarda un pas à l'intérieur de l'établissement...

Son *socius* imita le geste et le mouvement...

Après ce pas en vint un autre...

Puis, un autre...

Puis, plusieurs autres...

Si bien, qu'en se retournant maître Tartaglia et la signora Francisquine se trouvèrent, à l'improviste, nez à nez, le premier avec le plus grand et la seconde avec le plus petit de nos deux confrères en pénurie, en débraillé et en appétit.

Cette rencontre ne parut, du reste, causer qu'un médiocre plaisir au cabaretier et à sa nièce.

En effet, le colosse ayant fait mine d'embrasser le premier, en s'écriant :

— Eh ! bonsoir donc, notre cher hôte ! Comment gouvernez-vous cette précieuse et inestimable santé ?

Et son compagnon s'étant incliné jusqu'à terre devant la seconde, en prononçant :

— Salut à la plus belle des plus belles ! A la rose de la Toscane ! A la perle, au joyau, à l'étoile de l'Italie !

— Merci, messer Francatrippa, repartit le vieil homme brusquement. Je me porte comme je l'entends. La chose ne regarde personne... Mais faites-moi place, s'il vous plaît... Des pratiques sérieuses m'attendent.

De son côté, toisant le complimenteur :

— Ah ! répondit la signorine, c'est vous seigneur Fritellino ? Eh bien, m'apportez-vous enfin — en fait de joyau et de perle — la bague dont vous m'avez parlé ?

La froideur de l'accueil ne désarçonna point les deux arrivants.

— Qu'est-ce à dire ? reprit le premier en continuant à retenir le cabaretier : je crois, ou la peste m'étouffe, que vous m'avez appelé *messer*... Or, ne vous-ai je point répété — non pas une fois, mais dix, mais vingt, mais cent, mais mille — que je souhaitais vivre avec vous, ô mon inappréciable ami, sur le pied de la plus étroite, de la plus tendre familiarité, et que vous me désobligeriez d'une façon mortelle si vous m'appeliez autrement que Francatrippa tout court ?

— Ouais ! répliqua Tartaglia, tout court ! C'est là ce que vous désirez ?

— De toute mon âme.

— Et si, le faisant, je vous tutoyais ?

— Vous combleriez mes vœux les plus chers.

— En vérité.

— Il me semblerait alors, mon digne hôte, qu'entre nous tout serait commun et le ciel sait si j'ambitionne une pareille communauté !

— Eh bien, *carissimo*, je vais vous satisfaire : Francatrippa, mon garçon, tu me gènes ! Francatrippa, mon garçon, tourne-moi les talons ! Francatrippa, mon garçon, en échange de cette amitié, de ce tutoiement que je t'octroie sur ta demande, accorde-moi cette faveur : de ne jamais te revoir dans mon établissement !

— Distinguons, distinguons, mignonne, ergotait, à quelques pas plus loin, le seigneur Fritellino : je crois que c'est d'un bracelet qu'il était question... D'un bracelet ou d'un collier, je ne me rappelle plus au juste... Encore, bague, bracelet, collier, tout cela est-il assez indigne de vos appas... C'est une mine de diamants, — oui, une mine tout entière, — qu'il faudrait pour les encadrer convenablement...

— Et vous l'avez ?

— Quoi ?

— Cette mine.

— Si je l'ai ?

— Oui.

— Certainement : elle est ici ; puis, là encore.

Et le galant frappa sur sa tète et sur son cœur.

— Sous votre chapeau ? Dans votre pourpoint ?... Montrez !... Montrez donc !... Montrez vite !

— Un instant !... Un baiser d'abord !... Un petit baiser, ma charmante !

— Plus tard. Quand je tiendrai l'objet. Donnant donnant !

Cependant le capitan avait fait volte-face. Mais ce n'était pas pour sortir de la *trattoria del Babuino*. Il s'en était allé, tout bonnement, se placer à une table, sur laquelle il frappait du pommeau de son épée :

— Holà!... Quelqu'un !... Çà, qu'on me serve!

Tartaglia se retourna :

— Comment, vous êtes encore céans ?... Après ce que je vous ai signifié ?... Après l'affront...

— Cet affront est la seule chose que j'aie dévoré depuis deux jours : c'est pourquoi je demande a l'arroser pour qu'il passe...

— Avez-vous de l'argent ?

— Cette question !... Vous êtes d'une indiscrétion !... Si j'ai de l'argent ?.. Pourquoi faire ?

— Pour payer l'écot donc! Autrement, serviteur ! Pas de monnaie, pas de liquide.

— Vous me refuseriez crédit ?... A moi !... Un ancien *cap-d'escade* (chef d'escouade) des bombardiers de la république de Venise !... Et pour quelle raison?

— Pour trente-trois.

— Je vous défie et vous somme de les énumérer.

— Vous me devez trente-trois pistoles. Voilà mes trente-trois raisons. Une par pistole.

— Peuh !... N'est-ce que cela ?... Une misère !

— Il me semble que c'est bien assez : partant, je ne veux pas augmenter le chiffre de cette misère, — et, à moins que vous ne m'allongiez un acompte...

— Allons donc! Un homme tel que moi dédaigne les acomptes. Vous serez remboursé intégralement...

— Quand cela?

— Quand une bonne affaire me sera tombée des nues : quelque mari qui me chargera de le débarrasser de l'amant de sa femme ; quelque femme qui me priera de la délivrer d'un mari cornard : ou bien encore quelque fillette à enlever pour un Léandre ou un Cassandre... Mais nous sommes

8

dans la morte-saison... L'assassinat ne donne pas, le **rapt**
chôme, et l'adultère est dans le marasme...

— O Francisquine, disait Fritellino avec emphase, cette
mine de diamants, ce sont les quatorze vers de la pièce
qu'en ma qualité de poète d'épée je vous ai dédiée dans
mes *Sonnets belliqueux...*

La signorine haussa les épaules :

— Seigneur, je n'ai que faire de cette rimaillerie !...

L'autre se cabra :

— Rimaillerie !... Des alexandrins grâce auxquels vous
êtes sûre de passer à la postérité, comme la *Laure* de Pétrar-
que, comme la *Léonore* de Torquato Tasso, comme...

— Avant de me faire passer à la postérité, vous auriez
dû songer vous-même à passer chez le bijoutier.

— Moi qui enfourcherais l'hippogriffe, comme Astolphe,
pour aller vous chercher la lune, s'il vous convenait d'en
suspendre, ainsi que d'un sequin coupé par le milieu, une
moitié à chacune de vos oreilles !

— Bon ! Il ne s'agit pas de monter si haut : contentez-
vous de descendre au fond de votre poche.

— Je comprends : vous êtes de celles qui ne cèdent que
la bague au doigt.

— Précisément : bague promise, bague due.

— Eh bien, mais je l'avais achetée, cette bague...

— Vraiment ?...

— Mais j'ignore comment cela s'est fait...

— Après ?

— Je l'ai serrée avec tant de soin que je ne sais où la
retrouver...

— Est-il possible !...

— Je l'aurai oubliée sur le marbre de ma toilette, avec
ma bourse et mes gants... Ou je l'aurai perdue en route...
En tirant mes tablettes, ma montre ou mon mouchoir...

Francisquine éclata de rire :

— Pourquoi ne dites-vous pas qu'on vous l'a dérobée ?

— Dame! cé ne serait pas invraisemblable: il y a tant de voleurs dans cette foule.

— Voyons, reprenait Francatrippa en s'adressant au cabaretier, donnez-moi à boire aujourd'hui, et, foi d'honnête bandit, je vous payerai demain.

— Payez-moi aujourd'hui, ripostait le bonhomme, et, foi de notable commerçant, je vous donnerai à boire demain.

— Francisquine, laissez-moi cueillir un coquelicot sur votre joue !

— Seigneur Fritellino, prenez garde ! C'est moi qui vais en déposer une, de fleur, sur votre vilain masque. Seulement, ce ne sera pas un coquelicot : ce sera bel et bien une giroflée à cinq feuilles.

L'ex-*cap-d'escade* des bombardiers de la république de Venise s'était levé et s'était drapé de sa cape :

— Ah ! c'est ainsi, déclara-t-il. Eh bien, je ne m'abaisserai pas à solliciter plus longtemps. Je quitterai sans regret des lieux où sont méconnues les saintes lois de la confiance, du crédit et de l'amitié. Adieu, Tartaglia. Je secoue la poussière de mes sandales sur ton seuil inhospitalier.

Le poète d'épée n'avait pas de cape.

Aussi se vit-il obligé de s'envelopper dans sa dignité pour préparer sa sortie.

— Hélas ! gémit-il, puisqu'à l'offre d'un cœur pur de tout alliage vous ne rougissez pas, signora, de préférer l'éclat d'un morceau de vil métal façonné en bijou, il ne me reste plus qu'à aller placer aux pieds d'une créature plus capable de les apprécier, des hommages et des sentiments cent fois, mille fois plus précieux que tout le clinquant et la quincaillerie des orfèvres de la péninsule.

— C'est cela, repartit le cabaretier, montrez-les moi, et pour toujours, les semelles de vos sandales, messer Francatrippa ; je prierai Dieu de préserver mes confrères de votre pratique.

Et la jeune fille ajouta :

— Bon voyage et bon vent, seigneur de la Rafale. Portez ailleurs vos ladreries et vos guimbardes. Pour moi, je ne veux pas pour galant d'un marmiteux ou d'un pince-maille.

Puis, comme, malgré ce congé, non déguisé, nos deux éconduits n'avaient garde de bouger :

— Comment ! reprirent l'oncle et la nièce, vous n'êtes pas encore partis ?

— Ces gentilshommes ne partiront pas, dit une voix.

XVI

LA CARAVANE

Les quatre acteurs de cette scène se retournèrent vivement vers le personnage qui intervenait de cette façon aussi bizarre qu'inattendue.

Celui-ci n'était autre qu'un cavalier de bonne mine et d'élégant équipage.

Maître Tartaglia ôta avec respect sa toque de toile blanche :

— Quoi ! fit-il, Votre Seigneurie a entendu ?...

— Tout ce qui s'est dit, depuis un instant, entre vous, mademoiselle, et ces deux *galantuomi*, — et je dis, à mon tour, à ces derniers : *Restez !*

Puis, tirant de ses chausses une bourse bien garnie :

— D'abord, poursuivit le nouveau venu, voici, maître, les trente pistoles que ce brave officier vous doit. Ensuite, vous allez lui servir tout ce qu'il vous demandera. C'est moi qui réglerai la note sur la somme dont je suis moi-même son débiteur.

L'ancien *cap-d'escade* faillit tomber de son haut :

8.

— Vous êtes mon débiteur, vous ! s'exclama-t-il avec surprise.

— Je le suis ou je le deviendrai. Peu importe. Allez-vous prétendre que non ?

Le capitan se campa en une attitude noble :

— Pour qui me prenez-vous ? Je n'ai jamais renié une dette. Surtout quand je suis le créancier.

Le cavalier avait ôté de l'un de ses doigts une bague enrichie de brillants d'un certain prix et, s'adressant à Francisquine :

— Veuillez, mon enfant, accepter ce témoignage de mon estime, pour remplacer le joyau que monsieur (il désignait Fritellino) aura sans aucun doute laissé en son logis, à moins qu'il ne l'ait égaré ou qu'on ne le lui ait soustrait dans cette cohue de populaire.

La fillette bondit comme une sauvage à qui l'on montre de la verroterie :

— A moi, un tel cadeau, Excellence !...

— Vous le méritez à tous égards... Et ce n'est que le prélude de ce que je compte vous offrir... Car je vous demanderai plus tard un léger service en échange...

— Tout ce que monseigneur voudra, répondit la signorine avec un regard et un sourire qui prouvaient surabondamment qu'elle n'aurait rien à refuser à un mortel aussi opulent et aussi libéral.

— Oh ! ce n'est pas ce que vous croyez ! repartit le cavalier froidement.

Ensuite, se tournant vers le poète d'épée :

— Cher monsieur, ne prenez ombrage ni du langage, ni du présent. A Dieu ne plaise que j'aie l'intention de me lancer sur vos brisées. Je sais trop que j'y perdrais et mon temps et ma peine.

L'auteur des *Sonnets belliqueux* mit sa main sur son cœur :

— Ma lame et ma lyre, prononça-t-il d'un ton pénétré,

sont au service d'un gentilhomme de tant de courtoisie et de magnificence.

Il ajouta avec un peu d'hésitation :

— Distinguons, pourtant, distinguons : dirai-je *monsieur le duc, monsieur le comte* ou *monsieur le marquis ?*

— Dites : *baron* tout simplement. Le baron Christian de Sierk, qui vous est tout acquis. Hobereau du pays de Lorraine, attaché à la personne de S. A. le prince Charles de Vaudémont.

— Ah ! oui, fit maître Tartaglia : ce jeune seigneur qui a déjà traversé notre Toscane, il y a un an, en se rendant près du Saint-Père...

Francisquine appuya :

— Et qui, en retournant de Rome à Nancy, vient de nouveau de s'arrêter, pour quelques jours, à Florence, chez le duc Cosme, son parent...

Cependant, le cabaretier avait couvert une table de tous les mets de sa cuisine et de tous les flacons de son cellier.

— Asseyons-nous, reprit le baron. Nous ferons, le verre en main, plus ample connaissance. Pendant que vous serez en train de vous refaire, je vous entretiendrai de ce que j'attends de vous. De cette façon, il n'y aura pas une minute perdue.

On prit place.

Est-il besoin de constater avec quel égal empressement les convives de M. de Sierk attaquèrent, en même temps, les plats et les bouteilles ?

Tandis qu'ils vidaient celles-ci jusqu'à la dernière larme et qu'ils nettoyaient ceux-là jusqu'à l'étain ou la faïence, leur amphitryon les examinait alternativement en dessous :

— Voilà, se disait-il, une paire de brigands aménagés à souhait pour ce que j'en veux faire... Des loups affamés, sur ma foi... Ils ne feront qu'une bouchée de mon jeune drôle...

Il glissa un regard sournois vers Francisquine, qui s'épuisait en agaceries pour attirer son attention :

— Pour la seconde partie de mon plan, j'ai cette délurée commère...

Il réfléchit quelques instants :

— Vienne, maintenant, cette ménagerie de coquins dont on m'a annoncé l'arrivée pour ce soir...

Puis, tandis qu'un pli se creusait entre ses deux sourcils :

— Si, cependant, la bande avait pris une autre direction ? Si cette fille m'échappait encore, à moi que mon service cloue sur les pas du prince ? Si je ne l'avais retrouvée à Rome que pour la reperdre à Florence ?

Il essaya de se rassurer :

— Mais non : ces pêcheurs en eau trouble ne sauraient manquer l'aubaine de la fête de l'*Imprunetta*... Ils y viendront certainement... Ce Gargajal m'a promis de les y amener...

En ce moment, une agitation assez vive se manifesta au dehors.

Cette agitation eut bientôt gagné l'intérieur de la *trattoria del Babuino*.

Au dehors, on criait, on se poussait, on criait...

A l'intérieur, on grimpait sur les tables et l'on se juchait sur les bancs...

M. de Sierk se leva...

Il alla jusqu'au seuil de l'établissement et regarda du côté où la foule se portait...

Ensuite il murmura avec une joie contenue :

— On ne m'avait pas trompé. Ce sont eux. A merveille !

Le pli de son front s'était effacé et sa physionomie était redevenue souriante.

Il revint vers la table où Francatrippa et Fritellino n'avaient pas encore achevé de s'abreuver et de se repaître...

Et, frappant successivement sur l'épaule des deux compagnons :

— Çà, mes maîtres, debout pour un instant ! dit-il. Imitez

ces badauds, perchez-vous quelque part, et considérez-moi dans ses moindres détails le cortège qui défile là-bas. Ensuite, nous parlerons affaires.

Or, ce qui déterminait ce langage du baron et ce qui excitait la curiosité de la foule, c'était une caravane de bêtes et de gens, ou, si mieux vous aimez, une bande de bohémiens retardataires, qui traversait le champ de foire pour aller s'installer devant une auberge, près de la chapelle.

Une bande à nous connue, oui vraiment:

Celle dont faisaient partie Horeb et Gargajal, ce bilboquet en deux personnes ; le Docteur, ce charlatan ergoteur et pédant ; Wiarda et Baïssa, cette paire de harpies jumelles...

Celle dont Diamante était la reine et dont l'ancien époux de Mani avait été le Pharaon...

Celle des Grands-Scorpions, enfin !

Mais non plus cette fraction des Tziganes rouges de Moravie, dont nous avons constaté naguère la santé florissante et réjouie : où les marmites débordaient de succulentes victuailles, où les chiens refusaient le pain blanc, et où les étoffes neuves composaient en majorité les costumes étranges des hommes et l'originale toilette des femmes.

Depuis que nous l'avons quittée sur un plateau de l'Apennin, la bande n'avait point prospéré.

D'abord, Pharam l'avait emmenée dans des contrées extravagantes:

En Corse, en Sardaigne, en Sicile !

Ces îles de la Méditerranée ne sont point pays de Cocagne.

On y est pauvre et défiant.

Partant, nos gitanos n'y avaient rien trouvé à gagner, ce qui sous-entend : à piller.

Au cours de l'un de ces voyages, le Pharaon s'était éteint de fatigue et de vieillesse.

La tribu avait aussitôt décidé de revenir sur le continent

italien et de se diriger vers la France par Naples, Rome, Florence, Milan et Turin.

La fête de la *Madona dell'Imprunetta* était une halte désignée d'avance à ces nomades pour y exercer leurs multiples industries.

Ils y arrivaient donc en croupe de l'espoir de se remplumer.

Yanoz marchait en tête de la caravane, — son coutelas au côté, son pistolet à la ceinture, son arquebuse sur l'épaule...

Yanoz, dont les yeux brûlaient comme des braises dans une figure sombre et contractée...

Yanoz, qui se retournait à chaque pas pour regarder Diamante chevauchant derrière lui sur une maigre haquenée.

La jeune fille était grave et presque triste sous sa mante rayée, ses colliers de verroterie, ses bracelets de cuivre et son diadème de clinquant.

Elle avait vivement ressenti la perte de son père d'adoption.

Le Docteur venait ensuite, affublé d'une robe de moine.

Puis, Gargajal, que les pérégrinations n'avaient point fait maigrir, conduisait une charrette, assis sur le bât, tenant les rênes d'une main et, de l'autre, brandissant un fouet redoutable.

Il portait sur le dos un petit baril de vin ou de liqueur, qu'il avait, ma foi, bien raison de ne confier qu'à lui-même.

Sur ce baril, un coq apprivoisé chantait et dominait la procession de sa crête et de son panache.

Le reste de la bande suivait pêle-mêle : hommes, femmes, enfants, vieillards, mégères, — qui à pied, qui à cheval, qui à dos de mulet...

Les chevaux, plus efflanqués que ceux de l'Apocalypse...

Les mules, dépourvues de harnais et de pompons...

Les hommes, sauvages, insolents ou burlesques, coiffés de chapeaux hyperboliques :

Drapant leur gueuserie avec leur arrogance...

Les femmes, vêtues de façon à justifier la légende :

Ces pauvres gens, pleins de bonadventures,
Ne portent rien que des choses futures...

Les enfants, attifés d'ustensiles de cuisine : une marmite pour couvre-chef, un tourne-broche pour canne, un panier pour pourpoint, un gril pour haut-de-chausses.

Les barbons, grognonnant, selon leur habitude : Wiarda, armée de ses bésicles ; Baïssa, occupée à sa pipe : Horeb, cueillant au passage le mouchoir ou la bourse d'un curieux.

Notre ami Jacques fermait la marche.

Mon Dieu, oui : notre ami Jacques Callot, le Lorrain.

Celui-ci avait toujours sa mine insouciante et honnête, son costume de drap gris, ses guêtres de cuir de Hanovre et son feutre à plume de héron.

Seulement, près d'une année, en passant sur tout cela, avait bruni sa peau, usé, terni flétri le drap de son costume, éraillé le cuir de ses guêtres, fripé la forme de son feutre et enlevé à sa plume son jet crâne et vainqueur.

Le jeune homme portait sur l'épaule, comme Yanoz, un de ces longs et lourds mousquets que les armuriers de Nantes fabriquaient pour les flibustiers du Nouveau-Monde.

Il avait une bandoulière garnie de petits étuis de cuir renfermant des charges de poudre et de plomb ; un mouton en cravate autour du cou ; en outre, un agneau sous le bras.

Son carton à dessins pendait toujours à la poignée de son épée :

Le carton de l'artiste...

L'épée du gentilhomme [1].

1. Claude Callot, aïeul du graveur, avait été anobli par le duc Charles III.

Vous saurez tout à l'heure comment il avait adjoint à celle-ci la carabine du bandit.

. . . .

. . . .

Cette singulière procession avait défilé au milieu des clameurs et des rires d'une double rangée de badauds.

M. de Sierk et ses deux convives avaient repris leurs places à la table de la *trattoria del Babuino*.

— Ainsi, demandait le baron, vous avez remarqué, à ne vous point tromper, les deux personnes que je vous ai montrées : la femme, d'abord...

— Celle, fit Francatrippa, la bouche pleine, qui vous a sur sa haridelle un diadème et des airs de reine...

— Une jolie brigande, opina Fritellino en se versant une rasade, à laquelle, si je n'étais féru de cette autre peste de Francisquine, je ferais volontiers un doigt de cour... Qu'est-ce que je dis : un doigt ?.... Une phalange !... Ce doit être suffisant pour une bohémienne.

M. de Sierk insista :

— Vous avez pareillement dévisagé l'homme...

— Ce jeune coq qui cheminait à l'arrière-garde avec sa brette et son fusil ?...

— Et qui ne parait pas avoir l'onglée aux yeux dans son équipage de guerre ?...

— Est-ce donc lui qu'il s'agit de...

— Serait-ce lui que nous devons...

Et chacun des deux interlocuteurs du baron compléta sa question par un geste suffisamment expressif.

Vous auriez juré, pourtant, qu'il y avait une certaine inquiétude dans la manière dont cette question était posée.

Son écu portait d'azur à cinq étoiles d'or. pérées en posées et sautoir; pour cimier, un dextrochère revêtu componé d'or et d'azur tenant une hache d'armes : le tout. porté et soutenu d'un armet morné d'argent couvert d'un lambrequin aux couleurs et métaux de l'écu. Claude y inscrivit sa devise : *Scintillant ut astra*.

Le gentilhomme ne s'y trompa point.

Il interrogea :

— Auriez-vous peur ?

L'ancien bombardier tressauta sur son siège :

— Peur !... Moi !... Ventre d'hippopotame ! cornes de rhinocéros ! écailles de crocodile !

Son compagnon protestait en même temps :

— Distinguons, monsieur, distinguons : s'informer n'est pas reculer.

Particularité bizarre : vous auriez vaguement soupçonné que l'ex-*cap-d'escade* ne lâchait cette véhémente bordée de jurons que pour mieux se rassurer lui-même...

Et, dans la façon dont il jurait en italien, — la conversation ayant lieu dans cette langue, — vous auriez reconnu quelque chose de cet accent à l'ail et à l'huile qui sévit sur la Canebière marseillaise et qui n'a pas son pareil au monde.

Quant à l'auteur des *Sonnets belliqueux,* l'inévitable : *Distinguons, monsieur, distinguons,* qui revenait dans ses discours toutes les fois qu'il se sentait embarrassé, était bien plutôt d'un procureur bas-normand, en train de chicaner l'adversaire et d'embrouiller la discussion, que de l'un de ces rimeurs-spadassins, toujours non moins prêts à fournir un coup d'estoc qu'un coup de plume, ainsi qu'il y en avait alors pour faire pendant aux sculpteurs à stylet comme Benvenuto Cellini et aux peintres à rapière comme Salvator Rosa.

Le premier reprit en s'essuyant la moustache :

— Excellence, dans aucun combat, l'ennemi n'a vu la figure de mes épaules...

— C'est comme moi, appuya le second : je suis inconnu de dos, et je pourrais être, incognito, bossu à l'instar d'Esope...

— Mon Dieu, déclara le baron, je ne suppose pas, après tout, que ce jeune homme soit bien redoutable : c'est un artiste, m'a-t-on dit, et, comme tel, plus habitué à manier

9

le crayon ou le pinceau que la flamberge ou le poignard.

Francatrippa eut un sourire de pitié :

— Un artiste ! s'écria-t-il. Quelque Michel-Ange d'enseignes ! Quelque Raphaël en bâtiment ! Et cela se mêle de porter une tueuse au côté comme un capitaine d'aventures ! Ecailles de crocodile ! on le plumera, comme un oison, votre jeune coq, et on vous le servira au choix : en fricassée ou à la broche.

Et Fritellino ajouta :

— Nous plumerions de même l'aigle de Jupiter et nous le mettrions au pot, comme la poule du feu roi Henri, s'il nous convenait de goûter, un jour, du bouillon de ce porte-foudre.

M. de Sierk s'accouda sur la table :

— Ecoutez-moi, alors, mes maîtres, reprit-il en baissant le ton, et songez que votre fortune est dans le fourreau de votre épée.

XVII

POUR UNE BRANCHE DE BRUYÈRE

Laissons le gentilhomme donner aux deux spadassins des instructions dont les effets se feront connaître plus tard, et accompagnons jusqu'au gîte cette caravane de gueux *pleins de bonadventures*, ainsi que nous l'avons dit tout à l'heure et ainsi que l'écrivait Jacques Callot lui-même dans les vers dont il couronnait sa première eau-forte.

Mais ici on nous demandera comment on le retrouve parmi ces pittoresques voyageurs, ce Callot que l'on a vu naguère sur le point de quitter ce campement de l'Apennin où il avait couru de si mortels dangers...

Hé! mon Dieu, l'explication de ce problème est tout entière dans le cœur humain, surtout lorsque ce cœur bat dans une poitrine d'artiste, que cet artiste n'a pas beaucoup plus de vingt ans, et que sa nature l'entraîne vers le pays accidenté de l'Aventure.

La beauté de celle qui l'avait sauvé de la corde avait produit, de prime abord, sur le jeune homme une vive et étrange impression :

— Bon ! s'était-il dit *in petto*, quand je resterais un jour
ou deux parmi ces coureurs de grandes.routes !... Il y a là
une moisson de croquis à cueillir... Où trouverai-je jamais
une semblable occasion d'étudier de près ce carnaval de la
vie et cette poésie de l'oripeau ?

Et il était resté deux jours, — puis, six mois, — puis,
un an !

Il avait suivi par monts et par vaux cette envolée d'oiseaux de proie, qui, en dépit des bonnes intentions de sa
reine, laissait partout des traces malfaisantes de son passage...

Il l'avait suivie, en se rendant utile dans la limite de ses
móyens : brossant des portraits de paysans, des enseignes
d'auberge et des pans de décors, rimant les couplets que
l'on chantait dans les foires, composant les parades que l'on
jouait sur les tréteaux, et faisant — au besoin — des
armes, de l'équilibre, de la médecine et de la prestidigita-
tion.

Toutes choses qui n'étaient point foncièrement déshon-
nètes, en face des moyens de vivre employés par ses compagnons.

Parfois, pourtant, il était bien forcé de s'avouer que sa
place n'était pas au milieu de ceux-ci.

Parfois, il se sentait, dans ce bizarre milieu, des écœurements et des révoltes.

Parfois, la figure de son père se dressait, sévère, devant
lui, et il entendait le vieillard lui répéter les prophétiques
remontrances qu'il ne lui épargnait guère autrefois :

— Va, tu es indigne de porter mon nom. Je désespère de
toi, enfant rebelle. Avec ces allures vagabondes, tu finiras
parmi les marmiteux, les turlupins et les bateleurs.

Jacques n'avait alors qu'à regarder Diamante...

Et silhouette du vieux héraut, révoltes, écœurements,
cris et morsures de la conscience, tout cela disparaissait
devant les féeries du regard, devant les magies du sourire
de la reine des Grands-Scorpions.

Celle-ci avait témoigné d'un profond étonnement, d'une sorte d'irritation même, quand elle avait vu, au mépris de ses injonctions formelles, notre Lorrain prendre au sérieux la comédie d'enrôlement qu'elle lui avait fait jouer pour le tirer d'embarras...

Et, pendant quelque temps, elle lui avait tenu rancune d'avoir voulu — en dépit d'elle — demeurer l'un de ses sujets.

Mais un irrésistible attrait l'attirait vers ce hardi et insouciant garçon.

Et puis, la pauvre enfant était inquiète, encore que sa figure gardât son masque de fermeté vaillante.

Chaque jour, elle s'apercevait davantage qu'elle n'était pas de la race de son peuple.

Chaque jour, celui-ci lui devenait plus odieux et lui semblait plus redoutable. Elle le sentait rebelle à son autorité. Elle comprenait que c'était l'entêtement avec lequel les *Rômes* s'attachent à la coutume qui lui assurait seul l'obéissance et le respect. Elle n'était reine qu'à condition de rester la fille de Mani...

Mais tôt ou tard la vérité serait connue...

Yanoz parlerait tôt ou tard : Yanoz, dont la sauvage passion l'épouvantait ! Yanoz, dépositaire du secret que la présence de Pharam l'empêchait seule de divulguer !

Mais Pharam ne serait pas toujours là.

Qui se mettrait alors entre elle et la révolte des appétits que leur soumission à la tradition transmise d'âge en âge et à la loi de succession avait jusqu'à cette heure enchaînés et muselés ?...

Qui la sauverait de l'amour du fils du Pharaon, — cet amour dont la violence ne reculerait devant aucune extrémité ?...

En considérant la mâle et franche figure de Jacques, Diamante s'était dit :

— Ce sera ce jeune homme.

Celui-ci, du reste, avait promptement conquis toute la tribu par ses façons joyeuses, serviables et cordiales.

Toute la tribu : Yanoz excepté !

De prime abord, le bohémien avait deviné un rival.

Aussi ne cessait-il de chercher à notre artiste toute sorte de chicanes sournoises et de l'accabler de vexations qui finiraient dans sa pensée, par forcer le brave garçon à abandonner la partie, ou qui amèneraient fatalement, entre lui et son persécuteur, une rencontre à main armée dont ce dernier comptait bien sortir triomphant, grâce au concours de certaines conditions spéciales et à l'emploi de certains procédés particuliers.

Le Lorrain n'était pas endurant.

A la première insolence, à la première brutalité, il avait levé le nez et secoué les oreilles.

Mais Diamante l'avait calmé.

Par les enchantements de sa parole et de son sourire, elle lui avait arraché la promesse de dédaigner toutes les insultes et de mépriser toutes les provocations.

Ils s'aimaient, et ils ne le savaient point.

Partant, ils n'avaient pu se le dire.

C'était entre eux un naïf besoin de mystère, quelques mots insignifiants échangés par intervalles, une émotion contenue, un silence qui parlait.

Ce fut Yanoz qui les rendit conscients de ce qu'ils éprouvaient l'un pour l'autre.

. . . .

C'était un soir.

On venait de faire halte pour la couchée.

Les hommes débridaient les mules et les chevaux, déchargeaient les charrettes, enfonçaient les piquets des tentes ; les femmes s'inquiétaient de préparer le souper ; les enfants ramassaient du bois et des broussailles pour allumer les feux.

Comme Diamante s'apprêtait à descendre de sa monture, Jacques et Yanoz s'étaient précipités pour lui tenir l'étrier.

La jeune fille voulait à tout prix éviter un conflit entre les deux rivaux.

Elle les remercia donc du geste et sauta de sa selle à terre, vive et légère comme un oiseau.

Puis elle s'éloigna au bras du Pharaon, pour surveiller l'installation du campement.

Par malheur, une branche de bruyère, avec laquelle elle jouait pendant la route, s'était — sans qu'elle s'en aperçût, — échappée de ses doigts effilés et était restée sur le sol.

Aussitôt, les deux jeunes gens se baissèrent d'un commun élan...

Mais le Lorrain fut le plus prompt...

Il ramassa la branche et fit un mouvement pour la cacher sur sa poitrine...

Toutefois, voyant qu'on le regardait, il se contenta de la passer dans l'une des boutonnières de son pourpoint.

Le fils de Pharam n'avait rien perdu de ce manège.

Ses lèvres blanchirent, et, sous la teinte foncée de sa peau, on eût pu voir le sang se retirer brusquement et affluer au cœur.

En même temps, une lueur de joie féroce miroitait dans le jais de sa prunelle.

Il était à la fois furieux et satisfait :

Elle se présentait donc enfin, l'occasion qu'il guettait depuis si longtemps, de chercher querelle à son rival !

Il s'approcha de celui-ci et lui mit la main sur l'épaule :

— Lorrain, fit-il, tu vas me rendre cette branche.

L'autre ne parut remarquer ni l'accent impérieux de cette invitation, ni le mauvais regard et le mauvais sourire qui l'accompagnaient en la soulignant.

— Pourquoi cela ? demanda-t-il. Ce qui tombe au fossé, dit-on, est au soldat. Cette branche est tombée, je l'ai ramassée, je la garde.

— Et moi, je te répète que tu ne la garderas pas, reprit Yanoz d'un ton plus agressif encore. Ce serait offenser Diamante. Ce serait m'offenser moi-même.

--- A Dieu ne plaise que j'aie une semblable intention !
protesta vivement l'artiste. Votre reine connaît la mesure
de mon respectueux attachement. Quant à vous, mon camarade, comment une chose aussi simple serait-elle de nature
à vous désobliger? Parlez, expliquez-vous, ne nous irri-
tons pas...

Yanoz renversa le haut du torse en arrière :

— Et s'il me convenait, à moi, de m'irriter ?

— Ma foi, je dirais que vous avez un détestable caractère.

— Entendez-vous, vous autres ? cria le fils de Pharam
aux gitanos qui commençaient à prêter l'oreille au bruit
de la discussion. Ce faquin prétend que j'ai un détestable
caractère !

— Permettez, reprit notre ami Jacques avec la même
bonhomie : d'abord, je ne suis pas un *facchino*, comme on
s'exprime dans ce pays, n'ayant jamais été le domestique
de personne. Ensuite, j'ai dit : *Je dirais*. J'ai parlé au
conditionnel : je n'ai pas parlé au présent.

Le bohémien outra l'arrogance de sa pose :

— Trève de faux-fuyants ! Obéis !

Le Lorrain dressa l'oreille :

— Monsieur Yanoz, je crois que vous me donnez un
ordre...

— Obéis, ou sinon...

— Monsieur Yanoz, je crois que vous me menacez...

Le brave garçon faisait d'incroyables efforts pour tenir la
parole qu'il avait donnée à Diamante :

— Tenez, poursuivit-il, m'est avis que chez vous, le
temps est à l'orage... C'est, du reste, la température ordinaire que vous me faites l'honneur d'apporter dans nos
relations réciproques... Eh bien, j'aime mieux m'en aller...
Je reviendrai quand vous vous serez remis au beau...

Il fit mine de s'éloigner...

Mais l'autre, se jetant devant lui :

— Encore une fois, cette branche ! Il me la faut ! Je la
veux !...

Callot ravalait péniblement sa colère...

Mais il avait promis de se montrer patient...

Aussi prit-il son air le plus affable, le plus accommodant et le plus bénin pour aventurer une dernière tentative de conciliation :

— Voyons, si votre sœur me la redemande, cette branche, je suis tout disposé à la lui restituer... En attendant, souffrez qu'elle demeure où elle est... Elle n'y fait de tort à personne.

Le gitano frappa du pied :

— Rends-la moi ou je te l'arrache.

L'artiste hocha la tête :

— Oh ! cela, je ne vous le conseille pas. Il y a un proverbe de mon pays qui dit que, quand on secoue un prunier, il pleut des prunes ; mais que, quand on secoue un Lorrain, il pleut des coups de poing !

— C'est ce que nous allons voir, hurla Yanoz exaspéré.

Il fit un pas en avant et étendit la main pour saisir l'objet du litige.

— C'est tout vu, répliqua Callot tranquillement.

Il avait replié le bras droit sur sa poitrine comme pour défendre la fleur que l'autre menaçait de lui enlever...

Ce bras s'allongea — malgré lui — avec la rapidité d'un ressort qui *s'échappe*...

Et le fils de Pharam, atteint en plein torse par une formidable bourrade, alla rouler à quatre pas.

Des rires accueillirent sa chute.

On ne l'aimait point, en effet, dans la tribu, où chaque jour quelqu'un était victime de ses emportements sans cause, de sa force brutale et de ses procédés tyranniques.

Jacques était resté étourdi du résultat de son mouvement, pour ainsi dire involontaire.

— Du diable, murmura-t-il, si j'avais cru taper si fort ! Mais voilà : j'avais averti qu'il allait pleuvoir des coups de poing... Pourquoi se mettre sous la gouttière ?

9.

Yanoz s'était relevé.

Il y avait sur ses traits une rage froide, plus terrible que tous les éclairs et les tonnerres de ses explosions habituelles.

Il rassembla d'un geste les assistants autour de lui.

Puis, d'une voix où grondaient, comme les bruits sourds d'un volcan, toutes les tempêtes déchaînées dans sa poitrine et sous son crâne :

— Vous êtes témoins, prononça-t-il, que cet homme vient de me frapper. C'est un outrage qui demande du sang. Je réclame la *lessive rouge*.

XVIII

DUEL AU COUTEAU

Tout ce qui précède s'était passé assez rapidement et sans trop de tapage.

Diamante et Pharam, qui causaient à l'écart, dans la tente de la jeune fille, n'avaient donc perçu aucun vent de cette querelle.

Par contre, les nestors du sanhédrin s'étaient approchés, — flairant une bataille entre jeunes...

Et le Docteur était en train d'expliquer à Callot que, par *lessive rouge*, on entendait — dans la grande famille égyptiaque — la réparation que tout *Rôme* se trouvait en droit d'exiger du frère qui l'avait insulté : c'est-à-dire une lutte à outrance, qui ne prenait fin que lorsque l'un des deux « honnêtes vivants » était étendu sur le sol et « voyait son âme s'envoler par les *fenestres* de sa peau. »

— Va donc pour la *lessive rouge* ! déclara le Lorrain en mettant flamberge au vent.

Mais le fils de Pharam ricana :

— Tout beau ! laissez votre lardoire !... La vengeance est trop loin au bout de ces longues rapières... La *lessive rouge* dédaigne le jeu poltron de l'épée : elle veut la blessure immense, le sang à flots, la mort foudroyante !

— Alors, s'informa Jacques, avec quoi nous escrimerons-nous ?

— Avec ceci.

Et le gitano montrait le couteau espagnol (*navaja*) à lame large, allongée en poisson, qui s'emmanchait entre ses doigts serrés.

L'artiste eut une grimace de dégoût :

— Avec cet ustensile de saigneur de bœufs !... Pouah !... Ce n'est pas un duel que vous me proposez là : c'est une boucherie !

Yanoz questionna :

— As-tu peur ?

— Peur !

La prunelle du Lorrain lança un éclair.

Il repoussa son épée au fourreau et en déboucla le ceinturon.

Ensuite, il demanda à ceux qui l'entouraient :

— Quelqu'un a-t-il à me prêter un de ces outils à découper ?

. . . .

Les deux adversaires étaient en face l'un de l'autre : Jacques, l'œil ouvert et le front haut ; Yanoz, le regard oblique et la tête dans les épaules.

Leurs pieds se touchaient. La fumée de leurs haleines se mêlait. Entre leurs deux poitrines il n'y avait qu'une distance égale à la longueur de leurs couteaux.

On formait le cercle autour d'eux. Les femmes et les enfants devant. Pour ne rien perdre du spectacle.

— C'est tout de même gentil, déclarait Gargajal, voir s'étriper ainsi une paire de camarades.

— Surtout quand ce sont deux jolis garçons, ajouta Wiarda en assujétissant ses lunettes sur l'arète de son nez de corbin.

Et Baïssa quitta sa pipe pour appuyer :

— On aurait dû leur faire enlever leurs pourpoints et leurs hauts-de-chausses.

— Un petit écu pour le Lorrain ! paria Horeb.

— Silence ! intima le Docteur, qui s'était improvisé juge de camp.

On se tut religieusement.

Ce fut ce silence qui avertit Diamante et Pharam qu'il devait se passer près d'eux quelque chose d'extraordinaire.

Ils accoururent.

— Place ! commanda le Pharaon.

On obéit en rechignant. Ils arrivèrent au premier rang. Un quart de minute leur suffit pour comprendre le drame qui allait se jouer...

La jeune fille voulut s'élancer et crier...

Elle n'en eut pas le temps...

Le Docteur avait dit :

— Allez !

Les deux adversaires levèrent ensemble le bras droit...

Diamante mit ses mains devant ses yeux...

Pharam la reçut dans ses bras...

Puis, il y eut une grande clameur...

L'artiste, par une volte preste, s'était effacé devant le coup du gitano...

La pointe de l'arme de celui-ci — lancée à toute vigueur — n'avait fait qu'effleurer sa poitrine...

Lui, Jacques, n'avait pas frappé...

Mais sa main gauche s'était abattue sur le poignet du bandit, avec une telle puissance de muscles, que l'autre fléchit sous l'étreinte et qu'il tomba sur un genou...

Sa vie appartenait désormais au Lorrain, qui n'avait qu'à choisir la place où enfoncer la lame de son couteau...

A la vue du péril que courait son fils :

— Grâce ! pitié ! cria Pharam, fou de terreur.

— Oui, grâce ! répéta Diamante sans savoir pour qui elle priait.

— Soyez tranquilles, répondit le brave garçon ; je n'écrase pas un ennemi à terre.

Ensuite, s'adressant au bohémien :

— Allons, compère, jette ton joujou !

L'autre refusa de la tête...

Les doigts de Jacques se serrèrent...

C'étaient des tenailles de fer qui broyaient les chairs et les os...

Yanoz essaya en vain de se délivrer de cet étau...

Il y perdit son temps et sa peine...

De larges gouttes de sueur luisaient sur sa face boucanée. Les veines de ses tempes saillaient comme des cordes. Ses mâchoires claquetaient l'une contre l'autre...

Il finit par lâcher le couteau...

Jacques repoussa l'arme du pied...

Puis, lui abandonnant le poignet et le saisissant au collet et à la ceinture :

— Et maintenant, chien enragé, que je t'ai arraché les dents, va-t'en, s'il se peut, mordre ailleurs.

Et il le jeta par-dessus le cercle des curieux, frémissant, hurlant, rugissant de rage, de honte et de douleur.

. . . .

. . . .

Le lendemain de cette scène, Yanoz s'était approché de Callot, — l'air humble, penaud et contrit, — et, avançant la main tout en courbant le front comme pour cacher son embarras, mais, en réalité, pour dissimuler la flamme haineuse qui couvait sous sa paupière :

— Je t'ai cherché querelle, avait-il dit, et j'ai eu tort. Tu pouvais me tuer, et tu m'as épargné. Je n'ai plus pour toi qu'une immense reconnaissance. Veux-tu que nous soyons amis ?

Le propre des honnêtes gens est d'avoir confiance et de juger des autres d'après eux-mêmes.

Notre ami n'entendit que la bouche qui parlait...

Il ne vit pas le regard qui démentait la bouche.

Aussi mit-il sa main dans celle qu'on lui tendait, en répétant :

— Soyons amis.

Le soir, au campement, se trouvant un instant seul avec Diamante, comme il racontait à celle-ci ce dénouement d'une aventure dans laquelle, en toute la bonté de sa nature, il allait jusqu'à s'accuser de ne pas avoir montré assez de longanimité et de patience :

— Il faut vous défier davantage, avait déclaré la jeune fille.

— Me défier ?... Moi ?... Et de qui ?

— De votre adversaire d'hier devenu votre ami d'aujourd'hui.

— Oh !

— Yanoz vous hait... Pour mettre un masque, cette haine n'en est que plus vivace, plus terrible et plus dangereuse... Encore une fois, prenez garde !

— Me haïr ?... Et pourquoi ?... Je ne lui ai rien fait.

— Il vous hait parce qu'il est jaloux.

— Jaloux ?

— Jaloux de l'affection que vous me témoignez.

— De l'affection que je vous témoigne ?... A vous ?... Sa sœur ?...

— Je ne suis pas la sœur de Yanoz.

Et la jeune fille avait confié au jeune homme qu'elle n'était point de race tzigane.

Elle lui avait révélé ce qu'elle avait appris des lèvres de Mani mourante, et ce que le Pharaon lui avait maintes fois répété depuis, concernant sa naissance, et le rapt qui lui avait donné pour famille celle de la reine des Grands-Scorpions.

Seulement elle avait dû lui taire le nom du pays dans lequel ce rapt s'était accompli. Elle l'ignorait, en effet. Craignant que plus tard elle ne voulût s'en retourner dans ce pays et y procéder à des recherches qui n'avaient, du reste, aucune chance d'aboutir, ses parents d'adoption avaient, à cet endroit, gardé vis-à-vis d'elle un silence absolu.

En écoutant ces confidences, Jacques avait ricoché de surprises en surprises.

Ensuite, avec un élan spontané et cordial :

— Eh bien ! s'était-il écrié, je serai désormais votre frère... Un vrai frère... Au besoin, je saurai lutter pour vous — et vaincre !

Ce jour-là, Diamante avait dormi tranquille.

Callot aussi. Sa conscience ne lui reprochait plus rien. Il avait maintenant un prétexte pour prolonger son séjour parmi ces gens sans feu ni lieu, sans foi ni loi : défendre et protéger une femme — un pauvre être isolé, perdu dans sa faiblesse, et que, dans les bouillonnements d'une imagination d'artiste, il n'était pas loin de comparer à un ange égaré au milieu des démons.

. . . .

Cependant, malgré l'aversion que la descendance d'Egyptus, — essentiellement *terrienne* parce qu'elle tire du sol et de ses habitants ses éléments de rapine et, partant, d'existence, — professe pour les voyages par mer, la tribu des Grands-Scorpions avait successivement passé de l'Apennin dans l'île de Sardaigne, et de celle-ci dans l'île de Corse. Puis elle avait repris terre à Naples. Puis encore, par les Abruzzes et les Calabres, elle avait enjambé le détroit de Messine et avait parcouru la Sicile dans tous les sens.

On eût dit qu'en la contraignant à toutes ces marches et contre-marches, Pharam fuyait devant quelque meute invisible, et qu'il s'attachait à brouiller les *passées* du gibier dont il était le guide, pour dépister le flair et le pourchas des limiers.

Le vieillard avait usé d'ailleurs ses dernières forces dans ces courses.

Un matin on l'avait trouvé froid et raidi dans son manteau.

Le Pharaon s'était endormi, sans secousses, du sommeil

de l'éternité, — en plein air libre, dans la nuit vaste, sous les étoiles perdues dans l'immensité du ciel, — comme il convient à un représentant de cette race vagabonde qui dédaigne l'abri d'un toit, et vit et meurt sur les grands chemins.

On l'avait enterré dans une plage sablonneuse qui regardait l'Afrique, berceau de sa famille. Une mince couche de poussière, que devait balayer le premier souffle du *sirocco*, lui servait de bière et de linceul. En guise de croix, on avait planté près de lui son bâton de commandement tordu et recourbé par le haut comme l'était le *pedum* antique...

Car, aux yeux des gitanos, un linceul et une bière sont encore un logis, — c'est-à-dire une prison...

Et ces êtres bizarres, épris de coudées franches, préfèrent de beaucoup au calme du tombeau le plus magnifique la sépulture sommaire qui permet aux ossements de blanchir, dans le cadre sans bords de l'espace, sous l'action du soleil, de la pluie et du vent.

. . . .

Or, tandis que Diamante s'abîmait dans la douleur réelle dont l'accablait cette perte, et tandis que Jacques, « son nouveau frère », s'évertuait à la consoler, le conseil des anciens décidait que l'on retournerait à bref délai sur le continent italien et que, remontant vers le nord, on mettrait le cap sur des contrées plus florissantes et, par conséquent, d'une exploitation plus productive.

On s'embarqua donc derechef ; derechef, on traversa Naples, et l'on vint faire escale à Rome, hors de la porte Saint-Sébastien, sur l'ancienne voie Appienne, près du temple de Caracalla, — la police pontificale ne permettant pas aux nomades de séjourner à l'intérieur.

Le soir de son arrivée dans la Ville-Eternelle, comme Gargajal était en train de couper la bourse d'un cavalier bien couvert qui se promenait sur la place Navone, ce dernier se retourna brusquement et saisit le voleur à la gorge.

Celui-ci essaya de joindre les mains en suppliant :

— Grâce, mon doux seigneur !... C'est le malheur des temps qui m'a réduit à ce métier indélicat... Je suis un ancien banquier de Gênes, ruiné pour avoir eu confiance en la parole d'une douzaine de potentats...

L'autre le dévisagea sans le lâcher.

— Ah çà ! questionna-t-il, n'appartiendrais-tu pas à la bande des Grands-Scorpions ?

— Hélas ! oui... Mais, au nom du ciel, ne me livrez pas aux archers !... Etranglez-moi plutôt sur place !... On ne boit que de l'eau en prison !

Le cavalier le poussa dans la petite rue del Governo-Vecchio.

— Allons, entre là-dedans ! dit-il en lui désignant une taverne.

Le Silène obéit de l'air d'un chien que vient de corriger son maître.

Lorsque, deux heures plus tard, il rentra au bercail, vous l'auriez trouvé gris comme une grive en vendange, et des écus sonnaient dans les poches de ses grègues.

Le lendemain, il proposait à ses compagnons de partir pour la foire *dell' Imprunetta*, où il leur serait facile de se ravitailler aux dépens des curieux qu'attirait la fête de la Madone.

Vous venez de les y voir arriver tout à l'heure.

XIX

EXPLICATION

Les bohémiens s'étaient installés dans une hôtellerie voisine de la chapelle.

Entre celle-ci et celle-là, ils avaient dressé les tréteaux qui devaient servir à la fois de trépied à leurs pythonisses ; de théâtre à leurs chants, à leurs danses, à leurs tours d'adresse et de force ; de *cabinet de consultations* à leurs charlatans, à leurs *tirangeuses de brèmes* (tireuses de cartes), et à ceux d'entre eux qui conjuraient le mauvais œil ou qui pratiquaient le « jet des sorts » ; de lieu de supplice, enfin, aux patients que le piteux état de leur mâchoire amenait entre les mains de leurs opérateurs.

Aidé de quelques hommes moins paresseux que les autres, notre ami Jacques achevait de draper de vieilles toiles peintes cette scène destinée à tant d'usages divers.

Le reste de la bande s'était répandu à travers la fête et y préludait à la représentation du soir par l'exercice de toute sorte de métiers équivoques et hasardeux.

Le conseil des anciens tenait dans une grange ses assises de récriminations ordinaires contre le pouvoir établi.

Dans la salle basse de l'hôtellerie, Diamante était assise près d'une fenêtre ouverte.

Ses yeux, chargés de caresses, ne quittaient point notre Lorrain, qui, se sentant sous le feu de cette tendre attention, se multipliait à la besogne, — gaiement, le marteau au poing, les manches retroussées, — frappant, clouant, taillant, rognant, — donnant le *coup de fion* de l'artiste au décor qu'il improvisait.

A quelques pas de la jeune fille, Yanoz se tenait debout, appuyé contre un meuble auquel l'agitation de son corps communiquait un mouvement saccadé.

La reine des Grands-Scorpions ne semblait point s'apercevoir de la présence du fils de Pharam.

Celui-ci paraissait furieux de cette indifférence.

Ses prunelles roulaient et brûlaient dans le bistre de son visage.

A un moment, comme Diamante se penchait pour mieux voir au dehors :

— Oh ! murmura-t-il, je ne vis plus ! Je suis comme un damné dans un lac de feu !

A cette exclamation, la jeune fille se retourna.

— Qu'est-ce donc ? s'informa-t-elle.

Le bohémien marcha vers elle.

— Encore une fois, fit-il avec emportement, il faut que nous nous expliquions.

Elle arrêta sur lui un regard ferme et fixe.

— Vous demandez une explication ? Je suis prête à vous la donner. Interrogez : je répondrai.

Le jeune homme était revenu s'adosser à la cloison.

— Diamante, reprit-il, vous voici arrivée à l'âge où nos reines prennent un époux...

— Yanoz, ce n'est pas une loi ; ce n'est pas un usage ; c'est une habitude, voilà tout. Je m'inclinerais devant une loi ; je respecterais un usage ; mais il me sera permis, je pense, pour me conformer à une habitude, d'attendre le moment que je jugerai opportun.

— Diamante, pourquoi ne voulez-vous pas de moi pour mari ?

— Parce que vous savez bien que c'est impossible.

— Impossible ?

— Oubliez-vous que vous êtes mon frère aux yeux de toute la tribu, et que celle-ci me croit encore la fille de Pharam et de Mani ?

— Eh bien, déclarons tous deux la vérité : cette vérité qui finira par être connue quelque jour... Car ce secret me pèse trop, et je ne suis plus d'humeur à le garder long-temps... Cessez de passer pour ma sœur ; soyez ma compagne, et, je le jure par la force de mon bras et par la trempe de mon poignard, vous resterez la souveraine obéie, respectée de tous...

La jeune fille secoua la tête :

— Non, redit-elle, c'est impossible.

— Pour quelle raison ?

Elle le considéra avec une sorte de compassion.

— Vous me l'avez demandée vingt fois, et vingt fois je vous l'ai répétée... En vérité, Yanoz, il faut que vous soyez bien ennemi de vous-même pour m'interroger de nouveau...

Le fils de Pharam crispa ses poings :

— Dites encore !... Dites toujours !... Faites-moi comprendre que je vous suis odieux, que vous vous jouez de mon bonheur, que ma vie et ma mort ne sont rien pour vous !...

— Non, vous ne m'êtes pas odieux ; car vous êtes l'enfant de celle qui m'a nourrie de son lait et de celui qui m'a élevée avec une tendresse paternelle...

Je vous plains donc et je vous aime...

Je vous aime comme un frère...

Mais n'exigez jamais de moi autre chose que cette amitié fraternelle : c'est tout ce que je puis vous promettre, — et je ne promets que ce que je suis sûre de pouvoir donner.

— Oui, j'entends... Je n'entends que trop... A moi l'amitié : à un autre l'amour.

— Que voulez-vous dire ? demanda la jeune fille, qui, avec

une impatience fébrile, frappait le parquet de son petit pied souple et cambré.

— Je veux dire que vous vous seriez peut-être laissé toucher par mes prières, par mes larmes, par mes tortures, si certain cadet de Lorraine n'était venu se jeter entre nous...

Je dis que vous l'aimez, cet artiste maudit, au mépris de vos serments, de nos lois, de nos usages...

Vous, notre reine!...

Lui, un chrétien!

— Vous vous trompez, repartit Diamante froidement : je n'ai rien juré en acceptant la succession de votre mère...

Mon cœur m'appartient et j'ai le droit d'en disposer librement...

Souvenez-vous, d'ailleurs, que je suis chrétienne, moi aussi, et que c'est Jacques qui est de ma race, et moi qui ne suis pas de la vôtre !

— Ainsi, vous l'avouez !... Vous osez l'avouer !... Vous aimez ce damné Lorrain !

Elle se leva, l'œil étincelant de hardiesse, la lèvre frémissante de défi :

— Oui, je l'aime et je l'avoue à la face du ciel... Je l'aime parce qu'il ne ressemble en rien à tous ceux qui m'ont entourée jusqu'à présent... Parce qu'il est bon, parce qu'il est brave, parce qu'il est honnête, parce qu'il est juste... Parce que c'est un homme, enfin, et non point une bête sauvage aux instincts féroces ou rampants...

Le gitano ferma les yeux.

Un nuage de feu brûla ses paupières.

Il s'appuya au mur pour ne pas défaillir.

Puis, ce rauquement sortit de sa gorge :

— Diamante, ne me bravez pas ainsi !... Diamante, ne m'insultez pas ainsi !... La bête sauvage a crocs et griffes !

Elle poursuivit avec le même flegme implacable :

— Oh! je lis sur votre front ce qui se passe dessous... Je vois votre main qui cherche une arme à votre ceinture...

Une fois déjà, vous avez provoqué celui dont nous parlons,
et le succès n'a pas répondu à votre espoir...

Cette fois-là, c'était en plein soleil, — devant moi, — devant tous...

Aujourd'hui, c'est la nuit que vous rêvez d'attendre pour
l'attaquer dans l'ombre et le frapper en traître...

A quoi cette lâcheté vous avancera-t-elle ?... Vaincu, j'ai
pu avoir quelque pitié pour vous ; vainqueur, cette pitié se
changerait en haine... Croyez-moi, c'est un mauvais moyen
pour plaire à une femme qu'assassiner l'homme qu'elle aime...

Tenez, si j'étais à votre place, j'arracherais ces méchantes
idées de mon esprit et cette folle passion de mon cœur...

Je renoncerais à des chimères insensées...

Et je me contenterais d'inspirer la sainte et pure affection
qu'une sœur peut éprouver pour son frère.

. . . .

Ses traits et sa voix s'étaient adoucis.

Tout en elle suppliait.

Mais le fils de Pharam n'était pas de ceux qui cèdent à
la prière.

— Non, déclara-t-il, à mon tour, je vous réponds : c'est
impossible.

Il allait et venait par la salle, — titubant, soufflant, essuyant sous sa manche la sueur qui lui baignait le visage.

A la fin, s'arrêtant devant la jeune fille :

— C'est votre dernier mot? demanda-t-il sourdement.

Elle répliqua sans faiblir :

— J'aime Jacques le Lorrain, et nul autre que lui ne sera
mon compagnon dans la vie.

— Vous l'aimerez toujours?

— Tant que j'existerai.

— Et s'il meurt?

— Je mourrai.

Yanoz baissa le front, comme s'il avait reçu un coup de
massue, et poussa un soupir qui ressemblait à un râle.

Puis, soudain, se redressant, terrible, les dents serrées,

les narines entr'ouvertes, les prunelles sortant de l'orbite :

— Je sens la patience qui m'échappe et la raison qui m'abandonne!... Par l'âme de ma mère! prenez garde!...

Elle, riante et droite, levant sa tête fière et son clair regard :

— A quoi?

— Je suis capable de vous tuer pour vous empêcher d'être à un autre!

Il avait tiré son large couteau catalan.

Oui, mais le fin carrelet d'acier — que nous avons vu intervenir pour repousser l'assaut amoureux du prince Charles — brillait déjà entre les doigts de la fillette.

Elle fit un mouvement comme pour se mettre en garde.

Puis tout à coup, se ravisant et jetant le stylet loin d'elle :

— Non, cette arme ne doit me servir qu'à me faire respecter des gentilshommes.

Elle détacha rapidement de sa ceinture le fouet qui lui servait de sceptre.

— Voici, dit-elle, qui me suffira dans le cas présent.

Elle leva le bras. La lanière de cuir siffla au bout du manche d'ébène. Un éclair de mépris et de résolution allumait le bleu de sa prunelle :

— Monsieur mon frère, un pas de plus et je vous coupe la figure!

Le bohémien avait du sang aux yeux et de l'écume à la bouche...

Poussé à bout, exaspéré, aiguillonné par l'attitude et le langage de la fillette comme le taureau par les dards des *banderillos*, la cape écarlate des *chulos* et la lance des *picadores*, il se ramassa sur lui-même et parut près de bondir sur celle en qui, dans le paroxysme de la rage, il ne voyait plus désormais qu'une adversaire et une ennemie...

Soudain une voix joyeuse retentit sous la fenêtre :

— La reine?... Où est la reine?... Je réclame la reine!

Celle-ci s'élança vers la porte et l'ouvrit.

Callot entra, en rabaissant ses manches :

— Ouf! reprit-il, voilà la besogne terminée... Votre Majesté veut-elle voir ?... On demande le coup d'œil du maître.

A sa vue, comme à celle d'un serpent, Yanoz, livide et frissonnant, avait reculé jusqu'au fond de la pièce, et, rencontrant un escabeau, s'était laissé tomber dessus.

L'artiste s'était arrêté sur le seuil.

Son regard investigateur alla de la figure animée, empourprée, de la gitane au visage blême et convulsé du zingaro.

— Oh! oh! questionna-t-il, que se passe-t-il donc ?

La jeune fille était trop émue pour répondre.

Le fils de Pharam demeurait immobile et muet. Le Lorrain fronça le sourcil.

— Ah çà! demanda-t-il derechef, est-ce que, par hasard, quelqu'un ici aurait manqué aux égards qu'on doit à une femme?

Diamante vint lui prendre le bras :

— Monsieur Jacques, dit-elle, sortons. On étouffe dans cette salle. Et puis, j'ai à vous entretenir de choses qui ne souffrent aucun retard.

Le bohémien s'était levé.

Son couteau avait repris position dans sa gaîne.

Mais il avait aux lèvres un sourire aigu et perfide cent fois plus dangereux qu'une arme dans sa main.

— Restez, dit-il; c'est moi qui vous cède la place.

Puis, se dirigeant lentement vers la porte :

— Roucoulez à loisir, ce soir, mes tourtereaux. Roucoulez à bec que veux-tu. Qui sait si vous aurez demain le temps de songer à ces mamours ?

— Qu'est-ce à dire, mons Yanoz? interrogea l'artiste.

Il fit un mouvement vers le fils de Pharam.

Diamante se mit entre eux :

— Mon ami, de grâce !... Pour moi !... Pas un mot de plus !

En passant devant la jeune fille, le gitano se courba avec une humilité affectée :

10

— Salut à Votre Majesté! dit-il

Puis, sur le seuil, se relevant et se retournant avec un geste, un accent, un visage où il y avait de la menace et du sarcasme :

— Reine, gardez jusqu'à demain ce fouet à manche d'ébène que vous maniez si bien. La nuit porte conseil. Je vous donne douze heures pour vous décider à conserver la couronne ou à vous voir traitée par nos frères, vos juges, comme l'usurpatrice d'un pouvoir auquel vous n'avez aucun droit.

XX

RÉSOLUTION

La jeune fille s'était affaissée sur un siège. Ses nerfs s'étaient détendus. Ses paupières battaient, grosses de larmes. Jacques s'agenouilla devant elle et lui prit les mains avec effusion :

— Voyons, demanda-t-il, qu'avez-vous? Que s'est-il passé tout à l'heure, et que signifient les paroles de ce bandit?

— Ce bandit a voulu me contraindre à enchaîner mon sort au sien... Mon Dieu, je sais bien que c'est à sa mère, à son père que je dois de vivre, et, cependant, il ne m'inspire que répulsion et terreur... C'est au monde le seul être que je redoute et que je déteste.

— Malheur à lui ! gronda le Lorrain : vous ne serez pas toujours là pour m'empêcher de le clouer au mur comme un oiseau de nuit, ou de l'écraser comme un reptile.

— En attendant, reprit Diamante, je serai demain sous le coup des colères et de la vengeance de ceux qui sont encore mes sujets aujourd'hui.

— Comment?

— Ce secret que je vous ai confié, Yanoz le leur révélera, — et, lorsqu'ils apprendront que je ne suis pas la fille de leur dernière reine...

— J'entends : vous cesserez d'avoir sur eux l'autorité dont ils vous avaient revêtue, — et cette autorité, vous la regrettez, peut-être...

— Je la regretterais, si j'avais pu m'en servir pour faire de ces fauves des créatures humaines...

Dieu m'est témoin que c'est uniquement dans ce but que je l'avais acceptée des mains de ma mère d'adoption...

Hélas ! la tâche était trop lourde pour une femme, pour une enfant...

Il m'a fallu y renoncer, et je déposerais avec joie cette couronne de cuivre sous laquelle mon front a saigné bien souvent comme sous une couronne d'épines, si cette abdication forcée ne devait pas m'être fatale...

— Fatale ?...

— Messire Jacques, ces hommes ne me pardonneront pas de les avoir trompés... Ils voient un ennemi en quiconque n'a pas de leur sang dans les veines... Messire Jacques, j'ai peur...

— Peur ?... Est-il possible ?... Vous que j'ai connue si vaillante, si héroïque et si sublime !...

La jeune fille frissonna :

— Leurs lois sont terribles... Ils me les appliqueront sans pitié... Et, cependant, je ne voudrais pas mourir sans savoir qui est cette femme à laquelle je fus enlevée ; cette femme dont Mani m'a parlé à son lit de mort, qui a dû me pleurer et qui est ma mère...

C'est pour moi un devoir sacré de la chercher à travers le monde...

Seulement, pour la retrouver, il faudrait un miracle...

— Eh bien, s'exclama Jacques gaiement, vous ne mourrez pas, le miracle se fera, et vous la retrouverez. J'en ai la certitude...

En attendant, cessez de vous désespérer, cessez de douter, cessez de trembler !

Que diable ! nous ne sommes plus ici dans l'Apennin où ces messieurs de la descendance d'Egyptus et de Ptolaüm s'arrogent le droit de haute et basse justice, et ne se gênent pas plus pour brancher un chrétien que pour éplucher une noix ou pour casser une noisette...

Nous sommes en pays habité, — à quelques milles de Florence, — de Florence où il y a, Dieu merci, un souverain, des magistrats, une police...

Vos sujets ne veulent plus de vous ? Prenez l'avance. Répudiez-les la première...

Quittez-les en catimini. Esquivez-vous sans bruit. Partez sans retard, — et allez de ce pas vous mettre, à Florence, sous la protection du grand-duc, de son équité, de son barigel et de ses archers...

— Oui, murmura la jeune fille, oui, j'avais pensé à tout cela... Mais qui m'aidera dans ma fuite ?... Je n'ai personne, je suis seule...

Le Lorrain la regarda d'un air de tendre reproche :

— Seule ?... C'est mal, ce que vous dites là !... C'est très mal...

— Expliquez-vous...

— Personne !... Eh bien, et moi ?... Et votre bon ami Jacques ?...

— Vous !...

— Ne vous suis-je pas tout acquis ?... Disposez de mon zèle, de mon bras, de mon épée... Ils ne sauraient servir une meilleure cause...

— Quoi ! vous consentiriez à me suivre ?...

— Au bout du monde, s'il vous plaisait de m'y conduire !... Et à pied, encore !... Je suis marcheur ! Ah çà ! est-ce que vous croyez que je me considère comme lié par tous les serments saugrenus que vous m'avez fait prêter quand vous m'êtes apparue comme un ange sauveur ?

10.

Foin des Tziganes rouges de Moravie ! De Chàl, en Egypte, leur berceau ! Du fouet à manche d'ébène et du sifflet d'argent !...

Pardieu ! je ne me suis affilié à cette bande de mécréants que parce que vous en étiez la reine. Pour vous admirer de plus près. Pour savourer à satiété votre beauté, votre âme, le chant de votre voix, la caresse de vos yeux, les roses de votre sourire !...

Et pour vous consacrer, enfin, cette vie que vous m'avez rendue !

— Vous m'aimez donc ? questionna Diamante.

Elle sentit sur ses mains les lèvres du jeune homme.

— Je ne sais pas si je vous aime, répondit-il avec chaleur, mais je sais que, pour moi, l'art, c'est vous ; l'Italie, c'est vous ; le bonheur, c'est vous...

Je sais que vous êtes mon espoir et mon avenir tout entier...

Je sais que pour vous, pour partager l'air que vous respirez, pour rester dans votre sillage, j'ai failli renier mon Dieu, mon nom, mon pays, ma famille, et qu'en ce moment même, devant le péril qui vous menace, je m'efforce d'oublier que j'ai là-bas, en Lorraine, un père qui m'attend et une mère qui pleure...

— Jacques, dit la jeune fille doucement, ce n'est pas moi qui ai exigé de vous ce sacrifice... Je n'entends pas qu'il se prolonge plus longtemps... Il faut retourner près des vôtres...

— Oui, certes !... J'y compte bien... Mais plus tard... Avec vous...

— Avec moi !...

Le brave garçon se gratta l'oreille.

De fait, il se demandait, non sans quelque embarras, comment il lui serait possible d'introduire cette fleur de bohème dans le sévère intérieur du vieux héraut du duc Henri et de la bonne dame Renée Brunehaut.

La mignonne s'aperçut de cette angoisse.

— Oui, reprit-elle avec une certaine tristesse, je sais bien que vous m'aimez... Pour le savoir, je n'ai pas eu besoin de l'entendre de votre bouche... Mais je n'ai ni patrie, ni parents, ni fortune...

Son insouciance habituelle avait déjà reconquis notre Lorrain :

— Bon ! fit-il, vous retrouverez tout cela à Nancy... Laissez-moi seulement devenir célèbre... D'ailleurs, qui nous empêche de croire que vous êtes la fille d'un prince et d'une princesse ?...

Elle essaya de répliquer.

Il ne lui en donna pas le temps :

— Tenez, lors de mon premier passage à Florence, — je n'avais alors guère plus de douze ans, — j'ai rencontré un digne gentilhomme piémontais, qui était au service de Cosme II et qui m'aida de son affection, de ses conseils et de sa bourse...

Je me mettrai à sa recherche...

Il nous protégera, si, par hasard, quelqu'un de vos anciens sujets s'avisait de nous chercher noise.,.

Et puis, je travaillerai. Je travaillerai sans relâche. Je travaillerai avec profit, avec gloire...

Mon cerveau est encore plus plein que mon carton de tous les types qu'il m'a été permis d'étudier pendant mon séjour dans cette bande. Toute cette histoire de la misère, de la gaieté italiennes jaillira en figures multiples de la pointe de mon crayon. Et je la transporterai du papier sur le cuivre. La gravure, voyez-vous, c'est l'écriture de la pensée de l'artiste...

Ainsi, c'est décidé : nous partons aujourd'hui...

Vous avez confiance en moi, n'est-il pas vrai ?...

Si vous saviez comme votre isolement ajoute à ma tendresse et grandit mon respect pour vous !

. . . .

Elle écoutait avec ivresse cette voix chaude et sincère qui descendait jusqu'au fond de son cœur.

— Oh! Jacques, balbutia-t-elle, merci! Vous êtes bon entre les bons! Vous êtes généreux, vous êtes grand, vous êtes noble!...

Le Lorrain eut un franc éclat de rire :

— Mon pauvre père prétend que nous sommes gentils-hommes... Il paraît que le duc Charles III a anobli mon aïeul Claude... Moi, je n'ai qu'une ambition : m'illustrer par mes œuvres.

Les beaux yeux de Diamante étaient remplis d'amour et de fière pudeur.

— J'atteste le Ciel, reprit-elle, que je me donne à vous sans réserve.

Il la serra entre ses bras, et ce fut elle qui tendit son front au premier baiser.

Puis elle dit en se levant :

— La journée s'avance. Il faut nous séparer. Gardons-nous d'éveiller les soupçons de mon peuple.

— Quand vous rejoindrai-je ?

— L'angelus du soir va sonner... Dans deux heures alors... Lorsque la nuit sera complète.

Elle ajouta avec une pétulance mutine :

— Mes préparatifs de départ ne seront point longs à ter-miner.

— Par saint Epvre ! ni les miens non plus, repartit Jac-ques sur le même ton.

— Je n'ai guère que ma mante à prendre.

— Moi que mes croquis à emporter.

Tous deux eurent un léger accès d'hilarité.

L'artiste questionna derechef :

— Le lieu du rendez-vous ?

— Cette chapelle qui reste ouverte aux pèlerins jusqu'à minuit : vous m'y trouverez en prière...

— Et je m'y agenouillerai à vos côtés pour demander à la Madone de venir en aide à nos projets...

— Dans deux heures ?

— Dans deux heures.

La jeune fille sortit de la salle et s'éloigna d'un pas gracieux.

Le jeune homme resta, — étourdi de ce rapide échange d'aveux et de la nouvelle aventure qui se préparait dans sa vie déjà si accidentée.

XXI

TRAME OURDIE

Revenons — un instant — à Yanoz.

Comme il venait de quitter l'hôtellerie, une main lui avait frappé sur l'épaule, et, en se retournant, furieux d'être dérangé dans ses pensées de haine et de vengeance, le gitano s'était trouvé nez à nez avec Gargajal.

— Où vas-tu donc, fils de Pharam? avait demandé le gros homme.

Yanoz ne répondit point et le repoussa d'une bourrade.

L'autre, qui était ivre aux trois quarts, insista :

— Au cabaret ou à la rivière?... Si c'est au cabaret, bravo! Je ne te suis pas, je te précède... Si c'est à la rivière, bonsoir!... Je ne nage qu'entre deux vins!

Le fils de Pharam le repoussa de nouveau :

— Au diable, baril à deux pieds, outre dégonflée, vieille éponge! Je n'ai que faire de ta compagnie. Encore moins de ton verbiage!

Mais le volumineux bohémien, se cramponnant à lui avec la ténacité et discourant avec le décousu de l'ivrogne :

— Jeune homme, j'ai l'âge de votre père... Je vous défends de m'insulter... Or, c'est m'insulter gravement que de me traiter de vieille éponge : une éponge ne boit que de l'eau.

Il frappa sur sa bedaine :

— Ensuite, on est en train de se regonfler... Grâce aux pistoles de mon généreux ami... Un ami qui sera le tien quand tu voudras...

Puis, changeant de thème et riant d'un rire pâteux :

— Mais, sais-tu, mon pauvre garçon, que tu m'as joliment la mine d'un galant penaud et déconfit ?

— Moi !

— C'est-à-dire que, si elle n'était pas ta sœur, je croirais que tu es jaloux de la Diamante.

Yanoz tressaillit.

Il regarda vivement son interlocuteur pour s'assurer si le coup était prémédité...

Mais il ne lut rien que l'ivresse sur cette trogne enluminée...

Gargajal poursuivit en chancelant :

— Jaloux de ce *goï* de Lorraine qu'elle a tiré de la pendaison, et qui traîne toujours dans ses jupes...

— Oh ! celui-là n'est pas un de nos frères, grinça le gitano entre ses dents serrées, et je le hais, oui, je le hais de toute mon âme !...

— *Per Bacco !* je comprends ça !... Il t'a crossé !... Devant tout le monde et devant elle !...

Yanoz se mordit les poings :

— Si quelqu'un parvenait à m'en débarrasser...

L'autre lui tendit la main :

— A t'en débarrasser ?... Tope là !... J'ai ton affaire...

— Toi !...

— J'ai mon ami... Mon généreux ami... L'ami dont je t'ai parlé tout à l'heure...

— Quel ami ?...

L'ivrogne se rengorgea :

— Un gentilhomme étranger... Qui a noué avec moi des

relations basées sur une estime réciproque... Et qui me paye au poids de l'or les charmes de ma conversation...

— Eh bien ?...

— Eh bien, ce magnifique inconnu se propose justement de te délivrer de ton rival...

— Lui !...

— Et cela, pas plus tard que cette nuit...

— Est-il possible ?...

— Comme aussi de jouer un bon tour à la reine : à cette sucrée, à cette mijaurée, à cette pimbêche de reine...

— Quel tour ?

— Motus !.. J'ai promis d'être discret... Et puis, je l'ignore hermétiquement... Mon ami ne m'en a pas soufflé un traître mot...

Yanoz lui saisit le poignet :

— Voyons, est-ce le vin qui divague par ta bouche, ou bien te reste-t-il quelque ombre de raison ?... Qu'est-ce que ce gentilhomme, cet étranger, cet inconnu ? Quelles sont ses intentions ? Où est-il ?

— Ce qu'il est ?... C'est ce visiteur qui est venu s'entretenir mystérieusement avec ton père, dans la montagne, — tu dois te le rappeler, — la nuit où nous avons manqué de pendre celui qui est devenu depuis le favori de ta sœur... Ce qu'il veut ?... Tu l'apprendras de lui-même, puisque c'est lui qui m'a dépêché à ta recherche... Où il est ?... Eh ! par ma panse ! dans cette taverne, où nous avons trinqué de pair à compagnon...

En discourant de la sorte, nos deux bohémiens étaient arrivés devant la *trattoria del Babuino*.

Gargajal passa son bras sous celui du fils de Pharam :

— Entrons... On nous attend... Je vais te présenter.

Il ajouta en trébuchant :

— Seulement, mon fils marche droit, et fais honneur à la boisson.

. . . .

Francatrippa et Fritellino avaient quitté l'établissement de maître Tartaglia.

A la table où nous les avons vus naguère assis avec M. de Sierk, ce dernier caressait le menton de la signora Francisquine.

— Ainsi, disait-il à voix basse, tout est bien convenu, friponne ?

— Monseigneur sait que je n'ai plus rien à lui refuser... Quand on a des façons de demander si libérales et si superbes !...

— Je suis sûr que tu vas jouer ton petit rôlet à merveille...

La belle fille prit un air naïf :

— Dame ! Excellence, on tâchera... Songez que je n'ai pas encore été enlevée... C'est un apprentissage à faire...

Puis, avec une curiosité maligne :

— Et c'est un grand seigneur qui sera le ... coupable ? Un grand seigneur *pour de bon* ? Jeune, galant, bien tourné — et riche ?

— Son Altesse Charles de Vaudémont, mon illustre maître en personne... L'hôte du duc Cosme II... Un prince !

La signorina fit la roue :

— J'ai toujours eu de la vocation pour devenir princesse...

— De la main gauche, dit le baron en riant.

— Bast ! le côté m'importe peu, pourvu qu'il y ait quelque chose dans la main !...

— Il y aura une dot : une dot magnifique et royale...

— Monseigneur, je n'ai pas envie de me marier, — ne voulant le malheur de personne... La dot me servira à aller à Paris... A Paris, où l'on dit que les écus de six livres valent un louis d'or entre les doigts d'une jolie femme...

Les deux gitanos s'étaient approchés :

— Mon gentilhomme, annonça Gargajal en désignant Yanoz, voici le cavalier que Votre Seigneurie m'a donné mission de lui amener.

11

M. de Sierk échangea un regard d'intelligence avec Francisquine.

La fine mouche s'envola, — mais pas bien loin.

Le baron fit alors signe au fils de Pharam de prendre place en face de lui.

Ensuite, il se mit à lui parler à voix basse.

Le zingaro l'écouta silencieusement, immobile, le front dans ses mains.

Après avoir vidé ce qui restait au fond des bouteilles qui chargeaient la table, Gargajal s'était endormi sur un coin de celle-ci.

Le gentilhomme parla longuement.

Quand il eut terminé, Yanoz leva vers lui un visage décomposé par un étonnement et une douleur farouches.

— Mais je l'aime, moi, messire ! s'écria-t-il : je l'aime !...

— Soit, repartit M. de Sierk ; mais réfléchissez qu'elle ne vous aime pas ; qu'elle en aime un autre, et que tôt ou tard elle se donnera à cet autre, — si ce n'est déjà chose faite...

— Oh !...

— Réfléchissez encore que la révélation dont vous l'avez menacée ne change rien aux événements. Dépouillée de sa royauté, cette fille n'en devient que plus libre. Elle ne dépend plus de personne. Rien ne la retient plus parmi vous...

— Oh !....

— S'il lui plaît d'aller vivre ici ou là avec celui qu'elle a choisi, comment ferez-vous pour la retenir ?...

— Oh !

— Elle n'aurait qu'à l'invoquer, la justice de ce pays serait avec eux contre vous...

Toutes ces paroles tombaient comme des gouttes de plomb fondu sur le cœur du bohémien, et les monosyllabes qu'elles lui arrachaient étaient comme les gémissements d'un malheureux appliqué à la torture.

— Mais, dit-il, je ne la perds pas moins si vous devenez son mari !

Le baron haussa les épaules :

— Que vous importe, puisque je lui suis indifférent ? Puisque, moi-même, je ne veux être son mari que de nom ? Puisque j'entends ne l'épouser que devant l'église et devant la loi ? Puisque, de toute sa personne, je ne réclame que sa main ?

L'autre le regarda avec des yeux stupides :

— Ah ça ! vous ne l'aimez donc pas ? demanda-t-il.

— Monsieur Yanoz, répliqua Christian froidement, j'aime la fortune, j'aime les titres, j'aime les honneurs...

Voilà pourquoi j'ai décidé que cette Diamante serait ma femme...

En la ramenant aux parents auxquels votre père l'a enlevée, j'aurai tout cela — et le reste....

Vous voyez qu'avec vous je joue cartes sur table...

Qu'elle soit jeune et séduisante, c'est le cadet de mes soucis : je m'accommoderais d'une sorcière, perdue de rides, si celle-ci devait m'emporter sur son manche à balai vers les sphères auxquelles j'aspire...

Les gens de ma trempe sont inaccessibles aux faiblesses. Or, aimer est plus qu'une faiblesse : une faute ; plus qu'une faute : un crime ; plus qu'un crime : une sottise. L'homme qui possède finit par être la propriété, par devenir l'esclave de celle dont il se croit le maître...

Voilà une déclaration qui doit vous rassurer pleinement à l'endroit de ce dont votre jalousie s'effarouche...

— Oh ! murmura Yanoz, si j'en étais certain, si vous consentiez à me jurer...

— Je ne jure rien, je ne promets rien, interrompit le cavalier. Remarquez que je puis me passer de vous en tout ceci. Un mot à l'oreille du grand-duc, et c'est lui qui se chargera de rendre cette jeune fille à sa famille...

Le fils de Pharam crispa ses doigts dans ses cheveux :

— Malédiction !... Ne plus la voir !... C'est impossible !...

— Alors, mon cher, acceptez le marché que je vous propose, puisque c'est le seul moyen de ne pas la quitter, puisque je vous emmène avec nous, puisque je fais de vous mon homme de confiance et le premier écuyer de la future baronne.

— Et je serai près d'elle chaque jour, à toute heure ?

— Pardieu ! c'est mon intérêt : où trouverai-je un plus vigilant gardien de mon honneur à placer devant une porte à laquelle vous êtes assuré que je ne viendrai jamais frapper ?

Yanoz laissa tomber sa tête sur ses deux poignets qu'il avait croisés sur la table.

Un violent combat semblait se livrer en lui.

Aux mouvements de ses épaules, on devinait combien sa respiration était courte, pénible, hoquetante.

A la fin, se redressant à demi :

— Ainsi, s'informa-t-il, quelques gouttes de ce flacon suffiront pour l'endormir ?

— Parfaitement.

— Et vous m'attendrez derrière la chapelle ?

— Aussitôt qu'il fera nuit close.

Le gitano enveloppa son interlocuteur d'un coup d'œil défiant et sournois :

— Avec les chevaux ?

— Avec les chevaux : un pour moi, un pour vous, un pour chacun de ceux de vos camarades dont nous aurons besoin.

— Et nous ne nous séparerons pas ?

— C'est vous qui la tiendrez dans vos bras, sur le cou de votre monture, jusqu'à ce que nous ayons atteint Livourne.

Et le gentilhomme ajouta avec une pointe de gaieté :

— Corbœuf ! voilà qui va furieusement déranger les amours de cette belle reine de bohème et de ce galant chevalier du crayon !

Yanoz se mit brusquement sur ses pieds.

— Donnez-moi le flacon, dit-il : je suis votre homme.

XXII

AU PALAIS-VIEUX

Le prince Charles, — que nous avons vu, au village de San-Pagolo et à l'*osteria* du *Corpo-Santo*, nous donner un si singulier échantillon de son caractère, — était né de François, comte de Vaudémont, et de Christine de Salm.

François de Vaudémont étant l'unique frère du duc Henri II de Lorraine, et celui-ci n'ayant pas de descendance mâle, le jeune homme était devenu — par suite de la renonciation de son père — héritier présomptif de la couronne ducale.

Comme il avait un aîné, on l'avait destiné, d'abord, à l'état ecclésiastique.

La mort de cet aîné lui permit de renoncer à une carrière pour laquelle il ne montrait guère de vocation.

A peine hors de pages, son père l'envoya à la cour de France et le plaça sous la tutelle de la reine Marie de Médicis, afin que, élevé dans l'intimité du jeune Louis XIII, il pût se ménager en celui-ci un appui et un allié pour l'avenir.

Délibéré, pétulant, de reparties plaisantes et résolues, le

neveu du duc de Lorraine était devenu bientôt le favori, non seulement du fils timide et retardé du Béarnais, mais encore de la reine-mère et de la jeune reine Anne d'Autriche, qu'il divertissait de ses folies, de ses saillies et qu'il touchait de ses témoignage de dévouement.

On prétend même qu'il fut de ceux dont l'épouse du roi de France voulut bien agréer les adorations et les soins, conformément aux théories galantes alors à la mode, et, comme l'assure madame de Motteville, « en tout bien et tout honneur. »

A cette époque, Charles de Vaudémont affichait déjà les allures expéditives que vous savez.

Louis de Bourbon, comte de Soissons, ayant voulu, un jour, lui disputer l'honneur de tenir l'étrier à Louis XIII, Charles le repoussa en lui décochant un soufflet.

Le comte mit l'épée à la main; l'autre l'imita, et le sang allait couler, quand le roi intervint pour connaître la querelle et donner tort à M. de Soissons, qu'il déclara l'agresseur.

En Lorraine, le comte François se réjouissait des succès de son fils, qui lui paraissaient ajouter de nouvelles chances à ses prétentions.

Pour les améliorer encore, il manda au jeune prince de venir passer quelque temps à Nancy, curieux de voir ce que pourrait sur l'esprit du duc, son oncle, et de la princesse Nicole, sa cousine, la présence d'un cavalier formé aux belles façons françaises et déjà connu pour avoir courtisé une reine et souffleté un Bourbon.

Charles obéit à regret.

Il lui en coûtait d'aller faire, par ordre, la cour à la fille de Henri II.

La manière dont il s'acquitta de ce commandement fit assez voir qu'il avait plus à cœur de contenter son père que de plaire à sa parente.

Du reste, d'autres occupations, plus conformes à ses goûts, l'appelaient ailleurs.

En Allemagne, d'abord, où il prenait part à la campagne dirigée par Maximilien contre l'électeur Palatin, et où il s'escrimait, à la célèbre journée de Prague, avec une bravoure précoce qui attirait sur lui tous les regards:

En Italie, ensuite, où les cardinaux de la cour de Paul V, si entendus en politique, remarquaient, dit le P. Vincent que « son nez flairoit déjà aussi loin que le leur ».

Nous l'y avons rencontré sur la route de Rome.

Nous l'y retrouvons à Florence, où il s'était arrêté, en retournant en Lorraine, chez sa tante Christine, femme du grand-duc Cosme II.

Celui-ci lui avait donné pour logis le fameux Palais-Vieux, — *Palazzo-Vecchio*, — bâti en 1298 par Arnolfo di Lapo, puis restauré et agrandi par l'architecte Vasari, d'après les instructions de Cosme l'Ancien.

C'est dans une des salles de ce palais qu'il se promenait avec une impatience fébrile, à l'heure où, à la *trattoria del Babuino*, Christian de Sierk achevait d'ourdir ses ténébreuses machinations.

Le jeune homme, en pourpoint et en haut-de-chausses de velours tanné, était botté et éperonné pour la promenade.

Son manteau, de même étoffe et de même couleur que le reste de son costume, son chapeau, ses gants, sa houssine et son épée attendaient sur un fauteuil.

Un gentilhomme à cheveux blancs s'appuyait sur le dossier de ce fauteuil.

La poussière qui couvrait ses houseaux de voyage et son habit de velours violet prouvait qu'il venait de fournir une longue route à cheval.

Dans l'embrasure d'une fenêtre, MM. de Brionne et de Chalabre discutaient à voix basse sur les mérites respectifs de l'*Hercule assommant Cacus*, de Bandinelli, et du *David* de Michel-Ange, qui se dressaient devant la porte du palais.

Le gentilhomme était le comte Charles-Emmanuel de Tornielle, noble lorrain en grande estime à la cour de Nancy pour sa perspicacité, sa droiture et son dévouement à la maison de Vaudémont.

— Oui, Votre Altesse, disait-il, le comte François, votre père, m'a dépêché vers vous en toute diligence, pour vous inviter à presser votre retour...

Votre absence a laissé le champ libre à toutes les compétitions, à toutes les intrigues. On s'agite beaucoup autour du duc Henri. On s'efforce de le circonvenir au détriment de votre famille. On vous représente à ses yeux comme un étourdi, un brouillon, capable de compromettre dans l'avenir les intérêts de votre pays et de vos peuples...

Votre cousine Nicole est, en même temps, très cajolée, très recherchée...

On la sollicite de faire un choix parmi les prétendants qui aspirent à son alliance...

Qu'adviendrait-il si ce choix se portait sur un autre que vous et s'il était ratifié par le sire duc son père?...

Songez-y, monseigneur : la main de la princesse dans celle de l'un de vos rivaux, c'est la couronne de Lorraine sur la tête de celui-ci!

— Eh bien, s'écria le jouvenceau, je la lui disputerai, à ce rival, cette couronne qui m'appartient et dont je rougirais s'il me fallait la tenir d'un caprice ou d'une fantaisie de femme...

En vérité, M. mon père affaiblit étrangement la force de mes droits en les voulant fortifier par mon mariage avec la fille de Henri II...

Comme si je ne pouvais me passer d'elle pour régner!...

Comme si je ne trouvais qu'en Lorraine la place de mes ambitions!...

Par la mordieu! quand je devrais pousser jusqu'aux confins du monde pour me tailler, à coups d'épée, un royaume dans la Taprobane ou le Cathay...

— Votre Altesse n'en est pas là, Dieu merci, et j'ai tout lieu de penser que le duc est disposé à lui accorder la princesse...

— Ah! vraiment!... A cet étourdi!... A ce brouillon!...

— A deux conditions, cependant...

Le jeune homme éleva la voix :

— Hé! de Brionne!

— Monseigneur?

— Informez-vous donc si M. de Sierk est de retour.

— Monseigneur, répondit le gentilhomme, de cette fenêtre nous dominons la place du Grand-Duc, et je puis certifier à Votre Altesse que le baron ne l'a pas encore traversée pour rentrer au palais.

— N'oubliez pas de m'avertir aussitôt que vous l'apercevrez.

Ensuite, se retournant vers M. de Tornielle :

— Voyons, reprit le prince, les conditions de notre oncle.

— Il demande, tout d'abord, que Votre Altesse reconnaisse, par un acte signé de sa main, que la couronne lui incombe du chef de la princesse Nicole...

Charles réfléchit un moment.

— Soit, dit-il, je lui donnerai satisfaction sur ce point.

Il ajouta entre ses dents :

— Quitte à protester plus tard.

M. de Tornielle poursuivit :

— Notre souverain désire, en outre, que la princesse Henriette, votre sœur, épouse M. d'Ancerville...

Le jouvenceau se mordit les lèvres :

— Ah! oui, son favori... Une princesse de Lorraine à un simple baron!... Une Vaudémont à un Ancerville!...

— S. M. l'empereur d'Allemagne a promis d'ériger en principautés les terres de Phalsbourg et de Lixin en faveur de l'époux de madame Henriette...

Charles haussa les épaules :

— Alors, qu'on les marie... Et qu'ils s'arrangent... Ce ne sont pas mes affaires.

Puis, à part lui :

— Et ce damné Christian qui ne revient pas! Quand il sait que je l'attends! Que je suis si curieux d'apprendre...

Le vieux seigneur reprit gravement :

— Du moment que Votre Altesse acquiesce à ces deux conditions, il ne me reste plus qu'à me féliciter de l'heureux résultat de ma mission et qu'à repartir pour Nancy...

— Oh! comte, vous descendez à peine de cheval!... Après un aussi long voyage! Prenez du repos, — tout le repos qui vous sera nécessaire...

M. de Tornielle se redressa :

— Je ne suis jamais fatigué quand il s'agit du service de mon maître... Et puis, comme je pense que monseigneur doit être aussi pressé que moi d'arriver là-bas, en Lorraine...

— Hein?...

— Je le supplierai de donner des ordres pour que notre départ à tous deux ait lieu dans le plus bref délai...

— Notre départ?

— Aujourd'hui même, s'il est possible...

Charles fit une grimace énergique :

— Mais c'est que je ne vous accompagne pas, mon cher comte...

Celui-ci tressauta de surprise :

— Votre Altesse ne m'accompagne pas?...

— Non : je suis retenu ici pour quelques jours...

— A Florence?

— A Florence.

— Par des affaires plus importantes que celles qui réclament votre présence à Nancy?

— Beaucoup plus importantes.

— Avec le grand-duc, sans doute?... Eh bien! celui-ci comprendra que tout doit céder le pas aux soins qui vous rappellent à la cour de Henri II, et il n'hésitera pas à vous donner congé... Vous plaît-il que je le lui demande en votre nom?

— Non pas! fit vivement le prince. Il n'est pas question de politique, — mais d'un engagement d'honneur.

La physionomie de M. de Tornielle se rembrunit.

— Un duel? questionna-t-il en tordant sa moustache blanche.

— Vous vous trompez, mon vieil ami.

Les traits du « vieil ami » se rembrunirent davantage :

— Une amourette alors?...

— Dites une passion!... Une passion d'une violence!... Une créature adorable, et que j'adore!...

— Eh bien, repartit l'autre froidement, vous n'en aurez que plus de mérite à rompre...

— Comment?...

— Car j'imagine que les choses vont se passer ainsi : vous irez à cette adorable créature; avec la franchise qui sied à un galant homme, à un gentilhomme, vous lui avouerez que vous êtes engagé ailleurs, et que la raison d'Etat vous force à une union dans laquelle le cœur n'entre pour rien...

— Oh! non, pour rien! protesta le jouvenceau avec chaleur.

— La dame pleurera... quelques heures; quelques jours, si vous préférez. Et puis elle se consolera... Les dames se consolent toujours : toutes seules, quelquefois; le plus souvent, en compagnie... Et vous-même, en face de votre nouvelle situation, de vos nouveaux devoirs...

Puis, s'interrompant :

— Mais ne vaudrait-il point mieux ne pas affronter l'assaut? La jeunesse est si faible devant de belles larmes! C'est moi, si vous le voulez bien, qui me chargerai de cette mission délicate...

— Vous?...

— Indiquez-moi donc la personne : probablement quelque noble Florentine de l'escadron volant de la duchesse Christine...

— Une noble Florentine?... Ma foi, non... Pas précisément.

Le vieux seigneur fronça le sourcil :

— Qu'est-ce à dire?... Je ne comprends pas... Ou plutôt, je crains de trop comprendre...

— Voici M. de Sierk, annonça de Brionne.

— Le baron! s'exclama le prince. Enfin! il arrive à propos!

Et il se précipita au-devant du survenant.

Justement froissé de cet empressement à le quitter :

— Monseigneur, prononça sévèrement M. de Tornielle, il me serait malaisé d'exprimer ce que je pense de tout ceci sans m'exposer à manquer au respect que je dois à mon futur maître.

Charles prit, à son tour, un air sérieux et digne :

— Monsieur le comte, répliqua-t-il, veuillez, attendre. Nous reprendrons cet entretien. Pour l'instant, j'ai à converser avec ce gentilhomme de choses qui ne souffrent aucun retard et qui intéressent le bien de l'Etat.

XXIII

OÙ M. DE SIERK TRAVAILLE POUR LUI EN AYANT L'AIR DE
TRAVAILLER POUR LES AUTRES

C'était Christian, en effet. Sa figure était rayonnante.
M. de Vaudémont le tira dans un coin :

— Et nos bohémiens ? demanda-t-il.

— Ils sont arrivés, monseigneur.

— Et, avec eux, ma belle inhumaine ?

— Avec eux, leur reine : Sa Majesté Diamante, — cent
fois plus belle et, je crois aussi, cent fois plus inhumaine
que jamais.

— Ah ! elle s'appelle Diamante... Un nom qu'elle mérite,
vive Dieu ! ayant à mes yeux plus de prix que les pierres
les plus précieuses... Tu l'as vue ?... Tu lui as parlé ?

— Je l'ai vue sans me montrer, de peur qu'elle ne me
reconnût et qu'elle ne soupçonnât votre présence ici...
Quant à lui parler, il n'y fallait point songer... D'abord, elle
a près d'elle certain garde du corps dont il eût été dangereux d'éveiller la jalousie...

— Je sais : ce vieillard qui l'accompagnait à l'*osteria* du

Corpo-Santo ou cet escogriffe qui grattait de la guitare, pendant qu'elle dansait sur la place...

— Votre Altesse se trompe : ce vieillard est mort, et cet escogriffe est à nous... Il s'agit d'une nouvelle recrue de la bande... D'un grimaud, d'un artiste, — et de nos pays encore, — qui s'est amouraché de la donzelle et dont elle s'est entichée...

— Elle l'aime?...

— Pour le moment, du moins... Oh! mais d'une tendresse platonique, qui, bien que vive, se contente de quelques baisers sur la main et sur le front... Plus tard, elle en aimera un autre, mieux avisé, plus audacieux... Et cet autre, ce sera vous, si vous voulez...

— Si je le veux !...

M. de Sierk sourit :

— Ce n'est donc pas un caprice?

— Caprice, fantaisie, amour, tout ce que tu voudras. J'ai été pris d'un regard. Elle me tient depuis un an...

Oui, depuis un an, mon cœur se consume à petit feu à son souvenir; et l'autre jour, à Rome, quand tu m'as annoncé que tu l'avais retrouvée et qu'elle allait venir, avec sa horde, à la foire de l'*Imprunetta*, la flamme qui sommeillait sous la cendre s'est réveillée, ardente et claire : je la sens maintenant qui me dévore...

Tout à l'heure, on me parlait de la couronne de Lorraine, de la succession de mon oncle, de la princesse, ma cousine, qui m'apporte en dot le plus beau duché de l'Europe...

Je n'entendais pas, je n'écoutais pas, je ne pensais qu'à elle, la ballerine de San-Pagolo, avec l'or vivant de sa chevelure et le marbre animé de son corps...

— Monseigneur ne lui tient donc pas rancune de ses prédictions?

— Ses prédictions? Elles m'attirent, au contraire, vers elle en lui donnant je ne sais quoi de surnaturel et de fatidique...

Et puis, que m'a-t-elle prédit? Le danger, la lutte, l'adversité ! Autant de fascinations pour une âme fortement trempée!...

Mais toi-même, baron, il me semble que tu n'as pas à te louer de son talent divinatoire...

— Oh! il ne s'agit pas de moi, Altesse; il s'agit de vous...

— Eh bien, moi, je te répète que j'en suis fou...

Parce que c'est une femme : une vraie femme!...

Ah! j'en ferai un objet d'envie pour les plus grandes et les plus haut situées!...

— Monseigneur, je redoute fort que vous n'y perdiez votre peine. Cette fille n'a rien de commun avec les autres femmes. Je crois, Dieu me damne, que, dans le paradis terrestre, elle eût fermé l'oreille aux propos du serpent.

— Corbacque! c'est ce que nous allons voir... Les chevaux, messieurs!... Nous sortons!

— Et où allons-nous, monseigneur? interrogea M. de Sierk.

— Tout droit à cette farouche et à cette imprenable... Du moment que la place me brave, j'entends l'investir sans retard... Et je l'emporterai d'un coup de main.

— Le coup de main échouera, Excellence.

— Eh bien, il me restera la ressource de battre en brèche et de pousser le siège dans les formes : en tout cas, je n'attendrai pas à demain pour ouvrir la tranchée...

Le baron secoua la tête :

— Encore une fois, mauvais moyen! La place a de quoi se défendre. Souvenez-vous du stylet qu'elle cache en son corsage...

— Ah! la colère encore est une beauté chez elle... Mais, je suis de sang-froid aujourd'hui... Elle ne me tuera pas, que diable!

— Non : mais elle se tuera peut-être.

Charles pâlit :

— Se tuer!... Elle serait capable...

— Monseigneur, les femmes sont capables de tout : même d'une bêtise!

M. de Vaudémont eut un mouvement de colère :

— Ah çà ! tu as donc juré de me désespérer ?...

— Votre Altesse peut-elle le croire ?... Quand j'accours, au contraire, lui proposer un moyen d'en arriver à ses fins auquel je suis tout étonné qu'elle n'ait pas songé dès l'abord...

— Et ce moyen ?...

— C'est de souffler votre gitane à son béjaune de galant en la faisant enlever par vos gens...

— Enlever ?...

— Rien de plus simple et de plus facile. Rien de plus commun pareillement. Un procédé fort à la mode et fort goûté, — surtout de celles qui en sont l'objet : les dames aiment qu'on les violente et qu'on ait l'air de les pousser là où elles ont envie d'aller...

Le prince se frotta les mains...

— Pardieu ! tu as raison, baron... Oui, un enlèvement arrange tout... Et, comme toi, je suis surpris de n'y avoir pas pensé plus tôt...

Le courtisan continua :

— J'avouerai même à Votre Altesse que j'étais si certain d'avance de son assentiment à ma proposition, que j'avais, d'ores et déjà, tout préparé, tout combiné pour en assurer l'exécution et le succès...

— En vérité !

— Il ne me manque plus pour cela que des chevaux et de l'argent ; car monseigneur n'ignore point que l'argent, qui est le nerf de la guerre, est l'auxiliaire indispensable de toute campagne amoureuse...

— Tu puiseras à pleines mains dans notre bourse, et je veillerai à ce que les écuries de notre hôte soient mises à ta disposition.

Une expression de joie passa rapidement sur les traits de M. de Sierk.

— Alors, poursuivit-il, votre excellence peut dès maintenant crier : *Ville et fille gagnées !* Ce soir, **la place sera en** son pouvoir...

— Ce soir?...

Le gentilhomme appuya :

— Ce soir, ici, dans ce palais, votre tigresse de Bohème vous sera amenée, — désarmée et muselée...

— Est-il possible?...

— Rapportez-vous en à mon zèle : ce tantôt, en rentrant dans ses appartements après la fête que lui offre le duc Cosme, monseigneur y trouvera la jolie sauvagesse, et il ne lui restera plus qu'à l'apprivoiser, ce pour quoi j'imagine qu'il n'a pas besoin de mes soins.

M. de Vaudémont lui frappa sur l'épaule :

— Baron, vous êtes un homme précieux... Quand nous serons prince régnant, nous ferons de vous l'intendant de nos menus plaisirs... A moins, toutefois, que nous ne vous exilions dans quelque cour étrangère — avec un titre d'ambassadeur, — pour éloigner des yeux de notre noble épouse ce complice de nos fredaines de jeunesse.

Il ajouta après un instant de réflexion :

— Mais ce freluquet, ce jaloux, qui est, dites-vous, un de nos compatriotes...

— Oui : à ce qu'il paraît, un de vos futurs sujets...

— S'il fait si bonne garde autour de sa maîtresse, comment s'y prendre pour tromper sa vigilance ?

— Soyez tranquille, monseigneur : je lui dépêcherai deux gaillards qui lui donneront de l'occupation.

Le front du prince se plissa :

— Oh ! oh ! de la violence !... Sur la personne d'un Lorrain... Je n'entends point qu'il en soit ainsi...

— Monseigneur, il s'agit seulement de le forcer à se tenir coi... D'ailleurs, prenez garde qu'il ne réussisse là où vous échouerez, si vous affichez ces scrupules...

Charles insista :

— Soit, mais souvenez-vous, monsieur, que je ne veux pas de sang versé.

— Que Votre Altesse se rassure : on se conformera à sa volonté... A condition pourtant, que ce jeune drôle ne fasse

pas trop le méchant... Attaqués, mes hommes auraient le
droit de se défendre.

Le jouvenceau avait déjà ses pensées ailleurs.

Il murmurait d'une voix frémissante de passion :

— Ce soir ! c'est ce soir, — ce soir qu'elle m'appartien-
dra, cette Galathée merveilleuse et revêche, que je ne brûle
peut-être d'atteindre que parce qu'elle met plus de coquet-
terie et de légèreté à me fuir...

— Et, demain, appuya M. de Sierk, rien ne vous retien-
dra plus ici, et vous pourrez vous éloigner en laissant derrière vous quelqu'un pour attester que le prince Charles de
Vaudémont est aussi invincible en amour qu'en guerre, à
Florence qu'à Prague, et devant la reine des Grands-Scorpions que devant Frédéric V, électeur palatin...

Le jouvenceau fit mine de lui tirer l'oreille :

— Christian, vous êtes un formidable flatteur !...

— A moins, toutefois, poursuivit l'autre, que vous n'em-
meniez avec vous votre nouvelle conquête, comme ces Sci-
pions et ces Césars de l'ancienne Rome, dont les prisonniers
ornaient le triomphe en suivant le char du vainqueur...

Le neveu du duc Henri tressaillit d'orgueil et de plaisir :

— Baron, déclara-t-il gaiement, je veux bien être mis en
croix, entre ce bon Tornielle et toi, — comme notre Seigneur entre les deux larrons — si ce n'est pas Satan en
personne qui loge dans ta propre peau !

Le courtisan s'inclina :

— A son tour, Votre Altesse me flatte... Non ! je ne suis
guère qu'Astaroth ou Belzébuth, quelque diable en sous-
ordre, de médiocre importance... Mais nul n'est plus dévoué
que moi au prince Lucifer, mon maître...

Charles de Vaudémont éclata de rire.

Ensuite, se tournant vers M. de Tornielle, qui attendait,
— raide, grave, digne et silencieux :

— Monsieur le comte, dit-il, nous partirons demain.

Le vieux gentilhomme fit un pas, et, inclinant son front
large et intelligent que coiffait une forêt de cheveux :

— Votre Altesse en prend l'engagement ? demanda-t-il avec une respectueuse insistance.

— Oui, comte ; vous avez ma parole, une parole à laquelle personne de ma race n'a jamais manqué.

XXIV

L'ENLÈVEMENT

A la nuit tombante, la fête populaire *dell' Imprunetta* battait son plein.

On mangeait, on buvait, on ;s'embrassait, on se querellait...

La vaste plaine, couverte de feux, de tables, d'orchestres, de couples menant le branle ou vidant les pots avant de les casser, de maris prenant des étrangères pour leurs femmes et de femmes prenant leurs amoureux pour leurs maris ; la plaine, disons-nous, avait bien plutôt l'air d'un paysage de Teniers encadrant une kermesse flamande que de l'un de ces paradis des bords de l'Arno dans lesquels Bocace étale les galantes causeries de son *Décaméron*.

Sur les tréteaux où s'exhibait la tribu des Grands-Scorpions, chacun s'escrimait avec rage.

Les hommes jonglaient ; les femmes chantaient ; Wiarda, la Circé à lunettes, et Baïssa, la Locuste à la pipe, vendaient aux commères jeunes ou vieilles des amulettes et des onguents...

Horeb escamotait des boulets de canon, des muscades et,

généralement, tout ce qui se présentait à portée de ses doigts crochus...

Yanoz avait avalé des épées et mâché des étoupes enflammées ; le Docteur extirpait sans douleur — pour lui-même — les molaires les plus rebelles et les canines les mieux enracinées, et notre ami Jacques en était à sa douzaine de portraits...

Portraits de *contadini*, de *citadini*, de matrones, de fillettes, de lansquenets jaloux de léguer leur image à une payse !

De tous temps il y a eu des *payses*.

Diamante venait de danser.

Dieu sait avec quel succès.

A l'issue de ses exercices, la ballerine avait l'habitude de boire une gorgée d'eau fraîche.

Cette fois, ce fut Yanoz qui lui apporta le verre dans lequel elle trempa ses lèvres.

La jeune fille n'osa pas refuser, de peur de soulever chez le fils de Pharam une nouvelle explosion de colère.

Après quoi, vive comme un oiseau, elle se glissa des tréteaux à terre.

Personne ne semblait s'occuper d'elle.

Notre artiste attaquait son treizième bonhomme.

La mignonne lui adressa à la dérobée un signe d'avertissement auquel il répondit par un regard d'intelligence.

Puis, leste et preste, elle se faufila dans la foule.

Absorbé par son travail, Callot ne remarqua pas que Yanoz la suivait.

Il ne remarqua pas non plus que, sur un geste du bohémien, deux de ses camarades — Polgar et Giseph — s'étaient coulés avec précaution derrière lui.

. . . .

La chapelle de la Madone restait en dehors du mouvement, du tapage et du flamboiement de la fête.

La houle, les illuminations et le vacarme de celle-ci venaient expirer dans la zone d'ombre qui entourait le pieux monument, qu'on laissait ouvert jusqu'à minuit aux dévotions des pèlerins.

Diamante pénétra résolument dans cette zone, dont l'obscurité et le silence paraissaient encore plus profonds si l'on songe au tumulte, plein d'éclatantes clartés, qui régnait à quelque distance.

Elle la traversa d'un pas ferme et agile.

Son pied allait toucher au seuil de la chapelle, quand elle s'arrêta brusquement.

On l'entendit pousser un faible cri.

Sa main se porta successivement à sa tête et à son cœur.

Elle étouffait. Tout tournait autour d'elle. Ses oreilles bourdonnaient. Ses jambes fléchissaient...

Elle essaya de se raidir contre cette défaillance subite...

Ce fut en vain : ses bras battirent dans le vide, cherchant un point d'appui qu'elle ne rencontra pas...

Elle chancela et se sentit tomber à la renverse...

En ce moment, trois hommes jaillirent des ténèbres...

La jeune fille les vit bondir vers elle...

Elle voulut fuir, se débattre, appeler au secours...

Impossible : elle n'avait plus ni voix, ni forces...

L'un des trois hommes l'avait saisie sous les bras ; l'autre lui soutenait les jambes ; le troisième guidait ses compagnons...

Elle les avait reconnus tous trois : les deux premiers étaient Giseph et Polgar ; le troisième était Yanoz...

Tous trois gardaient le silence. Ils contournèrent la chapelle. Derrière celle-ci un quatrième personnage attendait, tenant quatre chevaux en bride...

Sur un signe impératif de ce personnage, Diamante fut assise sur l'arçon d'une selle, recouvert d'un manteau plié en plusieurs doubles, de façon à former une espèce de coussin...

Yanoz enfourcha le cheval qui la portait et, avec une dextérité qui témoignait chez lui d'une volonté bien arrêtée de ne se point séparer d'elle, il entoura la taille de la pauvre enfant d'une courroie de cuir assez lâche pour l'environner lui-même à la hauteur des reins...

Ils se trouvaient ainsi comme liés l'un à l'autre...

Polgar et Giseph avaient pareillement mis le pied à l'étrier...

L'inconnu, qui paraissait le chef de la petite troupe, faisait déjà sentir l'éperon à sa monture :

— En route ! commanda-t-il en partant au galop.

La jeune fille entendit ce mot comme dans un rêve.

Au moment où les quatre chevaux prenaient leur élan, elle acheva de perdre connaissance.

. . . .

Cependant, sa besogne terminée, Jacques s'était adroitement esquivé à son tour.

A son tour, il avait suivi le chemin parcouru par Diamante.

Or, dans l'espace obscur qui frangeait la chapelle, il était venu donner dans deux individus qui se promenaient, bras dessus bras dessous, devant la porte de celle-ci.

Aussitôt, un triple juron, lancé par un organe tonitruant, avait ébranlé le ciel et la terre :

— Ventre d'hippopotame !... Cornes de rhinocéros !... Ecailles de crocodile !

En même temps, un instrument beaucoup moins nourri modulait sur un mode plaintif :

— Distinguons, cher monsieur ! que diable ! distinguons !

Callot marchait vite. Le choc avait été rude. Le jeune homme crut de son devoir de s'excuser :

— Pardonnez-moi, fit-il avec sa civilité ordinaire, mais il n'est déjà pas si facile de distinguer... Il fait noir comme sur la peau du diable... Et puis, je suis un peu pressé...

La grosse voix s'enfla davantage :

— Pressé ? oui-dà ! vous êtes pressé ?... Et vous vous figurez ainsi qu'il ne s'agit que de le dire avec ce petit ton dégagé ?... Mais savez-vous qu'en vous pressant vous m'avez heurté, moi : le cavalier Francatrippa, ex-cap-

d'escade de bombardiers au service de la sérénissime république!

Et la voix en flûte ajouta :

— Et moi pareillement, le chevalier Fritellino, poète d'épée, et l'Oreste de ce Pylade, le Damon de ce Pythias, le Patrocle de cet Achille de l'artillerie vénitienne !

— Ma foi, répliqua le Lorrain, croyez que je ne l'ai pas fait exprès, et recevez à nouveau mes excuses... Or, voici la deuxième fois que je vous les présente... Ne trouvez-vous pas que c'est là tout ce qu'on est en droit d'exiger d'un garçon paisible et poli, — surtout quand ce garçon a besoin quelque part ?

Et il tenta de passer outre.

Mais le *cap-d'escade*, se plantant devant lui :

— Et si cela ne me suffisait pas, mon jeune cadet ?

— Oui, appuya le poète d'épée, si cela ne nous suffisait pas, à mon noble ami et à moi ?

L'artiste ne tenait plus en place :

— Messieurs, reprit-il, remarquez que je n'ai pas le temps de me fâcher... Je vous répète que j'ai affaire... On m'attend...

Francatrippa haussa les épaules :

— Prétexte ! Stratagème ! Mensonge !... Vous vous moquez, mon bel oiseau !... Mais il vous en cuira de chercher à nous faire voir des étoiles en plein midi !..

— Hé ! monsieur, repartit Callot impatienté, il n'est point question d'étoiles... D'abord, nous sommes plus près de minuit que de midi... Ensuite, le temps me semble horriblement couvert...

— Distinguons, monsieur, distinguons, intervint Fritellino : mon ami se sert d'une figure.

— Eh bien ! c'est une mauvaise figure.

— Une mauvaise figure ! rugit le *cap-d'escade*. Il ose dire que j'ai une mauvaise figure ! Ventre d'hippopotame ! je crois qu'il va crever une averse de coups de rapière !

— En cas d'une averse de ce genre, c'est vous qui serez le

premier mouillé, riposta tranquillement le Lorrain; car vous avez cinq ou six pouces de plus que moi.

— C'est-à-dire que je suis un géant ridicule alors?

— Je ne prétends point cela, messire.

— Un phénomène? Un monstre? Un animal énorme, difforme, informe?

— Ce serait une injure gratuite : j'ai vu des éléphants moins minces et des ours moins gracieux que vous.

— Cornes de rhinocéros! une telle insolence! Allons, la lame au clair, veillaque! Que je m'assure si la tienne est aussi longue et aussi pointue que ta langue !

Et le spadassin dégaîna.

Callot se tenait à quatre pour ne pas l'imiter.

Mais il se disait que le bruit d'une rixe attirerait des curieux, — les bohémiens peut-être, — et qu'il lui deviendrait impossible de rejoindre Diamante et de partir avec elle.

Aussi, se tournant vers Fritellino :

— Voyons, camarade, reprit-il, remontrez donc à votre Pylade, à votre Pythias, à votre Achille, que la colère ne lui vaut rien. Ce digne bombardier me paraît, en effet, d'un tempérament sanguin. Or, rien ne me semble plus sujet que ces natures impressionnables aux congestions, apoplexies, étouffements et autres maladies foudroyantes engendrées par l'accumulation subite des humeurs sur un même point.

— Distinguons, monsieur, distinguons, répondit gravement le poète d'épée : si mon illustre compagnon s'emportait pour son propre compte, l'accident se pourrait redouter ; mais tel n'est pas ici le cas...

— Comment?...

— C'est en qualité de mandataire qu'il vient de vous chercher querelle...

— Bah!...

— C'est chargé de procuration qu'il va s'escrimer avec vous...

— Vraiment!...

12

— Enfin, s'il vous tue tout à l'heure, c'est parce qu'il est payé pour cela.

Jacques tombait des nues :

— Payé ?... Pour me tuer ?... Et par qui donc ?

— Par quelque galant homme sans doute, que vous aurez offensé, — inconsciemment ou non.

— Moi ?

— Cherchez bien... Quelque cavalier susceptible qui aura eu des motifs puissants pour nous confier le soin de venger son honneur... Un jaloux, un rival, peut-être...

— Un jaloux ?... Un rival ?...

L'artiste demeurait quasi-abasourdi.

Il ne connaissait, en effet, ni M. de Sierk, ni le prince Charles — Diamante ayant négligé de l'informer de son aventure avec ce dernier — et, en fait de jaloux, de rival, le fils de Pharam était le seul dont il crût avoir quelque chose à craindre.

Etait-ce donc le bohémien qui avait soudoyé ces deux bandits ?

Fritellino continua :

— Car il doit y avoir là-dessous quelque historiette amoureuse...

Puis, se penchant vers le Lorrain :

— Dans tous les cas, ajouta-t-il, je crois qu'on peut arranger l'affaire.

XXV

Jacques considérait ses deux interlocuteurs avec une surprise croissante.

— Qu'est-ce que tout cela signifie ? se demandait-il en se martelant le cerveau pour en faire jaillir la lumière. Ces hommes sont fous, en vérité. Ou bien ils me prennent pour un autre.

Cependant, Francatrippa était tombé en garde.

Son torse à soulever un monde était si carrément assis sur ses reins larges et cambrés ; il semblait si inébranlable, si solidement étayé sur ses jambes d'Hercule, qu'on eût dit une tour sur l'arche d'un pont.

Aussi notre artiste ne put-il s'empêcher d'admirer cette mâle et puissante attitude qui eût fait l'envie ou la terreur du spadassin le plus raffiné.

Son compagnon s'était placé devant le Lorrain, comme pour épargner à celui-ci les formidables estocades qui allaient le pulvériser.

Et, interpellant le *cap-d'escade* :

— Avant d'aller plus loin, mon éminent ami, me sera-t-il

permis d'adresser à cet infortuné quelques paroles de bon
conseil?

— Adressez, chevalier, adressez, répondit l'autre en exé-
cutant un ou deux *pliés* pour s'assouplir les jarrets; mais,
par le diable! adressez vite, car la main me démange et ma
hauteclaire a soif.

Le chevalier se tourna vers Callot :

—Monsieur, reprit-il, voilà le célébrissime Francatrippa,
lequel passe, à juste raison, pour le premier tueur du
monde.

Moi-même, ceux qui m'ont vu à l'œuvre, savent que les
besognes trop faciles me répugnent...

C'est pourquoi je vous tiens le langage suivant :

Vous êtes jeune : j'adore la jeunesse, — étant comme
vous en la fleur de mon printemps, ainsi que vous pouvez
en juger et que les dames se plaisent à me le répéter...

Vous êtes amoureux. Vous devez l'être. Je le suis pareillement, comme il sied à des cavaliers de notre âge et
aussi galamment tournés que nous le sommes...

A ces titres, vous m'intéressez. Votre situation me touche.
Elle m'inspire une magnanime pitié...

C'est entendu : nous vous épargnons. N'est-ce pas, mon
vaillant *socius*?...

Qu'est-ce qu'un exploit de plus ou de moins ajouterait à
la liste déjà si fournie de nos prouesses?

— Ecailles de crocodile! interrompit le spadassin, d'une
voix qui éclata ainsi qu'un coup de bombarde, distinguons,
mio caro, distinguons, comme vous dites!...

Ce que vous me proposez là ne serait rien moins qu'une
indélicatesse...

Songez que nous avons reçu commande d'exterminer ce
godelureau, et que nous avons palpé des arrhes...

— Eh bien?

— Eh bien, qu'est-ce que pensera le client?... Et la
probité industrielle?... Et les avances qu'il faudra rendre?...

— Le client pensera ce qu'il voudra, repartit gaillardement

l'auteur des *Sonnets belliqueux* : nous sommes au-dessus de ses appréciations... Quant aux avances, on les gardera : comme aussi on encaissera le reste de la somme promise... Ce qui nous épargnera la peine d'entrer dans des explications...

Et puis, voici monsieur qui ne voudra certes pas que nous ayons commis pour rien un tel abus de confiance...

Monsieur doit avoir de l'argent...

Monsieur allait, je le parie, à quelque rendez-vous d'amour : son impatience de tout à l'heure m'en est une preuve certaine...

Or, à moins de se conduire comme le dernier des pingres, des cuistres et des rufians, on ne va pas à un rendez-vous sans posséder en poche de quoi faire fête, régal et cadeau à la dame de ses pensées...

Nous lui accordons la vie : il nous octroie sa bourse : donnant donnant : n'est-il point vrai, mon jeune maître?

.   .   .   .

De tout ceci, le « jeune maître » n'avait, de prime abord, compris qu'une seule chose : c'est qu'on en voulait à son escarcelle.

Celle-ci était peu fournie : à peine une demi-douzaine de petits écus s'y trémoussaient-ils dans le vide.

Mais entre toutes les qualités dont la Providence s'est complu à doter les bonnes gens de Lorraine, il faut placer au premier rang celle de tenir à ce qu'ils ont.

Callot n'avait point songé, pour ainsi dire, à défendre son existence menacée par ce guet-apens.

Il n'hésita pas un instant à prendre l'offensive pour protéger sa petite fortune contre les attaques dont elle était l'objet.

Et puis, ce mot de *rendez-vous*, prononcé par Fritellino, venait de lui rappeler brusquement ce qu'il avait oublié un moment dans cette rencontre pleine d'étonnements :

C'est que Diamante l'attendait.

Il fallait la rejoindre au plus tôt, — dût-il, pour cela,

passer sur le ventre des deux coupe-jarrets qui tendaient à l'en empêcher.

Le résultat de ces réflexions se manifesta aussi rapidement qu'elles s'étaient succédé dans l'esprit du jeune homme.

Son épée jaillit du fourreau, et il se ramassa sur lui-même pour foncer.

Au double éclair qui se dégagea de la lame et des yeux du Lorrain, l'auteur des Sonnets belliqueux bondit de quatre pas en arrière :

— Que faites-vous donc ? s'écria-t-il.

— Vous le voyez, répondit Jacques d'un ton décidé : je me prépare à vous charger.

— Nous charger !... C'est une plaisanterie !

— C'est une trahison, ventre d'hippopotame !

Ces paroles du Lorrain avaient opéré une sorte de coup de théâtre.

Le tranche-montagne Francatrippa essayait en vain de conserver sa garde martiale.

Sa lourde rapière vacillait au bout de son bras tremblant. Son grand et gros corps flottait comme un paquet de chiffons agité par le vent. Ses jambes musculeuses se heurtaient ainsi que les colonnes d'un temple qu'un cataclysme déracine et entrechoque.

Sa figure, si terrible, était devenue grotesque.

C'était celle du Fracasse de la comédie dont le masque matamoresque tombe devant la menace du bâton.

On entendait ses dents claquer et l'on voyait ses nerfs se tendre, sa moustache s'abaisser et ses yeux s'arrondir sous l'empire d'une stupeur, d'une frayeur sans bornes.

Son compagnon n'était ni moins flageolant, ni moins effaré ni moins éperdu :

— Distinguons, monsieur, distinguons, bégayait-il d'une voix étranglée : il y a erreur dans la personne, — error in personâ, comme dit la loi romaine...

— Oui, balbutiait le cap-d'escade, il y a évidemment tromperie sur la qualité de la marchandise...

— On vous avait donné à nous comme un adolescent sans caractère...

— Inoffensif au premier chef...

— Plus facile à intimider qu'un lapereau ou un agneau...

— Ne connaissant l'épée que de réputation...

— Et nous tombons sur un maître en fait d'armes !...

— Sur un matador !...

— Sur un gladiateur !...

— Sur un héros !...

Jacques demeurait tout pantois de ce changement de physionomies et de cette avalanche d'exclamations alternées :

— Ah çà ! demanda-t-il, vous n'êtes donc pas des *bravi* apostés pour m'assassiner ?

— Distinguons, monsieur, distinguons, repartit le poète des *Sonnets belliqueux* qui continuait à virer ainsi qu'une feuille sous la bise : Il est constant que nous avions charge de vous mettre à la raison. Mais, si *bravi* signifie *braves*, comme on l'entend dans ce pays, nous ne sommes pas des *bravi*... Ah ! mais non !

— Nous ne sommes pas même Italiens, corrobora son camarade qui allait s'affaissant comme un linge mouillé. Nous sommes Français, tout ce qu'il y a de plus Français. Je ne m'appelle pas Francatrippa...

— Je ne m'appelle pas Fritellino...

— Je me nomme Trophime Mirassou...

— Je me nomme Ange-Bénigne Caudebec...

— Né natif de Marseille en Provence...

— Originaire de Falaise en Normandie...

— Je n'ai jamais cultivé l'art de l'artillerie...

— Pas plus que moi celui de l'escrime et de la poésie guerrière...

— J'étais clerc chez un épicier...

— Et moi chez un apothicaire...

— Nous avons quelquefois effrayé des poltrons...

— Mais nous n'avons tué personne...

— Et l'on nous a battus souvent...

— Sans que ça nous rapporte une baïoque !

— Alors, questionna le Lorrain, pourquoi avoir abandonné votre pays ? Pourquoi cette mascarade ? Pourquoi cette comédie ?

— Hélas ! soupira le pseudo Francatrippa, la passion des aventures... Le goût immodéré de la bonne chère... L'amour des boissons dispendieuses...

— C'est comme moi, gémit le prétendu Fritellino : la manie des voyages... Les prodigalités, les libéralités... Le commerce des belles, sinon celui des muses...

— Et puis, un de nos anciens compagnons de misère nous avait, en mourant, légué la garde-robe avec laquelle il jouait les rodomonts dans la troupe du fameux histrion Scaramouche...

— Enfin, il fallait bien faire un métier pour vivre...

— Si, encore, nous avions vécu de celui-là !...

— Mais nous en mourions, voilà tout !

Callot ne pouvait s'empêcher de rire :

— Mes compères, déclara-t-il, je me réserve de vous faire vivre dans mon œuvre.

Ensuite, redevenant sérieux :

— Mais ce gentilhomme qui vous a donné commission de me dépêcher, est-ce un leurre comme vos prouesses, une chimère comme votre bravoure, une illusion comme votre épée ?

— Oh ! pour celui-là, Excellence, il existe en chair et en os...

— Et, sans lui aujourd'hui, nous n'aurions mangé que par le nerf olfactif et visuel...

— Mais la discrétion professionnelle...

— Jointe à la reconnaissance de l'estomac...

Le Lorrain fouetta l'air de sa lame qui siffla :

— Quel est-il ? Je veux le savoir. Il faut que je connaisse cet ennemi mystérieux...

— Eh bien, seigneur, c'est un baron...

— Oui : le baron Christian de Sierk...

— Le baron Christian de Sierk ? répéta le jeune homme en interrogeant sa mémoire. Ce nom est inscrit à l'armorial de Lorraine. Mais celui qui le porte m'est totalement étranger...

Puis, après un instant de vaine recherche et de réflexion stérile :

— J'ai beau me creuser la cervelle... C'est sûrement la première fois que j'entends parler de ce cavalier... Pourquoi diable voudrait-il se défaire de moi ?...

— Sans doute, repartit Ange-Bénigne Caudebec, pour vous empêcher de mettre obstacle à l'enlèvement de la minette...

Callot tressaillit violemment :

— On a enlevé une femme ? demanda-t-il d'une voix dont l'altération trahissait une angoisse soudaine.

— Ce n'est pas nous ! fit vivement Trophime Mirassou.

Le Lorrain lui saisit le bras avec une telle rudesse, que le colosse fléchit sur sa base en poussant une exclamation de douleur.

En même temps, Jacques réitérait :

— On a enlevé une femme !... Qui cela ?... Où cela ?... Quand cela ?... Répondez ! mais répondez donc !...

— Dame ! ici, tout à l'heure...

— Dix minutes avant que nous ayons l'avantage de vous rencontrer...

— Une jeune personne qui se dirigeait vers la porte de cette chapelle...

— La jolie des jolies, cornes de rhinocéros ? Celle qui est arrivée avec vous, ce tantôt. La reine, puisqu'elle porte une couronne...

L'artiste jeta un grand cri :

— Diamante !... Enlevée !... Oh ! non, c'est impossible !...

Il lâcha le faux bombardier et se précipita d'un bond dans la chapelle...

Son œil anxieux en fit rapidement le tour...

Quelques vieilles femmes, agenouillées, priaient là à la blanche clarté des nombreux cierges allumés devant la Madone.

La reine des Grands-Scorpions n'était point parmi ces fidèles.

Quand Jacques ressortit du lieu saint, le sang coulait froid dans ses veines...

La certitude que la jeune fille venait de tomber dans un piège pesait sur lui du poids d'une montagne écroulée...

Il s'arrêta un instant et se prit la tête à deux mains pour se contraindre à penser :

— Voyons, murmura-t-il, ce n'est pas difficile d'avoir du courage lorsqu'il ne s'agit que de mourir... Ici, il s'agit d'avoir des idées, car ce n'est pas mourir qu'il faut : c'est vivre... Vivre pour retrouver celle que j'ai juré de protéger et de défendre... Tenons notre promesse, et nous verrons après.

Immobilisés par la peur, Ange-Bénigne Caudebec et Trophime Mirassou étaient demeurés à la place où il les avait laissés.

Le jeune homme marcha sur eux, l'épée haute :

— Dites-moi tout ce que vous savez, commanda-t-il.

Sur son visage, dans son regard, dans son accent, dans son geste, dans le fer qui leur apparaissait à son poing, il y avait une si terrible menace, que le pseudo Fritellino et le prétendu Francatrippa se sentirent glacés jusqu'aux moelles.

— Excellence, hoqueta le premier, nous ne savons rien de plus, sinon que nous avons été payés pour débarrasser la jeune fille d'un ami dont la vigilance et la tendresse pouvaient faire échouer le plan de ses ravisseurs...

Le second ajouta, pantelant :

— Nous savons encore que ce baron ne travaillait pas pour lui-même : mais pour son maître : un haut et puissant sei-

gneur... Un prince, à ce qu'il paraît... Un prince étranger :
le prince Charles...

— Lequel est, en ce moment, l'hôte du duc Cosme, à Florence...

— A preuve qu'on l'y a installé au Palais-Vieux...

Callot questionna :

— N'est-ce pas devant ce palais que se trouvent deux statues, — l'une d'Hercule, l'autre de David, — si mes souvenirs sont fidèles?

— Précisément : sur la place du Grand-Duc.

— Juste en face des appartements occupés par le noble
voyageur.

— C'est bien, reprit le Lorrain. Je retrouverai la place et
le palais. J'ai examiné celui-ci et traversé celle-là lors de
mon premier passage à Florence.

Il se redressa, remit son épée au fourreau et resserra la
boucle de son ceinturon.

— Bonnes gens, poursuivit-il gravement, si vous êtes chrétiens, récitez un bout de prière pour moi, car je vais en pays
ennemi.

— Où cela? se hasarda à demander le Provençal.

— Au Palais-Vieux, chez le duc Cosme.

— Et quoi faire, doux Jésus? s'exclama le Normand.

— Montrer à ce prince Charles que nous sommes des hommes tous les deux.

Il prit sa course et se jeta, tête baissée, à travers la fête.

Ses deux interlocuteurs le virent disparaître dans la
foule.

Ils restèrent à se regarder à l'instar de deux chiens de
faïence. Cette aventure les disloquait positivement. L'un se
grattait le nez; l'autre se frottait l'oreille. D'un même mouvement : à tour de bras.

Puis Ange-Bénigne Caudebec, ancien Fritellino, opina
d'un ton convaincu :

— C'est un mâle qui a sous la peau quelque chose plus
rouge que du cidre.

Puis encore, il insinua :

— Si nous le suivions, hein, pour voir?

— Suivons-le, écailles de crocodile ! répondit Trophime Mirassou, ex-Francatrippa : nous ne valons pas un fifrelin coupé en quatre, c'est certain; mais, enfin, si peu que nous soyons, il aura peut-être besoin de nous.

XXVI

DEVANT L'ALCOVE

Ce soir-là, rentré dans ses appartements après la réception qui avait eu lieu en son honneur chez sa tante, la duchesse Christine, M. de Vaudémont s'était retiré dans sa chambre à coucher sans souffrir qu'aucun des gentilshommes qui l'avaient accompagné jusqu'au seuil de celle-ci, l'y suivit pour lui *donner la chemise* ou lui *tenir le bougeoir*.

Seul, un laquais — celui de M. de Sierk — avait eu licence de pénétrer jusqu'à lui.

Assis dans un fauteuil à dossier carré et à pieds tournés en spirale, dont le velours s'étoilait de clous d'or et se frangeait de crépines, le prince interrogeait avidement ce laquais.

— Ainsi, tu dis qu'elle est ici depuis une heure?

— Oui, monseigneur : attendant le retour et le bon plaisir de Votre Altesse.

— Où se cache-t-elle, alors?... Et qu'est devenu ton maître?... D'où vient qu'il ne me l'amène pas?

— M. le baron m'a chargé d'informer respectueusement

13

monseigneur qu'il était obligé de s'absenter cette nuit pour le service de Votre Altesse...

— Ah!...

— Quant à la personne en question...

— Eh bien?...

— Si monseigneur désire que je relève ces rideaux...

Et le *famulus* désignait les tapisseries, historiées de mythologies galantes, qui tombaient, ainsi qu'une toile de théâtre, devant l'alcôve au fond de laquelle se dressait le lit de M. de Vaudémont.

Celui-ci fit un brusque haut-le-corps :

— Comment! elle serait derrière ces courtines?

Le valet se courba en façon affirmative.

— En pâmoison peut-être? demanda Charles inquiet.

— Endormie seulement, monseigneur.

— Endormie?

— C'est endormie qu'on l'a remise entre nos mains, que nous l'avons transportée, ici, en secret, avec précaution, et que nous l'avons déposée dans cette alcôve, d'après les instructions de mon maître.

— Je comprends, pensa le jouvenceau: pour mieux vaincre sa résistance, le baron aura eu recours à l'emploi d'un narcotique.

Un vif mécontentement s'était peint sur ses traits.

Il dit brièvement au laquais :

— Ouvre une de ces fenêtres... Ecarte ces tentures... Que l'air de la nuit entre ici et la réveille...

Ensuite, quand l'autre eut obéi :

— C'est bien... Va... Je n'ai plus besoin de toi.

Le *famulus* se retira en s'inclinant profondément.

Sur la table près de laquelle l'hôte du duc Cosme était assis, il y avait une lampe, travaillée par Benvenuto Cellini, dont la lumière que tamisaient des vitraux d'opale, laissait dans une pénombre discrète les extrémités de la vaste chambre.

À l'une de ces extrémités, sous les draperies à demi relevées de l'alcôve, on distinguait, étendue sur le lit, une femme qui paraissait en proie à un sommeil de plomb.

On avait recouvert cette femme d'un manteau sous l'étoffe duquel son corps se sculptait à grands plis, avec des renflements et des courbes qui témoignaient suffisamment de sa jeunesse et de sa perfection...

Et sa tête, enveloppée d'une mantille de dentelle, se devinait, plutôt qu'elle ne s'apercevait sur la blancheur de l'oreiller.

M. de Vaudémont s'était levé :

— Le baron a eu tort, disait-il, de se servir d'un expédient qui sent la sorcellerie et l'empoisonnement...

Il y a, dans ce fait de m'emparer d'une créature déjà vaincue par le sommeil, une sorte de trahison, une apparence de lâcheté qui me révolte et me répugne...

Vive Dieu! je suis un soldat et non point un larron! La lutte voilà mon élément. Foin du vol et de la surprise!...

Oui, j'aime mieux une luronne, enflammée de colère, qui a bec et ongles pour résister, — quand la bataille m'endommagerait quelque peu, — qu'un corps inanimé, un cadavre sans conscience, une statue sans volonté.

. . . .

Il s'était approché de la fenêtre ouverte, comme pour s'éloigner davantage de cette alcôve qui l'attirait, en même temps que pour rafraîchir au vent, au calme de la nuit, son sang et son front embrasés.

Sous cette fenêtre, la place du Grand-Duc s'étendait, obscure, silencieuse et déserte.

Tout le bon peuple de Florence avait déserté la cité pour courir à l'*Imprunetta*.

Charles écoutait machinalement le pas de la sentinelle qui se promenait devant la porte unique du Palais-Vieux, — de ce palais qui avait l'air d'une forteresse, avec ses trois étages, ses rares croisées et sa garniture défensive de créneaux et de machicoulis.

Machinalement, il regardait les deux statues, — de Michel-

Ange et de Bandinelli, — qui se faisaient vis-à-vis, en face de cette porte.

Soudain, il lui sembla que des ombres, — il en compta une, puis deux, puis trois, — se mouvaient contre le piédestal de l'une de ces statues.

Il se pencha pour mieux voir...

En ce moment, la femme couchée fit, elle aussi, un mouvement...

Elle souleva doucement la tête...

Ses yeux chercheurs étincelèrent sous son voile...

Puis, cette flamme subite s'éteignit...

Et la tête de la dormeuse reprit sur l'oreiller sa première position — légèrement infléchie du côté de la ruelle...

Si faible qu'eût été le bruit de ce déplacement, il avait frappé l'oreille du prince.

Celui-ci se retourna...

La femme ne bougeait plus...

M. de Vaudémont quitta la fenêtre...

— C'est dit, murmura-t-il, j'attendrai qu'elle s'éveille... Alors nous verrons bien... Nous verrons si cette fille d'Hyrcanie, bien plus encore que de Bohème, m'opposera toujours la même résistance; si je triompherai enfin de son indifférence ou de son courroux, et si, de gré ou de force, cette beauté sauvage tiendra tout ce qu'elle promet, dans l'âpre volupté de l'assaut et la glorieuse joie de la victoire!...

A cette idée, tout son être avait frémi :

— Mais pourquoi attendre? reprit-il. Pourquoi retarder l'instant à la pensée duquel il me semble que je deviens fou? Oui, c'est cela, pardieu ! sonnons la charge, donnons de l'éperon, rendons la main!... En avant, Lorraine, en avant!... Chacun pour soi et le dieu des amoureux pour tous !...

Il marcha résolument vers l'alcôve...

Puis, arrivé auprès du lit, il étendit le bras pour enlever le manteau qui recouvrait la dormeuse...

Mais au moment où sa main frémissante atteignait ce manteau et où une exclamation de barbare triomphe allait soulever sa poitrine, il entendit le bruit de la chute d'un corps humain sur le parquet, et une voix s'éleva, froide et tranchante comme l'acier, qui lui criait :

— A moi, prince! Epée contre épée. Je ne voudrais pas vous tuer à l'improviste et par derrière.

. . . .

. . . .

Jacques avait troué comme un boulet de canon la multitude qui couvrait le champ de foire.

Il avait arpenté, à l'effort du jarret, les quelques milles qui le séparaient de Florence.

Seulement, une fois dans les murs de la capitale de Cosme II, il avait perdu un temps précieux à s'orienter.

Il avait à peine douze ans, alors que, pour la première fois, il avait traversé cette ville: son séjour n'y avait pas été de longue durée, et les souvenirs topographiques qu'il avait gardés de ce dernier avaient fini par s'embrouiller et par s'atténuer singulièrement dans son esprit.

Aussi, quand, après maintes hésitations, maints embarras et maints crochets, il déboucha enfin sur la place du Grand-Duc, fut-il tout étonné d'y retrouver Ange-Bénigne Caudebec et Trophime Mirassou, lesquels semblaient l'attendre devant le *Palazzo-Vecchio*.

Le Marseillais et le Normand, qui connaissaient Florence comme le fond de leur poche, ayant coupé par le plus court, sans détours et en droite ligne, n'avaient pas eu de mal à arriver avant lui au but de leur course commune.

A leur vue, le premier mouvement de Callot fut de se mettre en défense.

Si les deux compagnons s'étaient ravisés?

S'ils avaient « repris le poil de la bête, » ainsi que l'on dit en Lorraine des gens qui ont recouvré l'énergie et la force après une indisposition subite et passagère?

Si, honteux de leur couardise, ils ne l'avaient précédé là que pour lui faire un mauvais parti et gagner la somme promise par ses mystérieux ennemis.

— Çà, que me voulez-vous encore ? avait-il questionné d'un ton où s'accentuait l'intention de vendre chèrement sa peau.

— Messire, répondit le pseudo Francatrippa, nous sommes venus pour vous aider.

— Oui, ajouta son acolyte, pour vous offrir, pour vous prêter notre assistance au cas où la nécessité vous contraindrait à y avoir recours.

Le Lorrain eut un tour d'épaules où il y avait de l'incrédulité, de la défiance et du mépris :

— M'assister !... M'aider !... Vous !... A d'autres !

— Distinguons, monsieur, distinguons, repartit le faux Fritellino ; nous sommes deux poltrons, c'est certain ; et comme nous n'avons plus aucun intérêt à vous le cacher, nous vous l'avouons sans rougir ; mais un poltron peut quelquefois être homme de bon conseil et de bons renseignements, — la poltronnerie n'étant guère que l'exagération de la prudence.

Et Trophime Mirassou déclara avec effusion :

— Tenez, vous nous avez conquis par l'effroyable peur que vous nous avez causée tout à l'heure et par l'ardeur avec laquelle vous vous montriez disposé à nous mettre en capilotade... Et puis, cornes de rhinocéros ! si nous ne sommes pas gens susceptibles de distribuer des horions, nous sommes, du moins, gens à vous les éviter, en les recevant à votre place, et, quand ma copieuse personne ne vous servirait que de rempart, de barricade ou de contrefort...

Le jeune homme leur tendit les deux mains :

— Vous êtes de braves garçons, dit-il. J'accepte de grand cœur vos services. Mais seulement en ce qui concerne le conseil et les renseignements...

— Alors, tirons-nous à l'écart, derrière l'une de ces statues, par exemple...

— Oui : que le lansquenet, qui se promène là-bas, ne prenne pas ombrage de notre conciliabule.

L'avis avait été suivi.

Abrités contre l'œil vigilant du soldat par le piédestal du *David*, les trois compagnons avaient longuement conféré à voix basse.

Le Lorrain venait d'exposer ce qu'il avait dessein de faire.

Ses deux nouveaux alliés secouaient la tête avec une égale expression de doute et de découragement.

— Pour cela, opinait l'un, il faudrait, tout d'abord, savoir d'une façon exacte où se trouve la chambre à coucher du prince Charles...

— Ensuite, appuyait l'autre, comment y arriver? Les portes sont gardées. Il y a une compagnie de lansquenets sous la voûte, des laquais dans les escaliers, des pages dans les antichambres...

— Je vous répète, repartit Jacques, que j'entrerai par une fenêtre...

— Celles du rez-de-chaussée sont grillées. Celles des étages supérieurs sont closes. Briserez-vous les barreaux de fer et les vitraux maillés de plomb?...

— Au premier bruit d'une semblable opération, la sentinelle donnerait l'alarme et nous aurions incontinent toute la garnison du palais sur le dos...

Le jeune homme était obligé de se rendre à la justesse de ces raisons...

Mais il s'en mordait les poings de rage...

Tout à coup, comme son désespoir allait éclater, malgré lui, en imprécations et en sanglots, une croisée s'entrebâilla parmi les rares ouvertures qui ponctuaient, au premier étage, la façade du bâtiment, et une silhouette d'homme se dessina en noir sur la baie faiblement lumineuse produite par la lampe qui éclairait l'intérieur de l'appartement.

Ange-Bénigne se pencha à l'oreille de l'artiste :

— C'est l'hôte du duc de Cosme, lui dit-il. C'est le voyageur étranger. Je le reconnais pour l'avoir vu se promener, ce matin, dans la *via Larga*, en compagnie de la duchesse Christine.

— Oh ! murmura le Lorrain, s'il pouvait, en se retirant, négliger de fermer la fenêtre !

Ce souhait fut exaucé :

Nous savons, en effet, qu'un mouvement de la femme qui reposait dans l'alcôve, avait détourné de ce qui se passait sur la place l'attention du prince Charles de Vaudémont, et que celui-ci avait, en la laissant ouverte, quitté la croisée où, pendant quelques instants, il avait avidement respiré l'air rafraîchissant de la nuit.

Quand il eut disparu à l'intérieur de la chambre :

— Ah ! s'écria Callot en étouffant à peine l'explosion de sa joie, c'est le ciel qui m'a inspiré l'idée qui m'est venue tout à l'heure, puisque voici qu'il me fournit le moyen de la mettre à exécution !

Ensuite, s'adressant à ses compagnons :

— Etes-vous toujours dans l'intention de me seconder ?

Le faux poète d'épée, auteur prétendu des *Sonnets belli- queux*, et l'ex-*cap-d'escade* apocryphe des bombardiers de la république de Venise se consultèrent du coin de l'œil.

Puis, formulant et expliquant leur détermination en phrases alternées comme les modulations des flûtes anti- ques :

— Vous nous avez donné la main et vous nous avez dit que nous étions deux braves garçons...

— Nous conduire autrement serait vous infliger un dé- menti que vous ne souffririez pas sans doute...

— Vous nous couperiez les oreilles : or, nous y tenons, à nos oreilles en notre qualité de poltrons à trois poils...

Puis encore, concluant dans un ensemble décidé :

— Nous ne vous quitterons pas d'une semelle. Comman- dez. On obéira.

XXVII

La sentinelle allait de long en large, devant la porte du palais.

Aux environs, rien n'était fait pour exciter sa méfiance.

La place semblait solitaire. On ne percevait aucun bruit. Florence dormait assurément.

La sentinelle se promenait, la hallebarde sur l'épaule, dans la paix profonde de son cœur.

Elle s'ennuyait, ce qui est métier de sentinelle, et, pour tuer le temps, elle fredonnait un *lied*.

Car c'était un lansquenet appartenant à l'une de ces compagnies, recrutées au-delà du Rhin, dont les chefs vendaient leurs services aux principicules italiens.

A un moment, une voix s'éleva au lointain.

— *Sentinelle, guardatevi !*

C'était le cri de veille qui tombait des remparts et que chaque factionnaire devait répéter pour qu'il fît le tour de la ville en passant par tous les postes :

— Sentinelles, prenez garde à vous !

13.

Notre Allemand répéta, en l'écorchant à sa façon, ce refrain sacramentel...

Puis, il se mit à sourire dans sa barbe rousse en songeant qu'il n'avait à garder que des murailles immobiles et une couple de statues...

Puis encore, tout à coup, on le vit tendre l'oreille avec une sorte d'anxiété...

Il lui semblait que ces deux statues chuchotaient...

Le soudard était d'un pays où l'on ajoute volontiers foi aux choses surnaturelles : il se souvint des sirènes qui chantent, pour attirer le voyageur, dans les brouillards de l'Ilse, et des kobolds, des elfes, des willis, qui tiennent leurs assemblées, à la clarté de la lune, aux flancs du Hartz et du Taunus...

Sa consigne n'était point de troubler l'Hercule et le David dans l'échange de leurs confidences :

Il tourna donc le dos et reprit son va-et-vient...

Mais, cette fois, en pensant, pour se rassurer, à Margrédel, la fille du brasseur de l'*Eisengasse* à Bâle, ou de l'*Heiligengasse* à Bonn, ou de la *Judengasse* à Francfort...

Dans toutes les *gasse* et les *strasse* de toutes les villes d'Allemagne, il y a un brasseur qui possède une fille...

A Margrédel, dont les yeux étaient si bleus et dont la bière était si blonde !...

Saura-t-on jamais ce que notre guerrier aimait le mieux dans cette *jungfrau*, de ses yeux ou de sa bière ?

Plusieurs minutes s'écoulèrent...

La sentinelle interrompit sa promenade...

Une fenêtre venait de s'ouvrir sur la façade du château...

Puis au bout de quelques moments, un bruit de pas vint de la place...

C'étaient, ma foi, des pas qui ne se gênaient point et qui sonnaient bon jeu bon argent sur les dalles...

En même temps qu'on marchait, on chantait : une voix avinée et une chanson d'ivrogne...

— *Wer da ?* cria le lansquenet, qui prit l'attitude voulue.

Un personnage, qui ressemblait singulièrement à l'ancien poète d'épée, était sorti, en festonnant, de l'ombre de l'une des deux statues. Ses jambes paraissaient avoir une certaine peine à le porter. Il bavardait avec lui-même en riant un rire enroué.

— Wer da? réitéra le soldat.

— La bonne nuit, camarade Hermann, répondit l'autre en avançant. Il fait diablement noir, ce soir. Le bon Dieu a soufflé la lune et il a oublié d'allumer les étoiles.

— Passez au large! intima la sentinelle dans un italien mâtiné d'allemand.

— Distinguons, l'ami, distinguons. Tu ne t'appelles donc pas Hermann? Alors, la bonne nuit, ou *gute Nacht*, dans ton langage, Karl, Muller, Frantz ou Heinrich! *Wie geht's, Landsmann?* ou pour parler plus poliment : *Wie befinden sie sich, mein Herr?*

Le lansquenet croisa sa hallebarde :

— Passez au large!

L'ivrogne était tout près de lui :

— Sais-tu, Fritz, poursuivit-il, on boit toujours du vin d'Asti, chez le maestro Tartaglia, à l'enseigne *del Babuino*, et sa nièce Francisquine vous a toujours des yeux à faire revenir un mort... Ça casse la tête, le vin d'Asti, mais c'est rudement bon tout de même, — et Francisquine n'a qu'un défaut : elle aime trop la bijouterie... C'est égal, je t'en offre une bouteille : de vin d'Asti, — pas de Francisquine!

L'Allemand se disait :

— On ne peut cependant pas embrocher un citoyen qui manifeste de si honnêtes intentions!

Il adorait la bière du Nord...

Mais il ne détestait point les vins du Midi...

Ah! s'il n'eût pas été de garde et de faction!...

L'autre continua :

— Si je t'invite, mon brave Otto, ce n'est pas pour te faire payer... Ah! mais non : on a de l'argent... Tiens, vois-tu, on en a à semer!...

Il tira de sa poche une poignée de monnaie qu'il répandit sur le sol...

Le petit boursicot de Callot, que celui-ci lui avait remis pour cet usage...

Un éclair s'alluma sous le sourcil du soudard...

Il prit un air et un organe menaçants :

— Passez au large, *der Teufel!* ou j'appelle mes camarades et je vous fais donner pour cette nuit un gîte sûrement moins agréable que votre vin d'Asti ou votre Francisquine !

Son interlocuteur se rebiffa :

— C'est bon, c'est bon, Peter, mon fils, on n'a pas l'intention de t'emmener de force... Puisque tu refuses, on s'en va... On s'en va, Ludwig ou Gaspard... Mais ce sera pour une autre fois, tu me le promets, hein, mon vieil Hans ?

Et notre homme s'éloigna en reprenant sa chanson, — mais non sans décrire sur le pavé grand-ducal une notable quantité de zigzags.

La sentinelle le suivit des yeux avec une évidente satisfaction.

Puis, lorsqu'elle l'eût vu s'enfoncer dans l'une des rues qui aboutissaient à la place, elle écouta si quelque bruit des pas d'une ronde ou d'une patrouille ne résonnait pas à distance.

Puis encore, elle regarda si rien ne bougeait du côté du corps-de-garde situé sous la voûte, à l'entrée du palais.

Dans le corps-de-garde on dormait.

A distance, tout était tranquille.

Le soldat, alors, déposa sa hallebarde contre la guérite de pierre qui lui servait d'abri en cas de mauvais temps.

Ensuite, se penchant, il se mit avidement en quête de l'argent éparpillé à terre par l'ivrogne.

Cet argent avait roulé çà et là.

L'Allemand était presque à genoux.

Ses regards et ses mains parcouraient le sol...

Chaque fois qu'il ramassait une piécette de monnaie, un soupir de plaisir soulevait son gorgerin...

Et il calculait mentalement combien la valeur de cette pièce représentait de bière mousseuse pour l'avenir ou de flacons de vin d'Asti pour le présent.

Or, pendant qu'il s'acharnait tellement dans cette recherche, que, le cri de veille étant arrivé pour la seconde fois jusqu'à lui, c'était à peine s'il avait redressé la tête pour le répéter; pendant, disons-nous, qu'il était ainsi occupé, qu'il était ainsi absorbé, deux hommes étaient venus rapidement se coller contre la muraille du palais, au-dessous de la fenêtre ouverte.

Le plus grand, — qui était aussi le plus vieux et dont la taille excédait de beaucoup la moyenne, — avait croisé ses deux grosses mains à la hauteur de sa ceinture.

Son compagnon avait posé un pied, puis l'autre, sur cet échelon improvisé.

Ensuite, ces deux pieds du second avaient passé, des mains, sur les épaules du premier.

Celui-ci n'osait remuer et retenait son souffle.

Il éprouvait le contre-coup des efforts auxquels le plus jeune se livrait pour grimper le long de la muraille.

Par malheur, ces efforts demeuraient impuissants.

— Eh bien, messire Jacques? interrogea le premier à voix basse.

— Eh bien! c'est trop haut, répondit le second avec un découragement marqué, et je m'épuise en pure perte.

Il y eut un instant de silence.

La sentinelle cherchait toujours.

Le jeune homme, toujours perché sur les épaules de son compagnon, passa le revers de sa manche sur son front que la sueur baignait.

Puis, il demanda :

— Es-tu fort?

— Je ne sais pas... Mais je crois que oui... A Marseille, dans le commerce des épices, je maniais assez proprement les sacs de farine de maïs et les boucauts d'huile d'olives...

— Alors, nous allons essayer si tu as les bras aussi solides qu'à Marseille... Prends un de mes pieds dans chacune de tes mains et lance-moi en l'air... Lance-moi comme un sac ou un boucaut que tu aurais voulu faire passer par une ouverture élevée...

— Messire Jacques, vous n'y songez pas... J'ai trop peur pour vous désobéir... Mais vous jouez un jeu à vous briser les reins en retombant sur le pavé...

— Ne t'occupe pas de moi, ne faiblis pas et tais-toi : il me semble que j'entends une patrouille marcher dans une rue voisine...

L'autre hésitait :

— Ventre d'hippopotame! grommela-t-il, du diable si je tremblerais autant pour ma propre peau!...

Le jeune commanda :

— Fais vite!

Trophime Mirassou lui saisit un des pieds. puis l'autre...

Nous avons dit que c'était un robuste gaillard...

Mais il est certain que l'émotion lui enlevait une partie de ses forces...

Ses bras se tendaient avec peine. S'il eût osé, il eût poussé un cri d'angoisse. Son cou était serré comme dans un étau...

— Va donc, malheureux, va donc! murmura Jacques.

On entendait distinctement le pas pesant et cadencé de la patrouille...

La sentinelle avait couru à sa hallebarde...

Par bonheur, pour faire face aux arrivants, elle était obligée de tourner le dos à notre jeune homme et à son compagnon...

Celui-ci fit un effort suprême...

Ses muscles eurent une contraction désespérée...

Les deux pieds de Jacques s'élevèrent. Il y eut une impulsion violente donnée à ce dernier par les bras projetés de bas en haut du géant. Puis, les mains de celui-ci restèrent vides...

Lancé comme par ce que nous appellerions aujourd'hui un ressort *à boudin*, le jeune homme était allé s'accrocher à la balustrade de fer ouvragé qui formait balcon autour de la fenêtre...

Puis, par un puissant tour de reins, il avait bondi par dessus cette balustrade.

L'ancien Francatrippa était déjà couché à plat ventre sur le pavé pour esquiver l'attention de la patrouille.

Celle-ci s'avançait sur la place.

— *Wer da?* cria le lansquenet.

— *Sehr gut!* répondit le sergent auquel il s'adressait : nous venions seulement te reconnaître... Si tu avais dormi, mon garçon, tu aurais eu les étrivières... Bonne faction : tu seras relevé à l'heure.

XXVIII

L'ÉPÉE AU POING

A la sommation de Callot, le prince Charles s'était retourné :

— Qui êtes-vous et que voulez-vous? demanda-t-il avec hauteur. Mais d'abord de quelle façon vous êtes-vous introduit ici?

— J'y suis entré par cette fenêtre, repartit le Lorrain froidement, n'ayant ni le loisir ni le moyen d'y pénétrer par la grand'porte et par l'escalier d'honneur... Qui je suis? Un homme qui est, en même temps, un gentilhomme... Ce que je veux? Vous empêcher de commettre une vilenie.

Il avait du premier coup d'œil, aperçu la jeune fille étendue dans l'alcôve, sur le lit, sous ses voiles.

— Tant que je serai là, poursuivit-il, vous ne toucherez pas à cette enfant, que vous avez fait enlever par ruse et par violence, et endormie aussi sans doute par surprise et par trahison...

M. de Vaudémont le toisa avec un sourire dédaigneux :

— Ah! ah! reprit-il, je devine... Vous êtes le gardien de

la vertu de la belle... Ce gâte-toile ou ce gâte-papier dont il
m'a été parlé... Un Lorrain, à ce qu'il paraît...

— Oui, je suis celui que Diamante a choisi pour la protéger et qui ne faillira pas à cette tâche... Je suis ce gâte-
papier, ce gâte-toile, qui m'a bien l'air présentement de
passer à l'état de trouble-fête et de trouble-faute... Je suis ce
Lorrain, comme vous dites, que vous avez tenté de faire
assassiner...

Charles pâlit :

— Monsieur, s'empressa-t-il de protester, j'ai blâmé M. de
Sierk d'avoir eu recours à ce moyen de me délivrer d'un
fâcheux... Lorsque quelqu'un me gêne, je l'écarte moi-
même : de la main, et non du poignard... Et, quand j'ai
mon épée, ce n'est pas au bras d'autrui que je m'adresse
pour attaquer mes ennemis ou pour me défendre contre
eux.

Il ajouta, en allongeant le doigt vers la porte :

— Maintenant, retirez-vous. Je veux bien oublier avec
quelles allures d'ouragan vous vous êtes présenté à moi
et de quelles menaçantes paroles vous m'avez provoqué tout
à l'heure. Vous n'êtes pas mort, j'en suis fort aise ; mais
pardieu ! allez vivre ailleurs !

Jacques demeura immobile.

— Ah çà ! demanda-t-il, est-ce que les oreilles m'ont
corné ! Je crois avoir mal entendu. Ne m'avez-vous point
prié de sortir ?

— Je ne prie pas : j'ordonne ; hâtez-vous d'obéir... A
moins que vous ne préfériez que j'appelle... Auquel cas
vous pourriez bien reprendre le chemin de casse-cou par
lequel vous êtes venu...

Et le prince fit un pas vers une table sur laquelle un
timbre était placé...

Mais le Lorrain était debout devant cette table :

— Veuillez remarquer, prononça-t-il, que je suis entre
vous et la sonnerie dont vous espérez vous servir pour mettre en branle vos valets ; que j'ai l'œil prompt, le mouve-

ment preste, un poignet de fer; et, qu'avant que vous ayez poussé un cri, avant que l'on ait répondu à votre appel...

— Vous porteriez la main sur moi?...

— Avec regret.... Toutefois, si vous m'y forciez... En vous demandant pardon de la liberté grande...

La colère commençait à monter au cerveau de M. de Vaudémont :

— Enfin, questionna-t-il, quel est votre dessein?... Que réclamez-vous?... Que vous faut-il?...

Callot désigna la dormeuse :

— Messire, mon dessein est d'emmener cette jeune fille; de l'emporter, au besoin, si elle continue à rester sous l'empire du sommeil léthargique dans lequel vos maléfices l'ont plongée; et, ce faisant, je le répète, j'épargnerai à Votre Seigneurie un reproche que sa conscience ne manquerait pas de lui adresser plus tard...

Charles eut un éclat de rire forcé :

— Sur mon âme, voici qui est plaisant!... On me dicte des lois et on me fait la leçon... Mais à quel titre cette morale et cette revendication? Etes-vous seulement le père, le frère, le fiancé ou le mari de cette gitane?...

— Je ne suis pas son parent : je l'aime, voilà tout...

— J'entends : vous êtes son amant...

— Je ne vous dis pas que je suis son amant : je vous dis que je l'aime...

— Eh bien, moi aussi je l'aime. Nous sommes à points égaux, et il reste à savoir qui des deux gagnera la partie. En attendant, je tiens l'enjeu et je le garde.

L'impatience gagnait le Lorrain.

— Il ne s'agit de jeu ni d'enjeu, répliqua-t-il; encore une fois, il ne s'agit que de cette enfant que vous allez me rendre...

— Vous croyez? ricana le prince avec cet air de méchanceté qui, au dire de l'un de ses portraitistes, « éclatait parfois sur sa physionomie le plus souvent tournée à la moquerie. »

L'autre menaça :

— Car si vous ne me la rendiez pas...

— Eh bien, que feriez-vous, mon maître ?

— J'irais la prendre sur ce lit, et une fois chargé de ce cher fardeau, je jure Dieu qu'une armée tout entière serait impuissante à s'opposer à mon passage !

Le front de Charles s'empourpra :

— C'est un défi ?

— C'est un avis.

— A votre tour, reprit M. de Vaudémont, veuillez remarquer que je suis entre vous et le lit où repose l'objet du débat, et que je vous retourne le cri que vous me jetiez tout à l'heure : « L'épée au poing ! » Défendez-vous, si vous ne voulez que je vous tue comme un de ces larrons qui se glissent dans une maison par la fenêtre !

— Votre Seigneurie me ferait l'honneur de croiser le fer avec moi !

— Eh ! je le croiserais avec le diable, si celui-ci avait l'insolence de contrecarrer mes volontés.

Il l'eût fait comme il le disait, si la chose eût été possible.

C'était, en effet, une nature « d'une susceptibilité ombrageuse et bouillante » que ce prince qui « devait compromettre l'existence même de son pays pour rechercher les hasards dans lesquels son courage paraissait se complaire; » un de ces *fous furieux de l'épée*, « qui aiment les coups pour les coups et à qui la colère est plus prompte à monter au nez que le lait à partir sur le feu. » [1]

A l'appui de cette appréciation de l'un de ses historiographes, nous citerons cet épisode de son séjour à la cour de France, quelques années auparavant :

« ... Il se fit à Amboise une partie d'embarcation sur la rivière de Loire.

« Le Roy (Louis XIII) entra le premier dans le bateau ; le prince Charles tardant à suivre et personne ne voulant

1. Guillemin, *Histoire manuscrite de Charles IV.*

s'y jeter avant luy, il fut poussé et sauta si vite qu'il se jeta
sur Sa Majesté et la renversa de son long; relevés qu'ils
furent :

« — Sire, s'écria-t-il, tenez-moi ou permettez que je tue
ces gens-là qui m'ont presque mis en l'état de vous faire
du mal.

» Et, devant qu'il frappast d'estoc et de taille, il tuait tout
le monde de ses yeux. [1] »

. . . .

M. de Vaudémont avait dégaîné.

— Vous êtes gentilhomme, m'avez-vous dit, je crois? demanda-t-il à son adversaire.

— Messire, je me nomme Jacques Callot et je ne suis qu'un
simple artiste; mais mon aïeul Claude Callot a été anobli,
pour faits de guerre, par S. M. le duc Charles III de Lorraine, et mon père Jean Callot est encore aujourd'hui héraut
d'armes du duc régnant, charge qu'il ne saurait exercer
s'il n'avait fait ses preuves, lui aux mains duquel est confié
le grand livre généalogique de la noblesse du pays.

L'autre s'inclina légèrement :

— Je connais cette famille. Excellents serviteurs. Alliés,
si je ne m'abuse, à Jeanne d'Arc, la bonne Lorraine.

Puis, avec une sorte de majesté :

— Moi, je suis le prince Charles de Vaudémont, fils du
comte François de Vaudémont, frère lui-même du duc
Henri II, à la personne duquel votre père, Jean Callot, est
présentement attaché.

Jacques se découvrit :

— Monseigneur, prononça-t-il d'une voix grave et respectueuse, je salue en vous le neveu et l'héritier de notre
prince: je salue l'un des vainqueurs de Prague; je salue
mon maître futur, — et je supplie encore celui-ci de ne pas
mettre le sujet aux prises avec le souverain.

M. de Vaudémont était déjà en garde :

1. *Histoire manuscrite du P. Vincent*, collection Noël. P. 703-704.

— Trève de cérémonies et de prières, monsieur Callot:
s'écria-t-il. Nous sommes deux champions, voilà tout. La
belle, en se réveillant, couronnera le vainqueur.

Il frappa du pied un appel :

— Allons, je vous attends... Et, surtout, ne me ménagez
pas... Car vive Dieu! je ne me sens pas en humeur de vous
épargner.

— Ce sera donc pour obéir à Votre Altesse, répondit le
Lorrain en tirant son épée.

Les lames s'engagèrent.

Callot était froid et calme.

M. de Vaudémont ne cachait pas sa joie farouche.

Habitué, dès l'enfance, à tous les exercices du corps qui
avaient développé sa force, corroboré ses muscles et aug-
menté sa souplesse naturelle; passionné pour l'art de l'escrime, qu'il avait profondément étudié et dont il se flattait,
bien que jeune, d'avoir surpris tous les secrets; s'étant non
seulement mesuré en salle avec les raffinés des cours de
France, de Lorraine, d'Italie et d'Allemagne, mais encore
ayant eu l'occasion d'estocader sur le champ de bataille, il
croyait avoir bon marché de notre artiste.

Aussi fut-il tout étonné, quand, après quelques tâtonne-
ments, il rencontra, en face du sien, un fer, souple et ferme
à la fois, qui se comportait avec une admirable aisance :

— Oh! oh! fit-il, vous avez des principes, monsieur!

Et, liant l'épée, il tira un coup droit avec la rapidité et
la perfection d'un prévôt d'académie.

— On fait ce qu'on peut, Votre Altesse, repartit l'autre
avec une retraite de corps d'une agilité merveilleuse.

— Hé! mais, c'est très serré, très sûr et très savant... Attention! J'attaque de nouveau!

— Et moi, je pare, monseigneur...

— Tudieu! vous avez le poignet aussi raide que la dé-
tente d'un cranequin... Mais pourquoi n'avoir pas riposté?
Je m'étais si sottement découvert que j'aurais dû en tenir,
en bonne et saine logique...

Le prince était devenu plus attentif...

Il essaya deux ou trois feintes qui furent aussitôt déjouées :

— Sur mon âme, s'exclama-t-il avec dépit, celui qui vous a enseigné l'ardue et noble science des armes ne vous a pas volé votre argent... Comment nommez-vous ce professeur?... Est-ce un Français, un Italien ou un Allemand?...

— Point : un de nos compatriotes à tous les deux, maître Abraham Racinot, l'ancien valet de chambre de votre oncle le duc Henri...

— Ah! oui, celui que l'on appelle plus ordinairement André des Bordes : l'auteur du *Discours de la théorie, de la pratique et de l'excellence des armes...*

Un sorcier, à ce que l'on prétend...

Et il faut, en effet, que le drôle le soit, pour vous avoir appris à éviter cette botte à fond que je tiens de M. de Bassompierre et qui, jusqu'à présent, avait toujours couché son homme...

Sur ma foi, si jamais je règne en Lorraine, je lui décerne les honneurs d'un cent de fagots...

— A ce pauvre M. de Bassompierre? questionna Jacques imperturbable.

— Non, monsieur le mauvais plaisant : à votre Abraham Racinot. [1]

Toute cette conversation était entremêlée de froissements de fer, de tierces, de quartes, de demi-cercles, de coupés et de dégagés qui se succédaient avec rage.

Toutefois, il était évident que M. de Vaudémont se fatiguait.

Il avait déjà rompu de plusieurs semelles. Ses muscles s'alourdissaient, se raidissaient. Son sang-froid l'abandonnait. Son jeu devenait nerveux, fébrile et incertain.

_____

1. Charles IV tint parole. André des Bordes, ou Abraham Racinot, fut brûlé vif pour crimes de sorcellerie et de magie. Son supplice eut lieu à Nancy, en 1626.

Callot, impassible dans sa garde irréprochable, semblait l'irriter à plaisir...

Le jouvenceau comprenait l'intention de ce dernier, qui était de le réduire par la lassitude...

Il prévoyait l'issue du combat...

Il se disait que, dans quelques moments, échauffé, surmené, harassé par la furie de ses attaques, il allait devenir impuissant contre ce bras qui ne mollissait pas, contre ce fer toujours à son poste et contre cet adversaire de granit sur lequel venaient s'émousser le redoublement de ses coups, les ressources de son habileté et les efforts de son exaspération...

Alors, superbe d'orgueil blessé, le front ruisselant de sueur, l'œil lançant une double flamme de désespoir et de colère, les dents serrées, la gorge haletante :

— Monsieur, gronda-t-il, je vous défends de me désarmer... Toute pitié serait une insulte... Tuez-moi !... Oui, par la mortdieu ! tuez-moi : je suis votre maître et je vous l'ordonne.

— Ah ! mais non !... Pas de ça !... *Madona !* je m'y oppose !

C'était une voix claire et sonore qui intervenait ainsi au milieu du cliquetis des lames et des rauques accents de Charles.

Les deux combattants s'arrêtèrent.

Une femme venait de surgir près d'eux et faisait mine de se précipiter entre les épées :

La femme qui, jusqu'à cet instant, avait paru dormir dans l'alcôve de l'hôte du duc Cosme...

Nous écrivons : *avait paru*...

En effet, dès le début du duel, la prétendue dormeuse, avait ouvert les yeux...

Accoudée sur les oreillers, elle avait semblé suivre, avec l'intérêt d'une Romaine en face d'un combat de gladiateurs les différentes phases de la lutte engagée...

Et ce n'était qu'à ce moment extrême qu'elle s'était dé-
cidée à s'interposer...

Jacques et le prince la regardèrent en même temps...

Puis, ils eurent un seul et même cri...

Cette femme n'était pas Diamante.

XXIX

COMMENCEMENT D'ÉCLAIRCISSEMENT

Elle ne paraissait, du reste, aucunement gênée ni émue de l'effet qu'elle produisait, pas plus que du conflit dont elle avait été la cause.

Plantée sans embarras entre les deux adversaires, elle les dévisageait avec des yeux curieux, dont l'innocence allait jusqu'à l'effronterie...

Et, riant d'un rire muet qui découvrait ses dents de jeune louve, — des dents prêtes à mordre à même à tous morceaux :

— En voilà assez, disait-elle. Non, vrai, s'exterminer ainsi, deux gentils garçons, c'est un meurtre. Et puis, je n'entends pas qu'on m'abîme mon prince...

Chez ceux à qui elle s'adressait, la surprise soulevée par cette apparition se manifestait d'une façon toute différente et conforme à la nature, au caractère de chacun d'eux :

Callot, immobile, l'épée basse, la bouche béante, les prunelles agrandies, considérait la survenante avec une stupeur qui allait jusqu'à l'hébétement et jusqu'à la pétrification...

14

M. de Vaudémont, au contraire, avait bondi, après le premier moment...

Et, saisissant avec impétuosité le bras de l'inconnue :

— Pardieu! s'écria-t-il, quelle est cette péronnelle? D'où sort-elle et que demande-t-elle?

La « péronnelle » e..t un petit cri :

— Aïe! on voit bien que les cavaliers que j'ai fréquentés jusqu'à présent ne sont pas d'aussi bonne maison que Votre Seigneurie. Ils ont la main plus douce et le ton plus affable.

Le prince la lâcha.

Ensuite, frappant du pied :

— Enfin, réponds!... Qui es-tu?... Ton nom?

— Francisquine, pour vous servir.

— Francisquine?

— La nièce de maître Tartaglia, le cabaretier de la foire de l'*Imprunetta*.

— La nièce d'un cabaretier?...

— A l'enseigne *del Babuino*.

— Et comment te trouves-tu ici?... Comment y remplaces-tu la personne qu'on y attendait?... Qui t'y a amenée?

— On ne m'y a pas amenée : on m'y a apportée, Excellence, — puisqu'il fallait que j'eusse l'air d'être endormie...

— On t'y a apportée?... Qui cela?... Parle...

— Les valets de votre ami... De l'autre gentilhomme... Du baron...

M. de Vaudémont tressaillit :

— Ah! tu connais M. de Sierk?...

— Dame! puisque c'est lui qui m'a embauchée...

— Embauchée?... Et pourquoi faire?

— Pour être aimée de vous, monseigneur.

— Hein?

La signorina prit un air où la naïveté le disputait à la malice :

— C'est-à-dire d'un grand personnage, d'une altesse, d'un prince qui devait me combler d'égards, de gratifications et de bijoux.

Charles s'adressa au Lorrain :

— Comprenez-vous quelque chose à cet imbroglio, monsieur Callot?

Celui-ci fit un geste désespéré :

— Hélas! non, monseigneur... J'en jette ma langue aux chiens... Mais il me semble que, si l'on interrogeait ce M de Sierk...

— Oui, vous avez raison, — et je vais...

Puis, s'arrêtant dans son mouvement vers le timbre d'appel :

— Mais non, c'est impossible, reprit le prince; M. de Sierk n'est pas ici...

— Comment?...

— Il m'a fait prévenir tout à l'heure, par son laquais, qu'il serait absent, toute cette nuit, pour mon service...

— Ou pour le sien, le bon apôtre! murmura Francisquine entre chien et loup.

Charles la foudroya du regard :

— Toi, coquine, menaça-t-il, si tu ne t'expliques pas sur-le-champ...

La fillette lui décocha une révérence tranquille :

— Aux ordres de Votre Excellence... Une femme, ça ne demande qu'à parler... Je disais donc que ce gentilhomme est en train de galoper par voies et par chemins, en compagnie de la bohémienne...

— La bohémienne! s'exclama le prince au comble de la stupéfaction.

— La bohémienne! répéta Jacques avec non moins d'a-hurissement.

La nièce du cabaretier affirma :

— Celle à laquelle il m'avait substituée, en me recommandant de feindre le sommeil, afin que Votre Excellence fût plus longtemps à s'apercevoir de sa méprise, et qu'il

eût devant lui quelques heures pour distancer toute poursuite...

— Par la messe! s'écria M. de Vaudémont, il l'aimerait
donc, lui aussi, cette Diamante?

— Monseigneur, je ne sais pas s'il l'aime... de la même
façon que Votre Altesse, du moins; mais ce que je sais bien,
c'est qu'il semble avoir un intérêt quelconque à la tenir en
sa possession...

— Oh!...

— Un intérêt qui n'est point mince, c'est moi qui vous le
garantis : car, afin qu'elle ne pût lui échapper, il l'a fait endormir réellement, celle-là, par l'entremise d'un grand dé-
mon de gitano, — celui qui marchait le premier, lorsque
la bande a défilé sur le champ de foire...

— Yanoz! fit vivement le Lorrain. C'est Yanoz qu'il s'appelle, n'est-ce pas? Je le reconnais...

— Oui, Yanoz... C'est ainsi que je l'ai entendu nommer...
Un joli brun, taillé dans un bloc de charbon...

— Mais comment avez-vous pu apprendre...

La fillette haussa les épaules :

— Tiens! en écoutant donc!... J'ai l'oreille fine... Ce qui se
dit à voix basse, voilà mes petits profits... Les secrets sont la
fortune des gens qui n'en ont pas...

Elle glissa une œillade du côté du prince Charles :

— On m'avait promis, pour m'établir, les bonnes grâces
de monseigneur. Je ne les ai pas. Il faut bien que je me rat-
trape sur quelque chose.

Puis, avec un aplomb ingénu :

— Si Vos Seigneuries sont contentes des renseignements
que je leur donne, j'espère qu'elles n'oublieront pas que
c'est pour ma dot que je travaille.

M. de Vaudémont avait frappé sur le timbre.

Un valet accourut.

— MM. de Brionne et de Chalabre, ici de suite! commanda Charles. Et que l'on m'amène, en même temps,
Landry, le laquais de M. de Sierk. Allez, allez vite!

Le valet sortit avec précipitation.

Le prince se promenait comme un lion, en mâchant sa colère :

— Oh! murmurait-il, trompé, dupé, berné par ce Christian!... C'est pour lui qu'il cherchait cette fille; c'est pour lui qu'il l'a retrouvée; c'est pour lui qu'il l'emporte... Mais il n'est pas encore à l'abri de toute atteinte, et, par tous les saints du ciel comme par tous les diables de l'enfer...

— C'est cela, interrompit Callot : nous le poursuivrons, monseigneur; nous le rattraperons; nous lui reprendrons Diamante, et je le tuerai d'un coup de seconde infaillible, que je n'ai pas voulu, tout à l'heure, démontrer — entre les côtes — à Votre Altesse.

Les gentilshommes mandés arrivaient en toute hâte.

Derrière eux venait le laquais Landry, qui n'avait pas à beaucoup près une figure rassurée.

— Messieurs, interrogea M. de Vaudémont, quelqu'un de vous peut-il me donner des nouvelles de M. de Sierk?

Les deux jeunes seigneurs le regardèrent avec étonnement :

— Votre Altesse ne l'a donc pas envoyé en mission ? questionna M. de Brionne.

— Une mission, ajouta M. de Chalabre, pour laquelle il a fait choix, d'après les ordres de monseigneur, de quatre chevaux de selle dans les écuries du duc Cosme...

— Et pour laquelle, appuya l'autre, je lui ai compté, — toujours d'après les mêmes ordres, — une somme de quatre mille livres.

Charles se mordit la lèvre jusqu'au sang.

— Messieurs, déclara-t-il, nous sommes de grands sots. Je dis : *nous sommes*, et non : *vous êtes*. Ne vous plaignez pas d'une épithète que vous partagez avec moi.

Ensuite, se tournant vers le laquais du baron :

— Toi, écoute. Cinquante pistoles, si tu m'indiques la direction qu'a prise ton maître. Si tu ne me l'indiques pas, le double de coups de bâton.

14.

— Mais cette direction, je l'ignore, monseigneur ! gémit le valet épouvanté.

Francisquine tendit la main :

— Donnez les cinquante pistoles, Excellence...

— Comment ?...

— Le baron est en route pour Livourne...

— Ah !...

— Avec le bohémien Yanoz et deux des camarades de celui-ci, qui doivent lui servir à attester, au besoin, que celle qui était leur reine est une fille de qualité, enlevée autrefois à une noble famille, et que M. de Sierk est en train, pour l'instant, de ramener à ses parents...

— Ah çà ! s'exclama Jacques avec admiration, elle sait donc tout, cette jeunesse !

La signorine lui envoya le plus coquet de ses sourires :

— Je vous ai dit que les secrets sont des trésors... J'en cherche toujours, et j'en trouve quelquefois, en tournant autour des tables de mon oncle... En m'épousant, monsieur le peintre, vous ne feriez pas déjà une si mauvaise affaire.

— Monsieur de Brionne, reprit le prince, courez faire seller trois chevaux. Je vous emmène. Nous allons donner la chasse à ce félon.

Puis, s'adressant à Jacques :

— Vous venez avec nous, n'est-ce pas, monsieur Callot ?

— Oh ! de grand cœur, monseigneur ! protesta notre artiste.

M. de Brionne s'était élancé dehors.

Charles s'approcha de la nièce du cabaretier :

— Toi, voici ton argent, lui dit-il, et remercie le ciel qui t'a mise en mesure de nous fournir des indications aussi précieuses ; autrement, il t'en aurait cuit de t'être prêtée à cette criminelle intrigue.

La fine pièce empocha prestement la bourse qui lui était tendue...

Et, comme pour s'excuser de cette avidité non moins que

de la part prise par elle aux agissements de M. de Sierk :

— Ah ! Excellence, soupira-t-elle, si vous saviez comme les maris sont hors de prix en cette saison !

M. de Vaudémont s'en revint vers Callot.

Il semblait avoir oublié leur rivalité, leur querelle et leur duel.

« Tant, écrit un de ses historiens, ce prince estoit souvent différent de luy-même et sa volonté sujette au changement.»

— Monsieur, demanda-t-il, êtes-vous bon cavalier?

— Assez, j'espère, répondit le Lorrain, pour pouvoir suivre Votre Altesse.

Charles lui frappa sur l'épaule :

— Ah! c'est que nous allons nous lancer à fond de train sur la piste du traître. Vive Dieu ! il faut qu'il apprenne ce qu'il en coûte de chercher à jouer un prince dont il dépend... Et quand nous devrions pousser jusqu'à Livourne!...

Puis, tout à coup, s'interrompant avec un cri :

— Mais, non... Je l'avais oublié... C'est impossible !...

— Qu'est-ce qui est impossible, monseigneur? s'informa Callot vivement.

— De donner suite à ce projet de pourchas, de vengeance...

— Et pourquoi cela, je vous prie ?

— Parce que j'ai promis de partir, ce matin même, pour la Lorraine... Oui, je l'ai promis, ce tantôt... A l'envoyé de mon père, au comte de Tornielle...

— En effet, appuya M. de Chalabre : Votre Altesse a promis sur sa foi de gentilhomme...

— Hé ! monsieur, point n'est besoin de me le rappeler... J'ai été stupide, voilà tout... Mais comment aurais-je pu prévoir ce qui m'arrive ?...

Le jouvenceau avait recommencé à travers la chambre une promenade saccadée, coupée d'exclamations sourdes...

Soudain, il s'arrêta devant l'artiste dont la figure continuait à être une question muette :

— Comment, s'écria-t-il, vous ne comprenez donc pas que

je ne m'appartiens plus; que ma parole est engagée, et que, par elle, au lieu de courir avec vous, tout à l'heure, sur la route de Livourne, je serai sur celle de Nancy, rivé aux pas du messager du comte François de Vaudémont !...

— Mais, avança Callot, si vous sollicitiez ce messager de vous rendre votre parole...

Charles secoua la tête :

— Il n'y faut pas songer. Ils ont décidé tous là-bas, — mon père, la noblesse et le peuple de Lorraine, — que j'échangerais ma liberté contre une couronne...

Et moi-même, je l'ai voulu ainsi, dans un temps où l'ambition soufflait seule sa flamme dans mon âme...

Promesse d'autrefois et promesse d'hier soir, je dois tout tenir aujourd'hui...

Ce comte de Tornielle, c'est la raison d'Etat incarnée, vivante, inflexible : il me ramènera à Nancy, enfermé dans la foi jurée, ainsi que dans une cage de fer...

— Monseigneur, les chevaux sont prêts, annonça M. de Brionne, en rentrant.

Le prince laissa échapper une éclatante imprécation.

— Eh ! reprit Jacques avec brusquerie, si cet engagement vous gêne...

M. de Vaudémont l'interrompit :

— Monsieur le fils du héraut d'armes de Lorraine, prononça-t-il sévèrement, vous n'allez pas, je suppose, me conseiller d'y manquer.

Il y avait dans toute sa personne un changement nouveau et complet.

« Dans l'occasion, dit le P. Vincent, ses traits devenaient sérieux et réguliers, et il pénétrait de sa noblesse celui à qui il s'adressait. »

— A Dieu ne plaise, poursuivit Callot, que j'aie un si piètre souci de la dignité de mon maître ! Non, je voulais dire tout simplement :

Si cet engagement lui pèse, Votre Altesse n'en aura que plus d'honnêteté et de vaillance à le tenir...

Si les grands sont, à ce qu'on prétend, d'une autre pâte que les petits, c'est qu'ils ont apparemment des sentiments, des qualités et des fonctions supérieurs. Des devoirs aussi, faut-il croire. Le vôtre est de régner : eh bien, remplissez-le sans hésiter, et, pour apprendre à commander aux autres, commencez par vous commander à vous-même...

C'est bête comme un vieux livre, ce que je vous prêche là ; mais, ma foi, il y a des moments où il n'est point mauvais de relire les vieux livres...

Allez donc où l'on vous attend : où vous attendent la couronne, le bonheur, la gloire, — l'attachement et l'appui de votre fidèle noblesse et les acclamations d'allégresse de vos peuples...

Ce sont ces peuples et cette noblesse qui vous en conjurent par ma voix...

Par la voix d'un sujet qui arracherait de son cœur l'immense amour dont il déborde, — celui qui nous a été, à tous deux, un instant commun pour la même femme, — si cet amour devait porter quelque ombrage à son souverain et détourner ce dernier de la voie que lui a tracée la Providence.

. . . .

M. de Vaudémont lui tendit la main :

— Monsieur Callot, dit-il, merci. Ce langage est celui d'un loyal serviteur. Mes intérêts, ma raison, ma conscience n'auraient point su parler avec plus d'éloquence.

Il ajouta avec un reste de dépit :

— Mais laisser ce Christian impuni... Lui abandonner sa proie... Songer qu'il triomphe de nous...

— Oh ! pour cela, repartit l'artiste, n'ayez crainte : je me charge de lui payer votre dette et la mienne... Et, si Votre Altesse daigne me fournir le moyen de m'improviser l'instrument de sa justice... J'entends : si elle daigne me permettre d'emprunter les chevaux du duc Cosme...

— Eh bien ?...

— Eh bien, je jure, foi de Lorrain, — une foi qui est

bien calomniée et qu'il est grand temps, je crois, de réhabiliter...

Le prince ne put s'empêcher de rire...

— Je jure, dis-je, continua Jacques, de retrouver la piste de ce maître coquin, de le forcer de vitesse et de lui faire rendre gorge à la pointe de mon épée...

Charles interpella M. de Brionne :

— Les chevaux que l'on avait préparés pour nous sont à la disposition de ce gentilhomme. Vous le ferez, en outre, accompagner jusqu'à la porte de la ville. Que rien n'entrave ou ne retarde son départ.

Le jeune seigneur et l'artiste échangèrent un salut courtois.

Ensuite, Callot demanda :

— Une dernière grâce, monseigneur... Dispensez-moi de vous remercier... Ça prend du temps, et il me semble que le parquet brûle sous la semelle de mes souliers.

. . . .

. . . .

Avant de le quitter, Trophime Mirassou, — ci-devant Francatrippa, — avait dit à notre Lorrain :

— S'il ne vous arrive pas malheur, venez nous rejoindre à l'angle de la *via della Fogna* et de la *via del Deluvio*, sur la place Sainte-Marie-Vieille. Il y a là, contre le mur du couvent de Santa-Croce, un banc de pierre qui s'allonge sous la niche d'une madone. C'est notre domicile ordinaire. Nous vous y attendrons jusqu'à la pointe du jour.

Ce fut, en effet, « dans ce domicile » que Callot retrouva les deux compagnons, à la fin d'une nuit si consciencieusement employée.

Un domicile éclairé par l'Eglise, — une lampe brûlait dans la niche de la madone, — et dont l'un des locataires occupait le rez-de-chaussée et l'autre le premier étage.

J'entends que l'un couchait sur le banc et que l'autre couchait dessous.

Nous ajouterons que chacun d'eux s'était endormi, dans

son appartement respectif, avec cette ferme persuasion que l'artiste ne reviendrait jamais de sa folle équipée.

Aussi ne tenterons-nous point de peindre leur surprise quand le jeune homme les réveilla en les secouant à tour de bras :

Une surprise qui tourna à la terreur intense quand ils virent que ce revenant était accompagné par un officier de la garde grand-ducale...

Et une terreur qui se changea en un abêtissement complet alors qu'ils aperçurent derrière cet officier un palefrenier à la livrée de Cosme II, qui menait trois chevaux en bride :

Trois bêtes superbes, à la croupe ronde, à la queue maigre et tendue, aux jambes sèches comme des fils de fer, aux sabots plus durs que du marbre.

M. de Brionne avait supérieurement choisi.

Jacques désigna les nobles animaux aux deux ex-*braci :*

— Saurez-vous vous tenir là-dessus? questionna-t-il.

— Distinguons, distinguons, répondit le Normand : je suis allé à âne à la foire à Gournay, — et si, comme je crois, c'est à peu près la même chose...

Et le Marseillais ajouta :

— Oh! l'équitation, ça me connaît! J'ai eu un grand-oncle qui servait dans les gendarmes de M. d'Epernon et qui passait pour un véritable centaure. Par malheur, il n'a pu me léguer ses principes, étant mort, à ce qu'on m'a dit, vingt-cinq ans avant ma naissance.

Le Lorrain était déjà en selle :

— Çà, je vous préviens, reprit-il, que vous n'êtes pas forcés de me suivre.

— Où allez-vous? fut-il demandé.

— Dans un pays où, certainement, vous n'aurez garde de voyager : le pays de l'inconnu, de la fatigue et du danger.

L'ancien Francatrippa fourragea son épaisse moustache.

L'ancien Fritellino tortilla le bouquet de poil de son menton.

Une façon, à eux, de faire leurs réflexions.

Ensuite le premier déclara :

— Ventre d'hippopotame ! je ne saurais plus me passer du commerce d'un héros tel que vous, messire Jacques.

Le second appuya :

— Vous parti, je me sentirais tout isolé, tout désolé et tout épeuré dans Florence.

Et chacun d'eux se jucha — à grand'peine — sur un cheval.

Callot se tourna vers l'officier :

— Capitaine, je suis à vos ordres.

On se mit en marche à travers les rues.

L'officier conduisit la petite cavalcade hors de la porte San-Gallo.

Puis, il prit congé d'elle et rentra dans la ville, talonné par le palefrenier, qui se demandait avec étonnement comment trois des meilleurs coureurs des écuries de son maître étaient confiés à des écuyers d'apparence aussi novice et d'équipage si négligé.

L'aube blanchissait vaguement la campagne et le soleil allait allumer l'horizon.

Le Lorrain s'adressa à ses deux compagnons :

— Puisque vous refusez de vous séparer de moi, je n'ai plus, mes pauvres garçons, qu'une recommandation à vous faire...

Laissez-vous conduire par vos chevaux : un bon cheval est toujours plus intelligent qu'un mauvais cavalier.

Seulement, je vous avertis que je vais vous mener un train d'enfer.

Arrangez-vous donc pour ne pas tomber, car je n'aurais pas, malgré que j'en veuille, le loisir de vous ramasser.

C'est compris? En avant, alors ! Et priez le Dieu de clémence que la selle n'endommage pas trop le satin naturel qui double la doublure de votre haut-de-chausses.

XXX

LE POURCHAS

La dose du narcotique versé par le fils de Pharam dans
le verre d'eau qu'avait bu Diamante avait été calculée de
façon à déterminer un sommeil léthargique de douze heures.

M. de Sierk comptait qu'il ne lui en faudrait pas beaucoup plus, pour parfaire le trajet des quarante milles italiens qui séparent Florence de Livourne et que ponctuent,
à distances égales, les villes d'Empoli, de San-Miniato et de
Pontedera.

C'étaient ces trois villes qu'il s'agissait d'éviter; car, en
les traversant, on pouvait craindre que l'étrangeté de cette
chevauchée d'un gentilhomme et de trois bohémiens, dont
l'un maintenait devant lui une jeune fille endormie, n'ex-
citât la curiosité du populaire et n'éveillât l'attention de
l'autorité.

Le baron croyait, du reste, avoir tout le temps nécessaire
pour mener à bien le voyage.

Il est vrai que, connaissant à fond et à tréfond le caractère
du prince Charles, il n'ignorait point à quels excès de vio-

15

lence celui-ci s'abandonnerait lorsqu'ils s'apercevrait de la substitution dont il avait été la dupe...

Mais cette substitution, le jouvenceau en aurait conscience trop tard pour pouvoir en punir le principal auteur...

Et puis, savait-il seulement quelle direction avaient prise les ravisseurs de la véritable Diamante?...

Et, quand cette direction lui eût été connue, M. de Tornielle ne se trouvait-il pas là tout à point pour empêcher le le fils du comte François, le futur héritier du duc Henri et l'époux présumé de la princesse Nicole de se lancer à la poursuite d'une fille d'Égypte à un moment où de si graves intérêts sollicitaient sa présence immédiate à Nancy?...

M. de Vaudémont crierait, tempêterait, déchaînerait tous les ouragans de colère de l'enfant gâté à qui l'on a escamoté un joujou désiré...

Bref, il faudrait bien qu'il finît par prendre la route de Lorraine.

Qui sait même si, auparavant, il ne se rabattrait pas de sa déconvenue sur la nièce de la *trattoria del Babuino?*

La Francisquine était d'un ragoût pimenté...

Et le soldat de la journée de Prague n'était pas un de ces délicats qui ne puisent l'ivresse que dans les hanaps aux merveilleuses floraisons de feuillages d'or et de fleurs de pierreries.

Alors qu'il avait soif, peu lui importaient vraiment la qualité du vin, le travail de la coupe et le métal du flacon!

Quant à Jacques, il n'y avait pas à s'en occuper davantage.

Ce seul protecteur de Diamante avait dû être mis à mal par les deux spadassins qu'on lui avait dépêchés.

Partant, rien à redouter du côté de l'artiste, pas plus que de celui du prince.

Le baron arriverait à Livourne dans la nuit.

Il ne manquait point, dans le port, de petits bâtiments équivoques, semi-corsaires, semi-marchands, prêts à se louer au plus offrant pour toute espèce de besogne.

Christian affréterait un de ces bâtiments.

Il y ferait transporter la jeune fille, dont on étoufferait, au besoin, les protestations et les appels.

D'ailleurs, n'avait-il pas un moyen tout forgé pour la contraindre à lui obéir et à le suivre ?

Il se débarrasserait alors de Polgar et de Giseph, dont il n'avait acheté le concours que pour leur faire contre-signer une attestation libellée par le fils de Pharam, — d'après les déclarations de ce dernier et de Mani, — de la façon dont l'enfant, enlevée aux environs de Nancy, était entrée dans la famille du Pharaon et dans la tribu des Grands-Scorpions.

Quant à Yanoz, le gentilhomme lui réservait sûrement un plat de son métier.

Et ce que nous savons des talents du personnage en fait de cuisine machiavélique nous permet de conjecturer que le gitano n'y perdrait rien pour attendre.

. . . .

. . . .

On avait tourné successivement Empoli et San-Miniato.

On galopait depuis huit heures ne s'arrêtant que pour relayer aux maisons de poste et donner la provende aux chevaux, ainsi que pour se réconforter d'une bouchée et d'une verrée pendant que les bêtes buvaient et mangeaient.

Rien n'avait entravé le rapide voyage.

On était à plus de trente milles de Florence, et l'on approchait de Pontedera, dont on découvrait au lointain les terrasses blanches et les toits rouges, surmontés par la flèche des églises.

Pontedera était la dernière ville à esquiver avant de mettre le cap sur Livourne.

Nulle apparence, du reste, que l'on fût poursuivi.

Toutes ces considérations décidèrent M. de Sierk à faire halte dans une *osteria* perchée au sommet du seul mamelon qui se pût rencontrer à dix lieues à la ronde dans ce pays en pente déclive où l'Arno descend vers la mer au milieu de plaines d'une richesse monotone.

On y souperait copieusement, afin de prendre des forces pour enlever haut la main la dernière partie de la route.

Mais l'on y souperait sur la terrasse, qui, comme dans la plupart des habitations italiennes, précédait le corps de logis, et où, — l'œil dominant les campagnes environnantes, — les convives n'avaient à craindre aucune surprise.

On avait donc déposé sur l'un des bancs de cette terrasse Diamante, toujours plongée dans un anéantissement semblable à la mort.

Et, pendant que les valets d'écurie s'occupaient des chevaux, les quatre cavaliers s'étaient attablés auprès d'elle.

A parler franc, la vue de cette belle jeune fille, plus blanche, plus immobile et plus froide qu'un cadavre, emportée dans une course à fond de train par ces hommes qui ressemblaient bien plutôt à des larrons en fuite qu'à d'honnêtes voyageurs ; à parler franc, cette vue, disons-nous, n'avait pas été sans causer un certain émoi au personnel de l'hôtellerie.

Il en avait été à peu près de même dans tous les villages que la petite troupe avait traversés et où elle avait fait escale.

Mais il ne faut pas l'oublier : l'Italie est la terre classique des enlèvements et des bandits...

Et la population s'y montre, en tout temps, favorable aux procédés expéditifs et aux chevaliers de grands chemins.

Et puis, à cette époque composée d'un amalgame de traditions à la fois galantes et barbares, on avait, pour aimer, des formes dont l'énergie n'effarouchait personne, mais qui seraient sûrement, de nos jours, justiciables de la cour d'assises.

Enfin, toutes les questions et tous les étonnements s'arrêtaient devant les façons de M. de Sierk, qui avait toujours la main à la poche, et devant la figure de ses trois compagnons, qui ne présageait précisément rien de rassurant ni de sympathique.

. . . .

Le soir tombait.

Le soleil, en déclinant à l'horizon, couvrait de teintes d'incendie les champs de maïs et les bois d'oliviers qui formaient le fond du paysage.

La route passait au bas de la terrasse.

Elle s'allongeait d'un côté vers San-Miniato — c'était la partie parcourue par nos voyageurs — où elle se perdait dans la brume laiteuse du crépuscule, et, de l'autre, vers Pontedera où elle se noyait dans les feux du couchant.

Quelques troupeaux y cheminaient lentement, rappelés vers l'étable par l'Angelus lointain.

Quelques chariots pareillement, traînés par des bœufs et dont l'essieu criait dans la poussière crayeuse.

M. de Sierk était assis au milieu de ses compagnons.

C'était un de ces hommes qui ne dédaignent point de frayer avec leurs instruments, — si intimes que soient ceux-ci, — quittes à les briser plus tard.

Soudain, Yanoz, qui allait boire, s'interrompit dans ce mouvement.

. — Qu'est-ce? demanda le baron.

Le fils de Pharam ne répondit point :

Il reposa sur la table le verre qu'il portait à ses lèvres...

Puis il se leva...

Puis encore, il mit devant ses yeux sa main, en guise d'abat-jour, pour mieux concentrer la puissance de son regard.

— Qu'y a-t-il donc ? répéta Christian.

— Il y a que voici venir à nous des cavaliers...

— Où cela ?

— Là-bas.

Le gentilhomme se leva à son tour et regarda dans la direction indiquée :

— Je ne vois rien, reprit-il au bout d'un instant.

— Moi, je vois, insista le gitano.

— Et moi aussi, fit Giseph qui avait imité Yanoz.

— Et moi aussi, fit Polgar, qui avait imité Giseph.

Et, comme le gentilhomme les considérait avec une sorte d'étonnement :

— Seigneur, répliquèrent-ils tous deux à cette interrogation muette, vos yeux sont ceux des gens des villes ; mais les nôtres ont l'habitude de la distance et de l'espace.

Quelques minutes s'écoulèrent.

— Il est vrai, dit le baron, que j'aperçois, se mouvant sur le chemin que nous avons suivi, trois petits nuages de poussière...

— Ces nuages sont des hommes, repartit le bohémien.

S'adressant, ensuite, à l'aubergiste qui desservait la table :

— Et nos chevaux? demanda-t-il.

— Ils ont pris leur repas comme vous, Excellence, et l'on est en train de leur faire leur toilette.

Le fils de Pharam interpella ses deux compagons :

— Allez veiller à ce qu'on se hâte.

Polgar et Giseph obéirent.

M. de Sierk regardait toujours :

— Ah ! fit-il, vous aviez raison, mes maîtres... Maintenant, je distingue trois cavaliers...

Il ajouta après une pause :

— Des paysans qui se dépêchent d'arriver au repas du soir... Ou bien encore des voyageurs qui font la même route que nous...

Yanoz secoua la tête :

— Des paysans ne sont pas montés de cette façon... Et des voyageurs ne brûlent pas ainsi le terrain... Ces cavaliers m'inquiètent...

Et, brusquement :

— Payez et partons, Excellence.

Les trois nuages de poussière avaient disparu derrière un petit bois que contournait la route.

Quand ils reparurent de l'autre côté — hors de la brume — en pleine lumière — le gitano et le gentilhomme poussèrent un cri en même temps :

— Le Lorrain !

— Mes deux *bravi !*

C'étaient eux, en effet :

Notre ami Jacques, courbé sur le cou de sa monture, qu'il excitait de la voix et du talon...

Trophime Mirassou et Ange-Bénigne Caudebec, cramponnés avec l'énergie du désespoir à la crinière de leurs coursiers et dansant sur la selle avec une véhémence déplorable pour la chute de leurs reins.

— A cheval ! commanda le baron.

Yanoz avait ressaisi Diamante, inanimée toujours, et toujours inconsciente de qui se passait autour d'elle.

En un instant, chacun eut le pied à l'étrier.

La petite troupe partit ventre à terre.

En ce moment, Callot arrivait au bas du mamelon que couronnait l'*osteria*.

A la crête de celui-ci, il vit se dessiner en noir, sur la nappe enflammée du ciel, la silhouette des ravisseurs de la jeune fille.

Tout son sang lui monta au visage, et son cœur battit violemment :

— Les voilà ! s'exclama-t-il. Nous les tenons ! Hardi !...

Ceci s'adressait bien plutôt à sa monture qu'à ses deux acolytes.

Il sembla que le noble animal le comprît :

Il hennit avec une vigueur qui mit l'espoir dans l'âme de son cavalier.

Il y avait dans l'assemblage de ses muscles de merveilleuses et inépuisables ressources.

Il allongea l'acier flexible de ses jarrets et partit, — le ventre fumant au ras du sable.

Les deux autres étaient de la même race.

Ils le suivirent avec la même ardeur.

Plaignons le signor Francatrippa, né Mirassou, et le signor Fritellino, né Caudebec, tous deux déjà si cruellement éprouvés dans leurs œuvres basses !

XXXI

LE PUM ET LA NAVAJA

Les fuyards, de leur côté, descendaient comme un ouragan la rampe opposée du mamelon.

Au bas de celui-ci, c'était une plaine, au milieu de laquelle la petite ville de Pontedera surgissait ainsi qu'une île dans un lac.

Les chevaux avaient beau jeu sur cette surface unie. Ils dévoraient littéralement l'espace. Leurs pieds soulevaient des tourbillons de poussière et faisaient jaillir des aigrettes d'étincelles des cailloux que leurs fers heurtaient.

Les poursuivants dévalèrent la rampe à leur tour.

A leur tour, ils s'engagèrent dans la plaine.

La double course parcourut ainsi quelques milles. Ses deux échos se confondaient. Ils roulaient comme un même tonnerre.

A un moment, Yanoz se retourna sur sa selle.

— Eh bien ? demanda M. de Sierk.

— Ils gagnent, répondit le bohémien.

Le gentilhomme eut un sourire d'incrédulité :

— Impossible !... Nos montures se sont reposées tout à

l'heure... Et les leurs n'ont pas dû souffler, au moins depuis le dernier relais.

La course continua quelque temps.

Le fils de Pharam se retourna de nouveau.

— Ils gagnent encore, déclara-t-il.

Le sourire du baron avait quelque chose de contraint et de crispé :

— Par le Christ ! murmura-t-il, à moins que leurs chevaux n'aient des ailes...

Il se retourna, lui aussi.

Puis, avec une surprise mêlée d'inquiétude :

— Oh ! oh ! que signifie ceci ?... Je reconnais ces bêtes-là... Elles sortent des écuries du duc Cosme...

Il donna de l'éperon.

Yanoz était sombre ; Polgar et Giseph, anxieux ; le gentilhomme ne souriait plus.

Ses affaires se rembrunissaient peu à peu :

En effet, on allait atteindre Pontedera.

Or, il ne fallait point songer à traverser la ville avec ces allures éperdues...

On a toujours envie d'arrêter ceux qui ont l'air de se sauver...

Et puis, il y avait Diamante, — Diamante, pâle et inerte comme une morte :

Diamante, entre les bras du fils de Pharam qui ne se séparerait à aucun prix de son fardeau...

Diamante et les trois bohémiens : engeance louche et détestée...

Emotion certaine des habitants. Emeute probable sur le passage des fuyards. Ceux-ci retardés, empêchés peut-être. Intervention possible de la police locale, qui s'occuperait de savoir qui ils étaient, où ils allaient, d'où ils venaient et quel était ce prétendu cadavre que l'un d'eux maintenait devant lui...

Puis, arrivée de Jacques, qui les accuserait. Explications, débats contradictoires, examen du *pour* et du *contre*. Toutes

choses qui durent. Sait-on jamais quand on sort du laby-
rinthe de Thémis !

Non : il valait mieux laisser la ville sur le côté, ainsi
que l'on avait fait d'Empoli et de San-Miniato, la côtoyer à
l'extérieur et aller rejoindre la route de Livourne au point
où celle-ci s'élançait de la porte opposée...

Seulement, il était évident que l'on perdrait un temps
précieux à décrire ce demi-cercle...

Le Lorrain et ses compagnons ne s'amuseraient pas,
eux, à un pareil détour...

Ils couperaient hardiment à travers Pontedera...

Partant, ils gagneraient tout le temps perdu par ceux
qu'ils poursuivaient et tout le terrain qui résulte de la
ligne droite...

Aussi M. de Sierk songeait-il à se risquer quand même
par la ville...

Mais tel n'était pas l'avis du fils de Pharam :

Toutes ces réflexions, Yanoz les avait faites, lui aussi...

Et, se sentant fort de l'épée du gentilhomme et de l'aide
de ses deux camarades, il aimait encore mieux avoir affaire
à son rival, si redoutable qu'il lui parût, qu'à toute une
population dont il n'ignorait point les dispositions malveil-
lantes à l'endroit de ceux de sa race...

En arrivant devant la ville, il tira donc brusquement sur
la gauche, sans attendre les ordres de Christian.

Ce dernier et les autres furent obligés de le suivre...

Tous quatre contournèrent Pontedera aussi rapidement
que possible...

Mais alors il advint ce qu'on avait prévu :

Callot et les siens se jetèrent dans la ville, où rien ne vint
leur faire obstacle...

Et, quand ils en sortirent par la porte de Livourne, —
après y être entrés par celle de San-Miniato, — la distance
entre les deux groupes équestres du gibier et des chasseurs était considérablement diminuée...

Le premier s'en aperçut avec terreur...

Et M. de Sierk fouilla de ses éperons la peau sanglante de
son coursier, tandis que chacun des gitanos piquait la croupe
du sien avec la pointe de son couteau...

Les pauvres bêtes étaient fatiguées de leur trajet dans les
terres cultivées qui entouraient Pontedera...

Elles n'en prirent pas moins une furieuse vitesse...

Et la chasse recommença avec la même rage sur le sol
dur et plein de la route droite comme une règle...

La nuit était venue; mais la lune voguait dans le bleu
immense du ciel, où les étoiles semblaient lui faire un cortège d'honneur. La plaine apparaissait comme une nappe
de neige. Parallèlement à la route, derrière un rideau d'o-
liviers, l'Arno miroitait sous un semis de paillettes li-
vides...

Les deux petites troupes couraient sans trêve...

Seulement, celle des poursuivants avait un avantage de
plus en plus marqué :

Ses chevaux volaient, — un vol magique qui fendait l'air
comme un rayon perce les ténèbres...

Il commençait à n'en être plus ainsi de ceux des fuyards :

Leurs flancs battaient. Leurs naseaux rendaient, à la fraî-
cheur nocturne, de larges cônes de fumée. Leur souffle s'em-
barrassait dans leur poitrail...

Les éperons du baron étaient rouges...

Rouge aussi et saignante, la croupe des montures des trois
bohémiens...

Celles-ci raidissaient leurs tendons. Leurs bronches endo-
lories brûlaient. La sueur bouillante de leurs côtes formait
un nuage qui marchait avec elles, enveloppant leurs cavaliers...

Les autres allaient, sans lassitude visible, sans effort ap-
parent, comme l'ombre des nuées que les vents turbulents
d'avril font passer sur le soleil et qui courent par la campagne, plus véloces que le rêve...

M. de Sierk les entendait se rapprocher...

Yanoz lui dit :

— Excellence, nos bêtes n'en ont plus pour vingt minutes...

Et Polgar :

— La mienne bronche déjà.

— La mienne, ajouta Giseph, ne sent plus l'aiguillon du couteau...

Le gentilhomme sciait la bouche écumante de la sienne :

— Oh! grinça-t-il, qui me délivrera de cette meute?

— S'il n'y avait que le Lorrain, fit Polgar, on pourrait essayer.

Et Giseph, secouant la tête :

— Oui, mais il y a les deux autres.

Vous comprenez : si l'on eût été trois contre un, on se fût peut-être hasardé...

Mais, combattre trois contre trois, — homme pour homme, — n'est pas le propre de la race bohême.

Car il ne faut point oublier que le baron et ses acolytes, n'étant pas dans le secret de la poltronnerie des compagnons de Callot, voyaient en ces derniers de sérieux adversaires.

Ah! s'ils avaient pu soupçonner le lièvre dans la peau du lion, le doux Ange-Bénigne Caudebec dans le fourreau du poète d'épée Fritellino et le pacifique Trophime Mirassou sous la moustache matamoresque du capitan Francatrippa!

S'ils avaient pu voir ces deux infortunés, que l'instinct seul de la conservation retenait accrochés au cou de leurs coursiers, et que ce pourchas à outrance emportait, dépourvus de force, de volonté, de sentiment, comme ces noyés que le flot roule, attachés à une épave!

— Attendez, fit M. de Sierk, je vais vous débarrasser des deux autres.

Il avait des pistolets dans ses fontes.

Il en prit un, se retourna en se haussant sur les étriers et visa derrière lui, autant que le permettait le galop insensé de son cheval.

Le déclic du rouet joua avec un bruit sec.

Une détonation retentit, puis un cri.

Ange-Bénigne Fritellino roula sur la route...

Christian saisit son second pistolet...

Il y eut une nouvelle explosion et un nouveau cri...

Cette fois, c'était Trophime Francatrippa qui venait de dégringoler dans la poussière...

— Ah! forban, clama le Lorrain, tu vas payer pour tous les deux!

— Cent pistoles pour chacun de vous, dit le baron, si vous abattez cet enragé!

Il s'adressait à Polgar et à Giseph.

Yanoz, en effet, ne s'occupait que de Diamante; il la serrait contre sa poitrine en poussant, par un dernier effort, sa monture qui frémissait du garrot à la croupe et qui secouait sa crinière hérissée sur son cou.

Giseph et Polgar échangèrent un rapide regard.

Puis ils s'arrètèrent brusquement, firent volter leurs chevaux sur place et demeurèrent immobiles au milieu de la route ainsi que deux statues équestres.

Le premier jouait avec un couteau catalan pareil à celui du fils de Pharam.

Le second avait en main l'arme égyptienne, le *pùm*, qui est une grosse balle de plomb au bout d'une lanière de cuir.

Jacques pensa :

— Si ce sont ces deux-là qui comptent m'empêcher de passer!

Il arrivait comme une avalanche, ivre de bataille, les cheveux au vent, l'épée au poing.

Vous auriez dit de l'Ange exterminateur.

Polgar leva le bras.

La lanière tournoya au-dessus de sa tête.

Puis, la balle de plomb partit en sifflant...

Par un mouvement machinal, l'artiste se courba sur le cou de sa monture...

Ce faisant, sans savoir, il tira sur la bride...

L'animal se cabra violemment...

Et le projectile, qui, sans cela, eût frappé son cavalier

en pleine figure, — avec l'effet d'un boulet de canon, — l'atteignit au milieu du front...

Le bohémien poussa un cri de joie sauvage...

L'homme et la bête se confondaient, dans la même chute, sur le sol, — et, en se renversant en arrière, assommée, celle-ci devait avoir écrasé celui-là...

Il n'en était rien, cependant :

A l'instant où le cheval s'enlevait des deux pieds du devant, Callot avait — d'instinct — quitté les étriers et s'était jeté de côté...

Il ne demeura guère étourdi qu'une minute...

Un énergique effort le remit sur ses jambes...

Sa tête avait heurté une pierre. Son front, déchiré, saignait. Le vertige lui montait aux tempes. La terre semblait onduler sous lui...

Il n'en prit pas moins son élan, — un élan surhumain, qui, par un prodige incomparable de volonté, le porta en trois bonds sur Polgar...

Son bras et sa rapière s'allongèrent...

Un juron s'étouffa dans la gorge du bohémien, qui vida les arçons, — la poitrine traversée...

Jacques se lança alors à la poursuite des autres. Il serrait dans sa main la poignée de son épée. Il chancelait, mais il allait, criant d'une voix qui lui semblait n'être pas à lui :

— Attendez-moi, lâches! Atten...

Il n'acheva point :

Dans cette course folle, où, piéton, il s'illusionnait de l'espoir d'atteindre chevaux et cavaliers, il avait, sans le voir, dépassé Giseph...

Giseph, qui balançait le long couteau dont le manche s'appuyait sur son avant-bras...

Un éclair brilla...

L'arme passa, déchirant l'air d'un son aigu...

Et le cri de menace et de défi s'éteignit dans une exclamation de douleur...

Le Lorrain était tombé sur un genou...

Il essaya de se relever : il ne put. Ses forces l'abandonnaient. Ses membres avaient froid. Des bourdonnements confus s'enflaient autour de ses oreilles...

Il vacilla, lâcha son épée, étendit les bras et finit par se coucher de son long dans la poussière...

La *navaja* valencienne du gitano s'était plantée jusqu'au manche entre ses deux épaules.

XXXII

Enjambons un nouvel espace de cinq ans.

En 1626, les bois du Vésinet, — portion 'restée debout de la vaste forêt Iveline (*Equalina sylva*) qui couvrait, avant notre ère, la majeure partie de l'Ile-de-France, — descendaient encore jusqu'à la Seine par une suite non interrompue de taillis.

Mais déjà François Ier les avait troués d'une route qui reliait Saint-Germain à Paris.

De son côté, Henri IV, qui venait de faire bâtir, en ce même Saint-Germain, un château neuf pour remplacer le vieux château du roi-chevalier, avait tracé, à travers ces épais massifs de chênes et de hêtres centenaires, des voies qui allaient se croisant, « non moins pour charmer les yeux que pour faciliter les plaisirs de la promenade et de la chasse ».

L'une de ces voies, l'avenue Royale, se dirigeait presque en droite ligne du Château-Neuf vers le bac qui traversait le fleuve à peu près à l'endroit où se trouve aujourd'hui le pont de Chatou.

Avant d'arriver à ce bac, et au sommet de la rampe le long de laquelle s'étage le village actuel, l'avenue Royale se coupait d'une autre qui filait, à droite, vers Croissy en bris de coque et, à gauche, vers les localités moins naissantes de Montesson, d'Argenteuil, de Carrières et de Cormeille-en-Parisis.

Au point d'intersection de ces deux routes s'élevait une maison de deux étages, — d'apparence solide et honnête, — dont le toit de tuiles, d'un rouge criard, s'apercevait des fonds de Rueil, de Nanterre et du calvaire du mont Valérien.

Une enseigne de fer battu, portant ces mots : *Au Tourne-Bride*. se balançait fièrement, au bout d'une potence, à l'une des fenêtres du second étage, et, au-dessous de cette fenêtre, on pouvait lire, se détachant en lettres noires sur le crépi jaune clair de la façade, ce complément d'indication :

PAR PERMISSION DU ROY

BONNEBAULT LOGE A PIED ET A CHEVAL

Il fallait, en effet, une autorisation spéciale pour héberger en même temps les cavaliers et les piétons :

« Les lois du royaume, dit Monteil dans son *Histoire des Français des divers états*, empêchant ceux-ci de trop dépenser et ceux-là de ne pas dépenser assez. »

Il y avait, en face de la maison, de l'autre côté de la route, une écurie assez spacieuse, couverte en chaume, et de longs hangars pour abriter la suite que les nobles personnages qui voyageaient de Paris à Saint-Germain, traînaient d'ordinaire après eux.

On touchait à la fin de juin.

Un écho de fanfares lointaines vibrait dans les profondeurs du bois.

On devait chasser quelque part sous le couvert.

Il était un peu plus de cinq heures du soir.

Le ciel roulait de gros nuages gris qui semblaient peser sur l'atmosphère.

Le soleil ne se montrait point ; mais sa chaleur, tamisée par les nuages bas, se faisait sentir plus pénétrante.

De courtes rafales d'un vent tiède secouaient les branches.

La Seine noircissait, annonçant l'orage.

Un cavalier, qui venait de passer le bac, s'arrêta devant l'hôtellerie du *Tourne-Bride*.

Sa monture, bien que fatiguée, conservait fort belle apparence.

Pour lui, c'était un homme d'une trentaine d'années, à la figure ouverte et hardie, à la joue bronzée qu'entourait, comme un cadre, la riche abondance d'une chevelure parmi laquelle vous auriez — en cherchant avec soin — démêlé quelques fils d'argent.

Il y avait aussi quelques poils de la même nuance — mais presque imperceptibles — dans la fine moustache blonde, qui se relevait au-dessus de sa lèvre légèrement railleuse.

Ces quelques poils et ces quelques cheveux, d'une blancheur précoce, joints à certaines ombres de mélancolie, qui voilaient parfois sa physionomie souriante, témoignaient que ce personnage connaissait les peines et le secret de la vie.

Sa tournure était celle d'un quidam de qualité, et il portait avec une bonne grâce naturelle son costume de voyage, où il y avait à la fois du gentilhomme, de l'artiste et du soldat :

Grand feutre gris à plume rouge, collet en fine toile de Flandre, gants de peau de daim souple aux manchettes brodées de soi⁁, pourpoint de velours marron agrafé sur une veste de buffle et haut-de-chausse de même étoffe et de même couleur se perdant dans de hautes bottes de feutre ergotées d'éperons d'acier.

Une longue rapière à fourreau de cuir fauve et à coquille délicatement ouvragée, pendait à son côté, et son manteau, plié, était bouclé sur la croupe de son cheval, en compagnie de sa valise et d'un vaste carton à dessins.

En l'entendant venir, maître Quentin Bonnebault, propriétaire du *Tourne-Bride*, était apparu sur le seuil de son établissement.

Mais, au lieu de se précipiter, ainsi qu'il en avait l'habitude, au-devant de ce nouveau client ; au lieu de lui ôter son bonnet, de lui souhaiter la bienvenue et de lui tenir l'étrier ; au lieu de l'inviter à entrer avec toute sorte de compliments, d'offres de services et de révérences ; au lieu de le précéder, « pour lui montrer le chemin, » en lui vantant, avec l'éloquence du cœur, l'excellence de ses lits, de sa cuisine et de sa cave — ainsi que c'est la conduite ordinaire de ceux qui vendent la pâtée et la niche, — il était demeuré muet et immobile dans l'encadrement de sa porte ouverte et avait paru attendre que le voyageur lui adressât la parole le premier.

Celui-ci n'y avait point manqué :

— Çà, maître, avait-il demandé avec un peu d'étonnement, auriez-vous, d'aventure, la vue assez mauvaise pour ne pas vous apercevoir des pratiques qui vous arrivent ?

L'aubergiste était un petit homme replet et sanguin, à la figure canine et aux sourcils farouches sur des yeux débonnaires.

Il salua gravement et dit :

— Votre Seigneurie m'excusera ; je me suis parfaitement aperçu qu'elle m'avait fait l'honneur insigne de s'arrêter devant ma maison.

— Eh bien ! reprit l'autre gaiement, si votre enseigne n'est pas un leurre, mettez mon cheval à l'écurie et qu'on le soigne comme il faut : on s'occupera de moi ensuite, — et, pendant que vous me préparerez une chambre, je souperai, — je souperai même copieusement, si, toutefois, il plaît à Dieu et à votre garde-manger.

Maître Bonnebault le regarda en face :

— Souper?... Coucher?... Votre Seigneurie aurait donc le dessein de loger, cette nuit, chez moi?

— Ma foi, je n'irai pas plus loin... Cette chaleur étouffante... Cet orage qui se prépare... Et puis, j'ai l'estomac dans les talons...

Et le voyageur fit mine de quitter les arçons...

Mais l'hôtelier, le retenant :

— Un instant, mon gentilhomme, un instant... Cette précipitation... Il faudrait s'expliquer, que diable !...

— Comment?...

— C'est-à-dire qu'il est nécessaire que je vous adresse une question...

— Une question?... A moi?... Et laquelle?

Maître Quentin cligna de l'œil...

Puis, scandant les mots d'une façon significative :

— Est-ce que vous venez pour la chasse?

— Pour la chasse?

L'autre souligna de la voix et du regard :

— Oui, *pour la chasse*.

— Quelle chasse?

— Une grande chasse aux flambeaux que l'on a organisée pour ce soir... A cette fin de détruire certain sanglier... Un vieux solitaire qui cause des ravages effrayants dans le pays.

— Non, mon ami : je ne viens pas pour la chasse... Et ce sanglier m'importe peu... Je me rends simplement à Saint-Germain, où le roi Louis XIII m'a mandé.

La physionomie de Bonnebault se hérissa de mauvaise grâce ainsi qu'un porc-épic se hérisse de ses dards :

— Alors, déclara-t-il sèchement, je vous engage à continuer votre chemin.

— Hein?

— Impossible de vous recevoir.

— Et pourquoi cela, je vous prie?

— Ma maison regorge de monde.

— Vraiment?... Vous êtes si plein que cela?... En tout cas, il n'y paraît guère !

— Mes fourneaux sont éteints.

— Vous les rallumerez.

— Il n'y a que des souris dans mon garde-manger.

— Vous m'accommoderez les souris : je ne suis pas difficile !

— Ma cave est vide.

— Oh ! oh ! voilà une hypothèse contre laquelle s'inscrit en faux la pourpre cardinalice de votre nez, mon hôte.

— Enfin, je n'ai plus un lit vacant.

— Eh bien, à défaut de lit, je camperai sur une table.

— Mes tables sont toutes occupées.

— Sur un escabeau, alors.

— Tous mes escabeaux sont retenus.

Le cavalier fronça le sourcil :

— Ah çà ! drôle, que signifie? Auriez-vous l'intention de vous moquer de moi? Par saint Nicolas de Lorraine, je ne suis patient que tout juste !

Mais l'hôtelier, toujours plus froid, plus renfrogné et plus hargneux :

— Cela signifie, mon gentilhomme, que je n'ai pas de comptes à vous rendre et que j'agis comme il me convient... Libre à vous d'en faire autant... Sur ce, bonsoir et bon voyage !

Et, pivotant sur les talons, il rentra dignement dans son établissement.

Puis il se retourna pour en fermer la porte.

Mais le voyageur — toujours en selle — l'avait suivi...

Et sa monture avait ses deux pieds de devant sur le seuil de l'auberge, tandis que sa tête et son cou plongeaient déjà a l'intérieur, où son maître, en se courbant, se préparait à s'introduire avec elle — et sur elle.

— Messire, messire, que faites-vous ? s'exclama Quentin, stupéfait de cette invasion équestre.

— Vous le voyez, répondit l'autre tranquillement. D'abord j'agis ainsi qu'il me convient : ne venez-vous pas de m'en laisser la liberté?

— Oh !...

— Ensuite, je me conforme à votre enseigne : *Bonnebault loge à pied et à cheval*... Vous avez refusé de m'héberger tout à l'heure, quand je voulais entrer à pied : vous consentirez peut-être à me recevoir, maintenant que je vais entrer à cheval... Et, si c'est ici l'écurie...

— L'écurie, ma salle à manger !...

— Ce n'est pas l'écurie !... Alors, prouvez-le moi en me servant, et conduisez ma bête ailleurs...

— Mais, monsieur, encore une fois...

— Ah ! trève de verbiage et de plaisanterie !... Si vous avez derechef quelques observations à présenter, adressez-les à mon cheval... Seulement, je vous préviens qu'il rue...

Et, sautant prestement à bas de l'animal, dont il jeta la bride aux mains de l'aubergiste abêti, le cavalier pénétra dans la salle à manger.

Au bruit de la discussion, un judas à charnière pratiqué dans le plafond de cette salle, et qui servait de communication entre le rez-de-chaussée et le premier étage, s'était ouvert, et une voix de femme était tombée d'en haut, s'informant :

— Çà, monsieur Bonnebault, quel est tout ce tapage ? Avec qui vous disputez-vous ?... Ou bien, est-ce que le feu serait à la maison ?

Presque aussitôt, la propriétaire de cette voix était descendue en toute hâte :

Une luronne rondelette, dont la mine ragoûtante donnait une agréable idée de la cuisine et du confort du *Tourne-Bride*.

Le cavalier l'interpella d'un ton de bonne humeur :

— Hé ! arrivez donc, ma commère, et dévisagez-moi de pied en cap !... Est-ce que j'ai l'air d'un espion ou d'un voleur ?... Que diable ! il y a des choses qui sont écrites sur la figure d'un homme... Et puis, dites à votre mari, — car vous êtes, à ce que je suppose, la compagne de cet aubergiste-cervier, — dites-lui qu'il ne court aucun risque à me donner, en payant, un morceau et un gîte...

Il tira de sa poche une bourse bien garnie :

— Je ne demande rien pour rien, — et, si vous ne tenez pas à me faire croire qu'il se passe ici quelque chose dont vous redoutez que je sois le spectateur ou l'auditeur...

Les deux époux se regardèrent avec effroi :

— Oh! messire, protesta le mari, est-ce que vous pourriez penser ?

Et la femme, après s'être recordée un moment :

— Mon Dieu, mon gentilhomme, nous serions enchantés de mettre la maison à la disposition de Votre Seigneurie... Mais c'est qu'elle nous a été louée tout entière pour cette nuit par des personnages de la Cour... Oui, par un écot de jeunes seigneurs qui viennent y faire carrousse à cinq pistoles par tête...

Le voyageur haussa les épaules :

— Cinq pistoles!... La belle affaire!... Moi, je vous en offre dix pour une croûte à casser et un coin où dormir.

— Dix pistoles!

Monsieur et madame se regardèrent de nouveau.

Mais, cette fois, il y avait plus de cupidité que de crainte dans leurs regards.

Puis, ils échangèrent rapidement quelques paroles à voix basse.

Puis encore, madame dit avec résolution :

— Monsieur Bonnebault, vous allez de ce pas installer la monture de ce gentilhomme au fond de la petite écurie, où elle ne sera vue de personne.

Maître Quentin s'empressa d'obéir.

L'hôtelière continua :

— Mon cavalier, il y aurait peut-être un moyen d'arranger les choses...

— Voyons ce moyen, ma chère dame.

— Nous n'avions pas compris notre chambre à coucher dans le marché avec ces jeunes seigneurs.

— Ah !...

— Celle qui est ici dessus et dont je descendais tout à l'heure...

— Eh bien ?

— Eh bien, nous pourrions vous la céder et aller passer la nuit, mon mari et moi, dans le grenier à foin, au-dessus du hangar en face...

— A merveille !...

— Seulement, il y aurait une ou deux conditions...

— Dites, et, pour peu qu'elles soient acceptables...

— D'abord, on vous y servirait votre souper, parce que les personnes que nous attendons peuvent, d'un instant à l'autre, arriver dans cette salle.

— Bon ! pourvu que je soupe, que la chère soit abondante et que le vin soit frais, du diable si je me préoccupe de l'endroit où aura lieu cette opération !

— Ensuite, il faudra vous coucher de bonne heure ; car, ces personnes étant ici en catimini, si elles vous entendaient marcher...

— Soyez tranquille : je ne serai pas long à aller de la table au lit... La lourdeur de ce temps d'orage augmente ma lassitude. Or, comme j'ai doublé l'étape ce matin, ne m'étant arrêté à Paris que juste le temps nécessaire pour apprendre que l'ami chez qui je comptais me reposer était parti pour Saint-Germain...

— Enfin, il ne me sera pas possible de vous donner de la lumière... Une lumière s'apercevrait du dehors... Et ces messieurs voudraient savoir qui veille en haut pendant qu'ils conversent en bas.

L'autre éclata de rire :

— Tant de précautions... Qu'est-ce qu'ils complotent, vos messieurs ?... Dieu me damne si ce ne sont pas d'abominables conspirateurs !...

— Des conspirateurs ! répéta avec épouvante maître Bonnebault, qui rentrait.

16

Sa femme, de son côté, était devenue plus blanche que la toile de sa gorgerette.

Le cavalier n'eut pas l'air de remarquer leur trouble :

— Après tout, dit-il, peu me chaut. Je ne suis pas de ce pays. Que les gens de France s'arrangent.

XXXIII

C'était une chambre d'auberge, avec un grand lit à baldaquin et à courtines de serge verte, et, en face de ce lit, une
fenêtre drapée de rideaux de même étoffe et de même couleur.

De cette fenêtre, on aurait pu apercevoir un cavalier
immobile à dix pas en avant du *Tourne-Bride*.

Ce cavalier était enveloppé d'un manteau.

Il avait l'air d'une vedette.

Une petite étincelle bleuâtre qui tremblotait dans la nuit,
dont l'ombre s'épaississait de plus en plus, trahissait la
mèche du pistolet qu'il avait au poing, la crosse appuyée
sur son genou.

Deux autres cavaliers arrivèrent au galop par la route
de Saint-Germain.

Aussitôt, le premier leva son pistolet :

— Où allez-vous, messieurs? demanda-t-il.

— Nous venons pour la chasse, lui fut-il répondu.

— C'est bien : passez.

La vedette baissa son arme.

Les cavaliers passèrent. Ils mirent pied à terre à la porte de l'hôtellerie. Maître Bonnebault conduisit leurs chevaux sous le hangar. Pendant ce temps, ils entraient dans la salle à manger.

Derrière eux, deux nouveaux cavaliers débouchèrent par la route de Paris.

Puis, deux par la route de Montesson.

Puis, deux par la route de Croissy.

Puis encore, successivement, par chacune des quatre routes, plusieurs autres — toujours deux par deux.

A chaque couple, la vedette réitérait la même question.

De chaque couple, il recevait la même réponse.

Et la même scène se renouvelait.

Deux amazones se présentèrent les dernières.

Cette fois la sentinelle n'interrogea pas. Elle ne haussa pas son arme. Elle se découvrit en silence et s'effaça respectueusement.

L'hôtelier s'inclina jusqu'à terre devant ces nouvelles arrivantes, et ce furent deux des personnes qui les avaient précédées qui sortirent du logis pour leur tenir l'étrier.

. . . .

Dans la chambre dont nous parlons, — la chambre du premier étage, — celle des époux Bonnebault, — notre voyageur de tout à l'heure n'avait rien remarqué de ce manège : il tournait le dos à la fenêtre.

Ensuite, il était assis devant une table, sur laquelle, complément d'un plantureux repas, au milieu de deux corps diaphanes qui avaient été des bouteilles pleines, s'élevait, trapue et orgueilleuse de sa rotondité, une fiole matelassée de roseaux, par les interstices desquels, si la pièce eût été éclairée, on eût pu voir jaillir des étincelles de topazes et de rubis.

C'était un flacon d'un de ces vieux vins d'Espagne dont un palais déjà échauffé aime à savourer l'épice mielleuse.

Autour de ce flacon, des figues sèches, des amandes, des

biscuits, des fromages piquants révélaient un calcul intéressé de l'hôtesse.

Il était certain, en effet, que quiconque toucherait à ce dessert provocateur ferait nécessairement, quelque sobre qu'il fût, une ample consommation de liquide.

Cependant, ce calcul avait été déjoué...

Et notre voyageur, — dans lequel nous osons espérer que nos lecteurs auront reconnu de suite leur ancien ami Jacques Callot, — notre voyageur, disons-nous, avait laissé à peu près intacts, et « ces éperons de la soif » et la bouteille destinée à satisfaire celle-ci.

Ah! c'est qu'entre la poire et le gruyère, le Lorrain s'était mis à songer...

Et c'est que sa présence en ce lieu, c'est que son voyage en France, c'est que les circonstances qui avaient motivé ce voyage, tout cela l'avait conduit, rétrogradant des effets aux causes, à remonter jusqu'à l'origine la spirale de son passé...

Il s'était rappelé son enfance, alors que, dans ses jours d'école buissonnière, il se jetait dans la première église ouverte et restait de longues heures en contemplation devant les sculptures des autels et des tombeaux, les fresques des chapelles, les vitraux gothiques des ogives et les tableaux religieux des vieux maîtres naïfs...

Son enfance, où, s'asseyant sur le pavé, on l'avait vu plus d'une fois ouvrir son carton d'écolier, y prendre son papier, sa plume ou son crayon et dessiner, en plein air, quelque joueur de gobelets qui posait pour lui...

Puis, ses premières escapades, son premier séjour parmi les bohémiens, son premier passage à Florence...

Puis encore, sa rencontre avec les Grands-Scorpions, sa quasi-pendaison, dans l'Apennin, l'apparition, l'intervention de Diamante...

L'année, fertile en péripéties de toute espèce, passée par lui en compagnie de ces nomades ; son amour pour la jeune

16.

fille ; la catastrophe, enfin, qui avait terminé cette originale aventure...

Il s'était revu couché, sanglant, dans la poussière de la route de Pontedera à Livourne...

Ensuite, ramassé par des paysans ; transporté à la ville ; recueilli dans un couvent dont les moines, chirurgiens expérimentés non moins que médecins habiles, l'avaient, à force de soins et de science, disputé, arraché à la mort imminente...

Il s'était revu, guéri de son affreuse blessure, retournant à Rome, entrant à l'atelier du vieux graveur français Thomassin, s'ennuyant à toujours graver des figures de saints en extase, — distrait, rêveur, — laissant la pointe tomber de sa main et sa pensée s'envoler vers la charmante reine de bohème qu'il avait perdue à jamais.

Car où la retrouver ?

Elle avait disparu.

Et, avec elle, deux des acteurs du dénoûment de ce premier acte de sa vie : Fritellino, Francatrippa, — l'ex-poète d'épée Ange-Bénigne Caudebec et l'ancien cap-d'escade Trophime Mirassou !

Pour oublier la gitana, le jeune homme avait essayé d'allumer son âme à la flamme des beaux yeux de la signora Bianca, l'épouse de son maître.

Puis, à la suite d'une aventure qui avait eu un certain retentissement [1], il s'était abandonné derechef à son étoile capricieuse...

Revenu pour la troisième fois à Florence, il y avait reçu l'accueil le plus bienveillant de Cosme II et de Ferdinand son successeur...

---

1. M. Meaume, l'un des biographes de Callot, nie absolument cette aventure. M. Arsène Houssaye l'affirme. On peut la lire tout au long dans les *Curiosités galantes* (XVI° et XVII° siècles) où elle a pour titre : *le Tableau parlant*. Amsterdam, 1867, pag. 53 à 58.

Il y travaillait avec ardeur et y acquérait en même temps talent, succès, réputation et fortune.

Plus tard, il rentrait à Nancy, — honoré, populaire, célèbre...

On lui faisait fête à la cour du prince Charles de Vaudémont, devenu, sous le nom de Charles IV, l'époux de sa cousine Nicole et le successeur de son oncle le duc Henri...

Là, Callot n'avait rien de plus pressé que de s'informer auprès de son ancien rival, de son ancien adversaire du *Paluzzo-Vecchio*, de ce qu'était devenu le baron Christian de Sierk, le ravisseur de Diamante...

Ce dernier n'avait point reparu en Lorraine...

Et le nouveau souverain, tout entier à de nouvelles ambitions et à de nouvelles amours, ne paraissait plus se souvenir ni du courtisan à double face, qui naguère l'avait si adroitement joué sous jambe, ni de la bohémienne, qui lui avait inspiré une passion aussi violente qu'éphemère.

Jacques, lui, n'avait pas oublié la jeune fille.

Il n'avait cessé d'y penser dans toutes les phases de son existence accidentée.

Il y pensait encore, alors que Louis XIII l'appelait à la cour de France, où, comme à Florence et à Nancy, l'on était plein d'admiration pour ses merveilleuses fantaisies.

Il y pensait en ce moment où nous le retrouvons, achevant de souper, au premier étage de l'auberge du *Tourne-Bride*, entre Paris et Saint-Germain.

Nous croyons avoir suffisamment constaté que la soirée était orageuse.

Au dehors, de brusques rafales d'un vent lourd et brûlant frémissaient dans le feuillage.

A l'intérieur de la chambre, dont la fenêtre restait fermée, la chaleur était énervante.

Ajoutons que cette chambre demeurait sans lumière et que le voyageur se sentait considérablement fatigué.

Or, c'est une vérité banale, que rien ne prédispose au

sommeil comme la lassitude, l'absence de lumière et l'air
chargé d'accablantes vapeurs.

Ne vous étonnez donc point si, de la rêverie, Jacques
avait glissé peu à peu dans une sorte d'assoupissement qui
le tenait cloué sur son siège, sans force pour gagner son lit
et sans conscience de ce qui s'agitait autour de lui.

Cependant, à un instant, réagissant contre cet affaissement
de tout son être :

— Je ne puis pas, pourtant, se dit-il, passer la nuit sur
cette chaise !

Il fit un effort héroïque, souleva non sans peine ses paupières appesanties, bâilla à se démancher la mâchoire, se
détira les bras à deux reprises et essaya de se lever.

En ce moment, un bruit de voix vint — d'en bas — frapper son oreille.

— Ah ! murmura-t-il *in petto*, ce sont sans doute ces
chasseurs, dont mes hôtes m'ont annoncé la réunion et qui
s'entourent de tant de mystère.

On continuait à parler.

Il écouta machinalement.

Sur ce bourdonnement confus, quelques mots se détachèrent, distincts :

— *La Lorraine... Le prince... Le duc Charles...*

L'artiste sursauta sur place :

— Voyons, se demanda-t-il intérieurement, est-ce que je
n'aurais point la berlue aux ouïes ?... Non !... Il vient bien
d'être question de mon souverain et de mon pays...

Il écouta derechef.

La conversation allait son train au rez-de-chaussée.

Puis, elle s'éteignit brusquement.

Jacques se tâta :

— Que diable ! je ne rêve pas... On a parlé... On a parlé
de la Lorraine et du duc Charles...

Il réfléchit une minute ou deux.

Ensuite, comme emporté par une curiosité involontaire et
irrésistible :

— Parbleu ! tout ceci m'intéresse... Il faut que je sache à tout prix... Oui, mais comment ?... Voilà le *hic* !...

La nuit était venue tout à fait.

Il fouilla d'un œil investigateur les ténèbres opaques qui remplissaient la chambre.

Puis, tout à coup, il tressaillit.

Dans ces ténèbres, au ras du plancher, il venait d'apercevoir une mince ligne de clarté qui dessinait les trois côtés d'un petit carré de la dimension d'une chatière.

C'était le judas qu'il avait vu fonctionner en entrant dans la salle à manger de l'hôtellerie.

Ce judas, par chacun de ses trois côtés mobiles, laissait filtrer un léger filet des lumières qui illuminaient cette salle à manger.

— Voici mon affaire, pensa Jacques.

Il quitta sa chaise doucement, marcha sur la pointe du pied vers le petit carré lumineux, s'agenouilla en retenant son souffle, fit jouer sans bruit la charnière et entr'ouvrit le judas avec précaution.

Par cette fissure son regard plongea dans le rez-de-chaussée.

Celui-ci, dont les fenêtres s'aveuglaient de volets soigneusement clos, était illuminé *à giorno* par une profusion de bougies allumées sur la table qui en occupait le milieu.

Autour de cette table, une douzaine de personnages étaient placés, dont les uns portaient un riche costume de chasse, et les autres, un élégant habit de cour.

Tous étaient debout et s'inclinaient, devant les deux amazones qui entraient — la main de chacune appuyée sur le poing d'un des cavaliers qui étaient allés les recevoir.

Toutes deux avaient le justaucorps de velours nacarat à longues basques et à fausses manches, l'ample jupe de satin gris-perle, le col rabattu de point de Venise et le chapeau masculin ombragé de plumes blanches.

Seulement, chez celle-ci, ce chapeau couronnait des cheveux de cette riante couleur cendrée qui donne à la fois aux visages qu'ils encadrent la suavité du teint des blondes et l'animation de celui de brunes.

Chez celle-là, il coiffait une chevelure d'un or pâle, aux grappes descendant mollement de chaque côté d'une figure dont, à défaut d'autres perfections, on pouvait admirer l'ovale irréprochable et charmant.

Nous écrivons : *à défaut d'autres perfections...*

En effet, chacune de ces jeunes femmes — on les devinait jeunes à l'harmonieuse souplesse de leur taille et de leurs mouvements — abritait ses traits sous un de ces *loups* de velours ou de satin noir derrière lesquels les dames du temps se cachaient dans leurs équipées d'intrigue ou de galanterie.

Ce masque n'empêchait point, du reste, que l'on ne distinguât, chez la première, un air tout empreint d'impérieuse majesté, et, chez la seconde, une grâce entraînante et mobile, d'un attrait irrésistible.

Les cavaliers qui leur servaient d'introducteurs offraient un contraste frappant.

Celui-ci avait à la fois l'apparence patriarcale et juvénile.

Ses cheveux tombaient en boucles argentées de ses tempes encore bien garnies, tandis que le haut de sa tête laissait voir un crâne aux tons ivoirins.

La blancheur de ces mèches *renvoyait* davantage — pour emprunter un de ses termes à la peinture — des joues fouettées de couleurs violentes qui prouvaient l'habitude de la vie au grand air et peut-être aussi le culte rabelaisien de « la purée septembrale ».

Les sourcils, restés noirs et fournis, surmontaient des yeux dont l'âge n'avait pas éteint la vivacité et qui pétillaient encore dans leur cercle de rides profondes.

Des moustaches et une *royale*, auxquelles on eût pu appliquer cette épithète de *griffaigne*, que les vieux romans de chevalerie appliquent invariablement à la barbe de Charlemagne, se hérissaient en virgules autour de sa bouche sensuelle et lippue.

Un double menton rattachait sa figure à un col replet.

Au demeurant, l'ensemble de cette physionomie eût été assez commun, sans le regard ferme et fin, qui relevait tout cela, — le regard du diplomate et du soldat, — et qui ne permettait pas de mettre en doute la naissance et la valeur du personnage.

Celui-là était un jeune homme d'une beauté un peu efféminée : la peau blanche et satinée, le profil régulier, l'œil nonchalant, la chevelure frisée en spirale et la moustache tournée en croc.

A l'aisance de ses mouvements, à la sécurité de son maintien, on reconnaissait le grand seigneur fier de sa race, devant laquelle, — plus encore que devant son mérite, — toutes les portes devaient s'ouvrir à deux battants.

Une profusion de nœuds de rubans, de ferrets et d'aiguillettes couvrait son vêtement coupé à la dernière mode des *petits maîtres* de la cour.

Le premier, au contraire, portait la fraise bouillonnée à la Henri IV, ainsi qu'un pourpoint et des grègues tailladés à la manière du dernier règne, — et la lourde rapière qui pendait à son baudrier de cuir historié de clous d'or, son colletin d'acier, son chapeau de ligueur et ses pesantes chaussures de chasse à genouillères juraient singulièrement avec les dentelles parfumées, les plumes flottantes, l'épée de bal et les bottes évasées, à revers de maroquin rouge, du second.

Chaque membre de la réunion avait une chaise près de lui.

Au haut bout de la table il y avait un tabouret et un fauteuil.

Le vieillard conduisit la première des deux amazones à ce fauteuil.

Le jeune homme conduisit la seconde vers ce tabouret.

Puis, chacun d'eux fit une profonde révérence.

— Merci, monsieur de Bassompierre, prononça la première des deux femmes.

— Monsieur de Chalais, merci, ajouta la seconde.

Celle-ci attendit debout que sa compagne se fût installée.

Ensuite, sur un signe de cette dernière, elle s'assit elle-même en disant :

— La séance est ouverte. Prenez place, messieurs. Madame la comtesse de Madrid vous y invite.

XXXIV

LES AVERSIONNAIRES

On obéit. La jeune femme désignée sous le titre de comtesse de Madrid fit, du regard, le tour de la table. Ensuite, avec un peu d'étonnement :

— Mais, interrogea-t-elle, je ne vois pas ici la personne qui devait présider avec moi cette assemblée des chefs du parti de l'*Aversion*.

En ce temps-là, on appelait parti de l'*Aversion*, ou *Aversionnaires*, les gens qui faisaient profession de détester ouvertement le cardinal de Richelieu, ministre déjà tout-puissant de S. M. Louis XIII.

— Son Altesse n'est pas encore arrivée, répondit une voix.

— Sans compter qu'elle n'arrivera pas, grommela M. de Bassompierre, qui s'était établi carrément sur son siège.

— Que dites-vous, monsieur le maréchal? demanda la seconde amazone.

— Ventre-saint-gris! duchesse, je dis...

Puis, s'interrompant pour s'adresser à la dame qui occupait le fauteuil :

17

— Que Votre Grâce, poursuivit le vieux seigneur, me pardonne ces façons de parler en usage sous le feu roi, lequel pensait avec raison qu'il vaut mieux rencontrer un juron qu'un mensonge dans la bouche d'un gentilhomme...

Je dis que, lorsqu'il s'agit d'adopter un parti, d'arrêter une résolution, de faire acte viril enfin, celui que nous attendons est rarement en avance...

Je dis que le bon roi Henri, mon défunt et vénéré maître, s'est vu moins privilégié dans sa descendance légitime que le dernier de ses sujets : car les deux fils que lui a donnés la reine Marie sont aussi timides et aussi indécis qu'il était lui-même énergique, décidé et avisé...

Je dis que, si le prince ne vient pas à nous, il n'y a qu'à nous passer du Prince. Mon précepteur avait là-dessus un axiome qu'il formulait ainsi, si je me rappelle mon latin : *Uno avulso, non deficit alter.* Ce que je traduis par ceci : « Faute d'un moine, l'abbaye ne chômera pas... »

Et, ayant dit, j'ajoute, du plus profond de mon respect, de ma fidélité et de mon amour :

Dieu garde madame la comtesse, qui est à nos yeux la plus belle, la plus noble et la plus aimée !

— Dieu garde madame la comtesse ! répétèrent les assistants d'une commune voix.

Callot était penché à son observatoire :

— Oh ! oh ! murmura-t-il, cette comtesse sur un fauteuil... Cette duchesse sur un tabouret... Ces deux femmes qui ont gardé leur masque... Ces hommages prodigués à la première... Et cette altesse que l'on attend... Voilà qui n'est pas ordinaire.

Il continua à regarder et à écouter.

Cependant, la « comtesse de Madrid » avait remercié Bassompierre du geste.

— Messieurs, reprit-elle, voici madame la duchesse qui est la confidente discrète de mes chagrins, de mes vœux et de mes espérances : j'ai décidé qu'elle serait mon interprète auprès de vous.

La duchesse se leva :

— Messieurs, dit-elle, Dieu gardera l'auguste femme, si éprouvée, qui m'honore de son amitié, qui vous honore de sa confiance, si vous lui faites un rempart de votre dévouement, de votre poitrine et de votre épée...

Vous savez tous pourquoi nous sommes ici, n'est-ce pas ?

Nous avons un ennemi commun qu'il est urgent de renverser, si nous ne voulons pas être écrasés par lui...

Encouragé par la faiblesse d'un monarque sans caractère et maladif, qui le craint tout en le haïssant, son audace devient inouïe, son ambition insatiable, son orgueil outrageant pour la couronne de France, dont nous sommes les soutiens nés...

Cet homme, qui ne souffre de s'incliner ni devant les droits de la noblesse, ni devant la majesté du trône, ni devant la supériorité du nom, du rang et du mérite ; qui prétend nous rendre tributaires de ses caprices et esclaves de ses volontés ; cet homme qui nous a tout pris : la faveur du souverain, les grands commandements du royaume, les principales charges de l'Etat, pour en doter ses créatures, — les Rochefort, les Laubardemont, les Laffemas...

— Bon ! se disait notre Lorrain, c'est de Richelieu qu'il s'agit. Eh bien, le portrait n'est pas flatté. Sur mon âme, le crayon est moins pointu et le burin moins mordant que cette langue de femme.

— Cet homme, poursuivit l'orateur en jupons, ne rêve rien moins que de faire répudier la reine.

Il y eut un murmure général d'indignation.

— Oui, messieurs, insista l'amazone, de faire répudier la reine et de jeter dans l'alcôve royale quelque intrigante à sa dévotion, complice de ses vues, instrument de ses desseins, qui lui permette d'asservir encore davantage le fantôme qui nous gouverne, d'achever de confisquer le sceptre à son profit, et, tyran sous un maître, de régner jusqu'au tombeau...

La comtesse de Madrid s'était levée à son tour.

— Et la reine, prononça-t-elle, humiliée comme femme, comme épouse, comme souveraine ; persécutée dans ses serviteurs ; flétrie des accusations les plus injustes et des soupçons les plus odieux ; blessée dans ses affections les plus légitimes, dans ses sentiments les plus avouables, dans ses intérêts les plus chers, — dans sa dignité et dans son honneur...

La reine, messieurs, vient vous demander conseil :

Faut-il qu'elle cède la place à son implacable adversaire ? Qu'elle quitte cette cour sur laquelle vous l'aviez appelée à régner ? Qu'elle se retire, comme une veuve, dans ce pays d'où elle était partie naguère avec tant d'espoir dans l'avenir et de tendresse pour ce peuple de France qui allait devenir le sien ?...

Ou bien doit-elle relever le gant, accepter le défi, rendre la guerre pour la guerre et se défendre enfin contre les attaques incessantes sous lesquelles elle a courbé le front jusqu'à ce jour ?...

Réfléchissez, parlez, dictez-lui sa conduite...

La reine est prête à s'éloigner, si ce sacrifice de sa personne est jugé par vous nécessaire au bien de l'Etat...

Prête aussi à vous donner des ordres, si vous la placez à votre tête pour marcher contre l'oppresseur du roi, contre le sien, contre le vôtre.

— Harnibieu ! comme disait mon vieil ami Crillon, s'exclama M. de Bassompierre, point n'est besoin de penser ni de discourir si longuement...

Le temps de résoudre est arrivé et celui d'agir n'est pas loin...

Il faut que la reine combatte : elle nous aura tous pour soldats.

— Oui, tous ! fut-il appuyé à la ronde avec élan.

— La reine, reprit la jeune femme, n'attendait pas moins de votre vaillance, de votre loyauté et de votre attachement. Elle vous rend grâces par ma voix. Mais, pour combattre, il faut des armes, un plan, de l'argent, des alliances...

— Nous avons tout cela, madame! s'écria la duchesse d'un ton triomphant.

— En vérité, ma chère Marie!

— Et si vous daignez écouter le dénombrement de nos forces...

Elle appela :

— Monsieur le baron de Beauvau !

Un jeune seigneur, de figure et de tournure agréables, se leva.

La duchesse continua :

— Vous arrivez d'Espagne...

— D'Espagne, fit l'autre dame avec émotion. Il y a du courage à faire ce voyage en un pareil moment. Vous avez vu ma famille?

Le jeune homme s'inclina :

— J'ai eu cet honneur, madame; j'ai vu aussi M. d'Olivarès...

— Eh bien!...

— Eh bien! le cardinal-comte de San-Lucar nous offre dix-sept mille hommes de vieilles troupes et cent mille écus comptant...

La jeune femme secoua la tête :

— Dieu m'est témoin, murmura-t-elle, que j'aurais voulu me passer du secours de l'étranger... Oui : *de l'étranger*. Que ce mot ne vous étonne point dans ma bouche. La patrie d'une reine est autour de son trône... Malheureusement, notre ennemi ne nous a pas laissé le choix des moyens d'échapper aux effets de sa haine...

La duchesse appela de nouveau :

— M. de Montrésor! M. de Saint-Ibal!.. M. de Montrésor vient de la Rochelle... M. de Saint-Ibal vient de la Navarre...

— Oui, madame, déclara le premier, la Rochelle, qui se sent menacée, est présentement en train de s'armer pour la défense des droits que l'édit de Nantes a reconnus aux réformés...

— Et ceux de la Navarre, ajouta le second, se préparent à donner la main à leurs coreligionnaires de l'ouest...

La duchesse reprit :

— M. de Mouy, M. de Guichaumont, M. de Modène !

— Toutes nos compagnies de gendarmes et de chevau-légers ne demandent qu'à se mesurer avec les cardinalistes et à leur rabattre le caquet...

— Bravo, jeunes gens! s'écria Bassompierre. Et moi, je vous réponds de MM. de Vendôme. Deux vrais fils du Béarnais, ceux-là, et qui ont dans les veines le meilleur sang du vainqueur d'Arques, d'Ivry et de Cahors!...

Or, ce n'est pas un mince atout dans notre jeu que le concours de ces deux bâtards royaux...

Songez que l'un est grand-prieur de France et l'autre gouverneur de Bretagne, — la Bretagne, ce fleuron qui n'est point si solidement soudé à la couronne, qu'il ne puisse s'en détacher à la voix d'un rejeton direct du grand Henri...

Et M. le duc de Vendôme n'est pas seulement le titulaire d'un pareil gouvernement :

Par le fait de sa femme, héritière de la maison de Luxembourg, et, par conséquent, de la maison de Penthièvre, il a des prétentions à la souveraineté de cette province, — et l'on prétend qu'il va marier son fils avec la fille aînée du duc de Retz, qui a deux places fortes dans le pays...

— Pour ma part, dit M. de Chalais, quelque imprévoyant, quelque étourdi, quelque léger que l'on me représente, j'ai dû me précautionner d'un lieu de refuge hors des frontières, en cas d'insuccès de nos projets, ou de quelque bonne ville en France, derrière les murailles de laquelle nous puissions tenir tête à l'adversaire et lui dicter nos conditions...

J'ai donc écrit en ce sens au comte de Soissons, à Paris, au marquis de Lavalette, à Metz, et au marquis de Laisque, favori de l'archiduc, à Bruxelles...

MM. de Lavalette et de Laisque ne m'ont pas encore répondu...

M. de Soissons m'a dépêché M. Boyer que voici...

— Parlez, monsieur Boyer, et répétez-nous ce que ce cher comte vous a chargé de nous apprendre...

— Madame, fit en saluant le personnage ainsi mis en cause, M. de Soissons, mon maître, tient à la disposition du parti de l'*Aversion* cinq cent mille écus, huit mille hommes de pied et cinq cents chevaux...

Il offre dans Paris un asile inviolable à ceux des chefs du parti qui se décideraient à l'y rejoindre...

Il s'engage, en outre, à fournir une escorte, capable de les garantir de toute mauvaise rencontre, à celles de ces personnes qui préféreraient se rendre directement à Bruxelles pour attendre les événements.

— Bruxelles est trop loin de Paris, et Paris est trop près de Rueil, prononça une voix sur le seuil de la porte.

XXXV

MARIAGE DE PRINCE

Celui qui parlait de la sorte était un homme de taille moyenne, jeune, pâle, avec de longs cheveux noirs sous un chapeau soigneusement rabattu et, dans l'ombre étendue sur le haut de son visage par les ailes de ce chapeau, deux grands yeux bleus au regard vague, défiant et inquiet.

Quand un de ses mouvements dérangeait les plis du manteau dont il demeurait enveloppé, comme s'il avait peur que son rang ne se reconnût à son costume, on voyait le collier de l'ordre du Saint-Esprit briller sur le velours vert, semé de petites fleurs de lis d'or, de son pourpoint.

Le nouveau venu commença par aller baiser galamment la main de la jeune femme qui occupait le fauteuil.

— *Madame la comtesse de Madrid*, fit-il en soulignant le mot, me pardonnera d'arriver à une heure aussi avancée, quand elle saura que c'est Sa Majesté elle-même qui m'a retenu pour m'adresser une communication urgente...

— Vous êtes tout pardonné, mon frère, répondit doucement la dame. Vous êtes aussi le bienvenu, à quelque heure

que vous arriviez. N'est-ce pas un proverbe de France qui
dit : *Mieux vaut tard que jamais?*

Le cavalier salua la seconde amazone.

— Bonsoir, duchesse!... En vérité, ce costume de cheval
vous sied comme au plus mignon et au plus charmant de
mes pages... Foi de gentilhomme, vous êtes faite pour porter la casaque de cadet aux gardes...

Puis, se tournant vers les assistants qui s'étaient levés à
son aspect :

— Savez-vous, messieurs, que c'est toute une affaire que
de pénétrer jusqu'à vous?... Il m'a fallu donner le mot d'ordre à la bouche d'un pistolet... Sur mon âme, vous brasse-
riez une conjuration, un complot, que vous ne vous entou-
reriez pas de plus de postes avancés et de sentinelles...

— Un complot? Une conjuration? Fi donc! protesta
M. de Chalais. Une ligue, tout au plus: la nouvelle ligue du
Bien public. Un petit accord pour diriger l'accomplissement
des vœux unanimes de la nation et de la cour...

— A votre aise, messieurs, à votre aise! Seulement, souvenez-vous que je ne sais rien, que je n'ai rien vu, rien
entendu, et que je ne veux rien voir, ni entendre. Que diable! je ne suis l'ennemi de personne!...

— Pas même de M. de Richelieu? demanda brusquement
Bassompierre.

— De lui moins que de personne, mon cher maréchal...
C'est un grand politique, certainement, un très grand politique... Le roi le juge ainsi, du moins, et il serait malséant
à moi d'aller contre l'avis du roi...

— Alors, questionna Montrésor, Votre Altesse épousera
mademoiselle de Montpensier?...

— Pas du tout, messieurs, pas du tout! A parler franc,
aucun de vous n'ignore que ce mariage m'agréait assez peu,
quoique, en somme, il n'y ait pas autrement à rougir d'une
alliance avec la descendance du Balafré... Mais il paraît que
tout est changé...

— Comment?...

17

— C'est l'objet de la communication que Sa Majesté vient de me faire : il résulte, en effet, de celle-ci que l'Eminence grise, le père Joseph, a été chargé de me notifier de la part de son auguste maître, — qui est aussi le nôtre à tous, — l'intention manifestée par ce dernier de tenir compte de mes légitimes répugnances à m'unir avec mademoiselle de Guise...

— Ah !...

— Seulement, l'Eminence rouge ne renonce pas pour cela à son projet de me marier de sa main... Et devinez quelle compagne elle trouve propre à nous donner des héritiers ?... Je vous le baille en cent ; je vous le baille en mille : Madame de Combalet, sa nièce !

Il y eut une exclamation universelle.

Son Altesse poursuivit avec une gaieté forcée, dans laquelle on distinguait de l'ironie et de l'amertume :

— Mon Dieu, oui, c'est ainsi. Sa Toute-Puissance l'ancien évêque de Luçon nous juge d'assez bonne maison pour entrer dans sa famille : il m'accorde celle de ses parentes pour laquelle il professe une si vive tendresse que, toutes les fois qu'il la reçoit en audience secrète, la porte de son cabinet reste fermée à tout le monde, même au roi !

MM. de Guichaumont et de Saint-Ibal interrogèrent en même temps :

— Et qu'a répondu Votre Altesse à de semblables ouvertures ?

— Qu'a-t-elle décidé de faire ?

— Eh ! ne suis-je pas accoutumé à toutes les persécutions ?... Oui, je dois m'attendre à tout de la part de cet homme... Il a la force : il faut plier sous cette volonté de fer.

Il y eut un silence significatif.

Les traits des auditeurs seuls parlaient.

Ils exprimaient avec éloquence la surprise presque indignée que leur causaient la résignation et la placidité de leur interlocuteur.

Puis, la seconde amazone reprit, après un moment :

— En vérité, c'est grand dommage que Monseigneur soit

disposé à accepter ainsi pour femme celle que le ministre
lui impose...

— Et pourquoi cela, belle Marie? s'informa « monseigneur »
avec une apparente insouciance.

— Parce que j'avais justement un parti à lui proposer...

— Un parti?... Vous?... A moi?...

La jeune femme appuya :

— Un parti exceptionnellement avantageux dans les
circonstances actuelles...

— Oui-dà!... Et ce parti, quel est-il?... Duchesse, expliquez-vous, de grâce...

— Votre Altesse me permettra-t-elle auparavant de lui
adresser une question?...

— Toutes les questions que vous voudrez...

— Eh bien, pourquoi Votre Altesse nous disait-elle tout à
l'heure qu'en face de ce qui se passe — ou de ce qui va se passer
— Bruxelles est trop loin de Paris et Paris trop près de Rueil?

L'autre jouait négligemment avec le collier du Saint-
Esprit qui pendait sur sa poitrine :

— Oh! oh! fit-il, voilà que vous m'embarrassez : ai-je
vraiment tenu ce langage?

— En toutes lettres, et ces messieurs l'ont tous entendu
comme moi...

— Puisque vous l'affirmez, duchesse, je n'aurai garde de
vous démentir; mais du diable si je me rappelle...

— Ne serait-ce point parce que, de sa maison de campagne de Rueil, où il s'est retiré, depuis quelques jours,
sous prétexte de maladie...

— Ah! le cardinal est à Rueil! Et en mauvaise santé?...
Quel diantre d'intérêt peut-il bien avoir à être malade dans
cette banlieue?

L'amazone sourit :

— Monseigneur, je vous y prends. Je n'avais pas parlé du
cardinal. C'est vous qui avez deviné qu'il s'agissait de lui.

Monseigneur se mordit les lèvres, qu'il avait fort minces
et « assez peu colorées ».

Son interlocutrice poursuivit :

— N'auriez-vous point voulu indiquer que, l'Eminence rouge, connaissant sur le bout de la langue de ses espions, tout ce qui se passe dans la capitale, et faisant particulièrement surveiller M. de Soissons, il ne serait point prudent à quiconque intriguerait contre elle d'aller rejoindre le comte dans une ville où le ministre a répandu plus de mouchards que n'en eut jamais feu le président Mouchy, leur inventeur, et où Sa Majesté possède, pour y loger les factieux, les cabaleurs et les mécontents, une hôtellerie d'Etat qui a nom la Bastille?

—Bravo!...Vous êtes sorcière...Continuez,je vousenprie...

— Tandis qu'au contraire, si vous aviez derrière vous un pays sûr, un asile inviolable, où vous puissiez attendre, à l'abri des colères et des vengeances de Richelieu, le triomphe de vos partisans et la confusion de vos ennemis...

— Dites : des ennemis de la couronne.

— Soit : des ennemis de cette couronne que vous essayez en rêve chaque nuit...

— Duchesse!...

— Si vous trouviez dans ce pays l'appui d'un prince entreprenant et belliqueux, qui entraînerait à sa suite les forces de l'Allemagne entière...

— Mais encore quel pays? Quel prince? Je suis à cent lieues de soupçonner...

— Ce pays,c'est la Lorraine. Ce prince, c'est le duc Charles IV. Une alliance avec la maison de Vaudémont les attacherait l'un et l'autre à la cause de Votre Altesse.

Celle-ci parut réfléchir.

Ensuite, avec un hochement d'épaules :

— Si je vous comprends bien, duchesse,vous me conseillez d'épouser une sœur, une parente de M. de Lorraine...

— Une de ses belles-sœurs, monseigneur.

— Eh bien, madame, c'est une chose impraticable...

— Impraticable?...

— Oh! non pas que l'obstacle vienne de mon côté...

J'apprécie comme il convient les avantages qui résulteraient pour moi d'une pareille union... Des avantages si importants, si décisifs, que jamais le cardinal ne permettrait...

— Alors, on se passera de sa permission...

— Mais songez donc qu'une affaire de cette nature ne saurait se traiter que par ambassadeurs... Qu'elle exige des pourparlers qui dureraient des semaines et des mois... Que, si secrètes que nous tenions ces démarches, Richelieu finirait certainement par en être instruit avant qu'elles eussent abouti, et, qu'il mettrait tout en œuvre pour en empêcher le succès...

Oui, tout : jusqu'à signer sans hésitation l'ordre d'arrestation d'un fils de France !...

Jusqu'à souffler dans l'esprit du roi les plus détestables pensées !...

N'est-ce pas Satan, en effet, qui a suggéré à Caïn l'idée de se défaire d'Abel ?

. . . .

Toute l'assemblée avait prêté une attention soutenue à ce dialogue échangé — avec la rapidité d'attaques et de ripostes d'un duel — entre la jeune femme et son interlocuteur.

Celui-ci, en prononçant ces derniers mots, aveu involontaire des sentiments de faiblesse et de terreur qui ne cessèrent pendant toute sa vie d'être la règle de sa conduite; celui-ci était devenu pâle malgré lui et avait porté son mouchoir à son front humide de sueur.

Sous l'empire de ces mêmes sentiments et avec une franchise de pusillanimité qui amena un sourire de dédain sur les traits de ses auditeurs, comme, sous le velours du masque, elle alluma un double éclair de dépit dans les yeux de la dame qui occupait le fauteuil :

— En conséquence, conclut-il, *vade retro*, belle tentatrice !... Je vous répète encore une fois que je n'approuve rien, que je n'autorise rien, que je ne me mêle de rien... Du moins, tant qu'on ne m'aura pas prouvé que je n'ai aucun risque à courir et aucun péril à redouter.

L'amazone repartit froidement :

— Et si je vous prouvais, monseigneur, que je suis en mesure de vous marier, ici, avant huit jours, avec une princesse de Loraine ?

L'autre bondit sur son siège :

— Me marier !... Vous !... Moi !... Ici !

Elle reprit lentement, en pesant sur chaque syllabe :

— Sans ambassade, sans pourparlers, sans démarches préliminaires...

— Hein ?...

— Sans retardements ni déplacements ; sans qu'aucun émissaire de Richelieu s'en doute ; sans aucun péril à courir, sans aucun risque à redouter...

— Avant huit jours ?

— Avant huit jours. Demain, s'il le faut. Ce soir même, s'il le fallait.

— Avec une princesse de Lorraine ?... Un vrai mariage ?... Une vraie princesse ?

— Si vraie, que le duc Charles IV sera forcé de s'incliner quand vous établirez les droits de votre femme à la couronne qu'il porte au détriment de celle-ci, et que pour conserver cette couronne — s'il vous plaît de la lui laisser, — il se verra contraint de devenir à jamais le plus fidèle et le plus dévoué de vos alliés.

Pendant qu'elle discourait ainsi, Monseigneur arrêtait sur elle des prunelles dilatées par une surprise intense.

— Sur mon honneur ! fit-il, voilà qui me confond !... Et je lis sur le visage de ceux qui vous écoutent un étonnement égal au mien... Tout ceci passe d'une telle façon notre entendement à tous !...

Il ajouta avec une incrédulité railleuse :

— Voyons, duchesse, je me pique de trop de galanterie pour vous demander si vous êtes sûre de posséder tout votre bon sens... Que diable ! vous avez fait perdre la tête à assez de gens pour qu'il vous soit permis d'égarer un instant la vôtre...

— Grand merci du compliment, monseigneur; mais je suis encore trop jeune pour être à moitié folle, comme cette bonne vieille mademoiselle de Gournay, dont l'aventure avec le poëte Racan nous a tant fait rire l'autre soir, au cercle de Sa Majesté...

— Quelle est cette plaisanterie, alors?

— Prince, j'ai trop le respect des personnes et des circonstances présentes pour faire, en face de celles-ci ou de celles-là, acte de badinage ou de moquerie.

— Enfin, où est-elle, cette princesse?

— C'est ce que chacun ici va savoir, si ma noble maîtresse, si Votre Altesse et si ces gentilshommes consentent encore à m'accorder quelques instants.

— Parlez, ma chère Marie, dit la première amazone.

— Parlez, duchesse, appuya le prince.

— Parlez, parlez, redirent toutes les voix.

La jeune femme appela :

— Monsieur de Fenestrange !

Un cavalier, qui n'avait pas ouvert la bouche jusqu'alors, se leva au bas bout de la table.

La duchesse le présenta en ces termes à l'assemblée :

— M. le baron de Fenestrange, gentilhomme du pays messin, ancien page du comte François de Vaudémont et l'une des plus précieuses recrues du parti de l'*Aversion*.

Le cavalier s'inclina à la ronde.

Monseigneur l'examinait avec attention.

— Ah çà! demanda-t-il après un moment, n'ai-je pas déjà rencontré monsieur au Louvre, dans les appartements de la reine et à Saint-Germain dans l'antichambre du roi?

— M. de Fenestrange, répondit la jeune femme, est, en effet, attaché, comme moi, à la personne de Sa Majesté Anne d'Autriche... Il habite la France depuis plusieurs années et les environs de Saint-Germain depuis que la cour s'est installée au Château-Neuf.

— Oui, je sais, reprit Son Altesse avec une précision qui prouvait que sa police n'était pas moins bien faite que celle

du cardinal : n'y a t-il pas acheté, dans l'île de la Loge,
au sud du bois du Vésinet, la maisonnette où Charles IX
frayait avec la petite bourgoise Marie Touchet ?

— Précisément, monseigneur, fit le gentilhomme en
s'inclinant de nouveau.

L'autre insista :

— Vous avez là, avec vous, une charmante jeune
fille...

— Ma pupille, monseigneur.

— Recevez tous mes compliments, monsieur : elle m'a
paru accomplie.

— Ainsi, s'informa la duchesse, Votre Altesse l'a remar-
quée ?

— Cette jeune fille ?... Oui, pardieu !... En chassant au
bord de l'eau... La désinvolture, la beauté, la grâce d'une
nymphe agreste !...

— C'est votre opinion vraie ? interrogea derechef l'amazone
avec vivacité.

— Sans flatterie aucune, duchesse.

— Eh bien, rien ne saurait me causer plus de plaisir...

— Oh ! oh ! ai-je bien entendu !... Voilà qui est bizarre,
sur ma foi... Comment ! vous êtes toute joyeuse que l'on ait
remarqué une autre femme que vous ?

— Et je n'en suis pas seulement joyeuse pour moi, monseigneur ; mais encore pour deux personnes... Pour votre
nymphe agreste, d'abord, qui a su captiver les yeux d'un
fin connaisseur tel que vous... Ensuite, pour Votre Altesse
elle-même...

— Pour moi ? En vérité ! Et pour quelle raison, duchesse ?...

Marie de Rohan, interpella M. de Fenestrange :

— Baron, veuillez donc répéter à madame la comtesse de
Madrid, à monseigneur et à ces messieurs la curieuse histoire que vous m'avez contée, touchant une fille du duc
Henri II de Lorraine, oncle et prédécesseur du prince régnant Charles IV, et votre ex-souverain, je crois.

XXXVI

VIEILLE HISTOIRE

M. de Fenestrange s'empressa de se rendre à l'invitation qui lui était adressée, — et après avoir, en courtisan bien appris, salué chacun de ses auditeurs avec le degré de déférence que commandait la situation de celui-ci :

— Madame, commença-t-il en se tournant vers la comtesse de Madrid comme vers celle qui présidait la réunion, c'est une opinion généralement admise à la cour de France, que le feu duc Henri II de Lorraine n'aurait eu que deux filles de sa femme Marguerite de Gonzague, propre nièce de la reine Marie de Médicis :

La princesse Nicole et la princesse Claude, — dont la première, en épousant son cousin le prince Charles de Vaudémont, a transporté à ce dernier ses droits à la succession de la couronne.

Il y a là une erreur, qui s'est accréditée, du reste, dans notre pays non moins que dans le vôtre par une suite de circonstances particulières dont j'aurai l'honneur de vous entretenir tout à l'heure.

Avant la princesse Nicole et la princesse Claude, Margue-

rite de Gonzague avait donné à Henri II une première fille,
laquelle fut baptisée, à la collégiale de Saint-Georges, à
Nancy, par le doyen de cette église, Melchior de la Vallée,
qui partageait avec le maître d'armes André des Bordes les
bonnes grâces du souverain...

— Eh! interrompit Bassompierre, cette fille ne fut-elle pas
enlevée par des bohémiens, voici tantôt plus de vingt ans?...

Il me semble avoir entendu parler de quelque chose d'approchant, lors de mon dernier voyage à Nancy, en 1609...

L'événement avait eu lieu, si je ne m'abuse, quelques
années auparavant...

— Les souvenirs de M. le maréchal sont exacts en tout
point, reprit le narrateur : oui, la petite princesse Géralde
— c'était le nom qu'elle avait reçu — disparut de son berceau, au château de Jarville, dans une nuit du mois d'octobre 1604.

Mais l'idée première de cet enlèvement n'était point venue
à ceux qui s'en rendirent coupables.

Le duc Henri n'était guère qu'une nature molle et in-
décise...

Sa douceur confinait à la faiblesse, et la crainte excessive
de déplaire faisait de lui l'homme de toutes les irrésolutions,
de toutes les tergiversations...

Il y avait surtout de par le monde deux personnages
principaux dont il subissait l'ascendant et dont il redoutait
les projets ambitieux :

L'un était son tout-puissant allié et voisin, — le glorieux
roi de France Henri IV;

L'autre était son propre frère, le comte François de Vaudémont, père du souverain actuel.

Henri IV, dans une politique dirigée contre la maison
d'Autriche, visait à s'attacher la Lorraine et son duc par
les liens les plus étroits.

Il avait donc résolu d'arranger d'avance le mariage du
Dauphin, son fils, — aujourd'hui le roi Louis XIII, — avec
la fille aînée du prince lorrain.

Or, c'était justement cette fille que le comte François convoitait pour son fils Charles.

M. de Vaudémont ne pouvait se dissimuler quel compétiteur ce serait, dans la succession de Lorraine, qu'un fils de France, fort du titre acquis par son mariage avec l'héritière de ce duché.

Il y eut, à ce propos, entre les deux frères, de violentes scènes d'explication :

Le comte, d'un caractère hardi et emporté, sommait le duc de fiancer solennellement le cousin et la cousine, tous deux encore entre les bras de la nourrice...

Il menaçait...

Il déclarait fièrement que, si la main de Géralde n'était pas octroyée à Charles, il disputerait la couronne à cette princesse jusqu'à la dernière extrémité, et que toute sa maison périrait plutôt que de laisser la souveraineté passer à un prince étranger.

Le duc, de son côté, ne craignait rien tant que mécontenter le Béarnais.

Aussi s'était-il résigné à signer un acquiescement formel à la proposition de ce dernier.

En même temps, il cherchait à calmer les ombrages de M. de Vaudémont, et il s'ingéniait à lui représenter que leurs enfants étaient encore beaucoup trop jeunes pour que l'on pensât à les marier.

Le comte ne fut pas dupe de cette vague assurance...

Et, n'ayant pu tirer de son frère aucune parole plus explicite, il prit un parti qui, selon lui, devait trancher la difficulté :

Celui de s'emparer de la personne de la princesse et de la faire élever secrètement en Allemagne jusqu'à ce qu'elle eût atteint l'âge de devenir la femme du prince Charles.

Il s'adressa pour cela à un gitano qui attendait dans les prisons de Nancy l'instant de marcher au supplice...

Car il fallait que le rapt de l'héritière du duc fût imputé

à cette race d'oiseaux de proie capable de tous les méfaits,
— même de ceux dont elle est à moitié innocente...

La femme de cet hérétique devait l'accompagner au bûcher...

Le comte François les fit évader tous les deux...

Un de ses pages introduisit le mari — de nuit — au château de Jarville...

Et la petite Géralde fut enlevée !

Oui, mais au lieu de remettre celle-ci entre les mains du
page, qui avait commission de la conduire au delà du Rhin,
les deux coquins — mâle et femelle — l'emportèrent, je ne
sais dans quel but, à travers la chaîne des Vosges, d'où ils
gagnèrent ensuite le Jura et la Suisse...

Le comte n'osa les faire poursuivre, de peur qu'atteints et
arrêtés, ils ne révélassent le rôle qu'il avait joué dans ce
drame...

Quant au duc Henri, il est constant qu'il ne fut point
sans soupçonner la part prise par son frère à l'acte qui le
privait de son enfant...

Mais il manquait de l'énergie nécessaire pour punir...

Par son ordre, le silence se fit sur ce bizarre événement...

Un silence si profond et si complet, que c'est tout au plus
si l'on se rappelle maintenant en Lorraine que la duchesse
actuelle a eu une sœur aînée.

Plus tard, Marguerite de Gonzague étant heureusement
accouchée d'une seconde fille, celle-ci remplaça l'autre —
naturellement — dans l'ordre de succession à la couronne,
dans les projets d'alliance du roi Henri, et aussi dans ceux
de François de Vaudémont.

Plus tard encore, le Béarnais étant tombé sous le poignard
de l'exécrable Ravaillac, et sa veuve, la reine-régente, ayant
renoncé à ses vues, la princesse Nicole épousa le prince
Charles, auquel elle apporta en dot un trône qu'elle n'occupait qu'au détriment de sa sœur disparue.

— Et qu'est devenue celle-ci ? interroga Son Altesse, qui

avait semblé écouter ce long récit avec une curiosité, un intérêt toujours croissants.

La duchesse prit la parole :

— Monseigneur, elle est devenue reine.

— Reine ?

— Reine de la tribu de bohémiens à laquelle ses ravisseurs appartenaient.

— Est-il possible !... Mais c'est tout un roman !... Le *Cyrus* et la *Clélie* n'ont rien de plus surprenant !

— Un roman qui n'est pas encore terminé et dont il appartient à Votre Altesse d'écrire le dénouement.

— Comment ?...

— C'est ce que je me réserve de vous apprendre dans un instant... Si, toutefois, vous ne l'avez pas deviné... En attendant, laissez-moi vous régaler encore d'un chapitre de ce roman qui sera bientôt de l'histoire...

Elle poursuivit en regardant fixement M. de Fenestrange :

— Un gentilhomme, qui voyageait en Italie, rencontra la jeune Géralde près de Florence, la reconnut au milieu de la horde de nomades dans laquelle elle portait le nom de Diamante, et réussit à l'arracher à cette détestable compagnie...

Ce gentilhomme était en même temps un habile homme...

J'imagine qu'il avait formé le dessein d'épouser cette jeune fille et de s'en venir ensuite dire au bon duc Henri :

« — Voici votre héritière, et je suis son mari. »

N'est-ce point un peu cela, baron ?

— C'est tout à fait cela, madame, approuva celui-ci, qui n'avait pas bronché.

La jeune femme continua :

— Par malheur, il avait compté sans la colère des éléments.

Une tempête assaillit la tartane italienne qui les transportait tous les deux de Livourne à Gênes et la jeta sur les côtes de Sardaigne, où elle se perdit corps et biens.

Diamante, — je vous ai dit que c'est ainsi qu'on l'avait

baptisée dans sa famille de mécréants, — Diamante et son
protecteur parvinrent seuls à gagner la terre.

Ils y reçurent l'hospitalité au couvent des Dames nobles
de Cagliari, où le mauvais temps, les vents contraires, l'état
de faiblesse de la jeune fille les retinrent pendant près de
trois mois.

Et quand, enfin, ils débarquèrent à Marseille, la princesse
Nicole avait épousé son cousin ; le duc Henri II était mort,
et Charles IV, son gendre et successeur, avait pris sans con-
teste possession du pouvoir.

Le gentilhomme jugea alors inopportun de se rendre à
Nancy, où seul, sans appui, sans influence, sans ressources,
il n'avait aucune chance de voir aboutir les légitimes re-
vendications de la fille aînée — et frustrée — du souverain défunt...

Il partit pour Paris et se présenta au Louvre...

La supérieure du couvent des Dames nobles lui avait remis une lettre de recommandation pour l'une des femmes
les plus dévouées de notre reine Anne d'Autriche :

Une personne généreuse, entreprenante et discrète, à laquelle il pouvait, sans hésitation, confier le secret de la
naissance de sa pupille...

— Et cette femme, cette amie de la reine, interrompit
Son Altesse ; cette personne généreuse, entreprenante et
discrète, dont votre modestie bien connue vous empêche de
nous dévoiler les autres mérites sans nombre ; cette personne, je gage que c'était vous, duchesse...

— Monseigneur, j'aurais mauvaise grâce à le nier...

Et, désignant l'ancien page de M. de Vaudémont :

— Comme voici, ajouta l'amazone, le gentilhomme qui,
naguère, au service du comte François, a assisté au rapt du
château de Jarville...

C'est encore lui qui a retrouvé dans la bohémienne Diamante l'enfant soustraite pendant cette nuit d'octobre 1604 ;
qui l'a tirée des griffes de ses ravisseurs ; qui a recueilli,

rassemblé, accumulé les preuves les plus irrécusables de l'origine de cette enfant...

A la cour de Nancy, on l'appelait Christian de Sierk...

Aujourd'hui, pour des raisons dont il a donné l'explication à qui de droit et dont j'ai pu moi-même apprécier la nature, il a pris le nom de l'un des fiefs de sa famille et se fait, comme je vous l'ai dit, appeler le baron de Fenestrange.

XXXVII

PAR LA FENÊTRE

Toujours aux écoutes, Callot n'avait pas perdu une miette de tout ce qui précède.

Jugez s'il avait ouvert les oreilles, lorsqu'il s'était agi de la Lorraine et de son duc.

Jugez s'il s'était senti remué de fond en comble, quand, dans cette princesse Géralde, dans cette fille de Henri II, dans la pupille de ce baron, il avait reconnu Diamante, la reine des Grands-Scorpions.

Jugez, enfin, si sa surprise s'était élevée au paroxysme, alors qu'on l'avait édifié sur les motifs qui avaient guidé, à Florence, la conduite de M. de Sierk, et quand il avait entendu que ce dernier et M. de Fenestrange n'étaient qu'une seule et même personne.

— Ah! de par tous les saints du pays des Trois-Evêchés! avait-il murmuré de son observatoire, il faut que je déchiffre les traits de cet intrigant, quand ce ne serait que pour lui rembourser plus tard — avec intérêts usuraires — le coup de Jarnac dont il m'a gratifié, par le bras d'un de ses acolytes, sur la route de Pontedera à Livourne.

Ce disant, il s'était penché sur l'ouverture du judas.

En ce moment, la dame qui occupait le fauteuil avait levé — machinalement — les yeux en l'air.

Elle aperçut ce petit carré béant au milieu du plafond et, encadrée dans ce carré, une tête aux prunelles étincelantes.

Un cri s'échappa de ses lèvres :

— Là!... Voyez !... Il y a là un homme !....

A ce cri, le Lorrain se retira brusquement...

El, sans savoir ce qu'il faisait, il laissa retomber la petite trappe du judas...

Celui-ci se referma avec bruit...

Un bruit qui eut, dans la salle du rez-de-chaussée, l'éclat d'un coup de tonnerre...

N'expliquait-il pas, en effet, de la façon la plus péremptoire, l'exclamation poussée par la comtesse de Madrid ?

Tout le monde avait bondi d'un même mouvement.

Monseigneur était devenu livide.

— Nous sommes perdus ! balbutia-t-il : il y avait quelqu'un là-haut !...

— Quelqu'un !...

— Un espion du cardinal sans doute ?...

M. de Bassompierre se leva :

— Si c'est un affidé de l'Eminence rouge, tant pis pour lui ! déclara-t-il.

La première amazone s'était levée pareillement, frémissante :

— Que dites-vous ? demanda-t-elle, et que comptez-vous faire?

Le vieux seigneur eut un geste significatif :

— Empêcher ce misérable d'aller vendre à son maitre les secrets qu'il a surpris ici ce soir.

— Un meurtre !

— Une exécution nécessaire.

La jeune femme semblait près de s'évanouir :

— Oh ! maréchal, je vous en prie...

18

— Eh ! madame, laissez faire, repartit sa compagne froidement : notre salut dépend de cet acte d'énergie.

— Oui, appuya Son Altesse, dont la voix tremblait
affreusement, la duchesse a raison, ma sœur. Laissez faire.
Notre vie à tous est à ce prix.

M. de Chalais intervint.

— Voyons, s'informa-t-il avec humanité, n'y aurait-il
pas moyen de s'assurer du silence de cet homme sans
recourir à cette sanglante extrémité ?

M. de Bassompierre haussa les épaules :

— Générosité imprudente !... Parlez pour vous : j'agis
pour tous... Morte la bête, mort le venin.

Puis, tirant son épée :

— Attention, messieurs ! Beauvau, Saint-Ibal, Montrésor,
Guichaumont, vous allez m'accompagner et me prêter main
forte...

Les quatre gentilshommes dégaînèrent et vinrent se
grouper auprès de lui.

— Je monterai avec vous et je vous éclairerai, prononça
la duchesse avec résolution.

M. de Bassompierre reprit :

— Qui veille dehors en sentinelle ?

— M. de Marcillac, lui fut-il répondu.

— Eh bien, que Modène, Déageant, Chaudebonne et
M. de Fenestrange aillent le rejoindre. Cernez la maison.
Que personne ne sorte.

La duchesse avait pris un flambeau sur la table :

— Venez-vous avec nous, monsieur de Chalais ? ques-
tionna-t-elle.

— S'il vous plaît, je resterai ici, repartit le jeune homme
sèchement. Il me répugnerait d'assister à un acte que ma
conscience réprouve. Et puis, n'êtes-vous pas assez d'une
demi-douzaine pour mettre à mal un pauvre diable qui ne
se défendra peut-être pas ?

Personne ne releva ces dernières paroles.

Tous ceux à qui elles s'adressaient savaient, en effet,

que Heri de Talleyrand, comte de Chalais, — petit-fils du maréchal de Montluc et parent par les femmes de ces Bussy si renommés pour leur bravoure, — était non moins « friand de la lame » qu'imprudent et « peu réfléchi ».

Un de ses duels venait de faire grand bruit.

Ayant eu à se plaindre, dans une affaire d'amour, de M. de Pontgibaut, et l'ayant rencontré sur le pont Neuf, qui revenait de la campagne à cheval et en grosses bottes, il l'avait invité à mettre pied à terre et à lui donner satisfaction sur le lieu même.

Pontgibaut était descendu à l'instant, et, à la troisième passe, il était tombé raide mort.

. . . .

Le Lorrain entendait tout ce qui se disait en bas :

— Mortdieu ! pensa-t-il, je suis pris !... Ils vont me piler ici comme dans un mortier... J'en tuerai bien un ou deux ; mais du diable si les autres ne me rendent pas la pareille !...

Il ajouta avec dépit :

— Je ne voudrais pourtant pas mourir avant d'avoir revu ma belle et chère Diamante, et réglé mes comptes avec ce baron à double nom, à double face...

Il regarda autour de lui...

Puis, avec une idée subite :

— Allons ! je n'ai que cette ressource !...

La clef de la chambre était demeurée en dedans, sur la porte.

Jacques ferma rapidement celle-ci à double tour :

— Elle est en bois plein... A merveille !... Il faudra du temps pour l'enfoncer !

Il se glissa vers la fenêtre qu'il ouvrit.

L'orage, qui menaçait depuis si longtemps, venait d'éclater avec furie.

Le bruit de la grêle et du tonnerre couvrit celui des deux châssis qui s'écartaient.

Au dehors, M. de Marcillac était toujours à son poste : à cheval, embossé dans son manteau, le pistolet au poing.

Seulement, pour s'abriter de l'averse, il s'était **rapproché** le plus possible de l'hôtellerie, et la croupe de sa monture s'appuyait à la muraille du rez-de-chaussée de celle-ci.

Il était juste au-dessous de la fenêtre.

Mais Callot ne pouvait le voir.

Dans l'obscurité de la nuit, doublée par celle de la tourmente, tout à l'extérieur n'était pour lui qu'une masse sombre.

Au milieu du tumulte des éléments, l'artiste enjamba prestement l'appui de fer forgé de la croisée...

Il s'y suspendit des deux mains...

Puis, après une seconde :

— A la grâce de Dieu ! se dit-il.

Et, lâchant tout, il s'abandonna dans le vide.

Il y eut un cri et un juron simultanés :

Le cri avait été poussé par le Lorrain, qui, entre ses pieds et la terre, avait rencontré le cavalier et sa monture.

Le juron venait de M. de Marcillac, qui avait senti un corps humain lui tomber lourdement sur les épaules.

Le choc fut si violent, que le cheval plia sur les jarrets, et que le gentilhomme et l'artiste, tout étourdis et tout meurtris, roulèrent ensemble dans la boue.

Mais le premier était embarrassé, empêtré dans son long manteau...

Quand il se releva, tout déferré de sa chute, il put, à l'éblouissement d'un éclair, voir un homme, qui l'avait remplacé en selle, détaler à fond de train, sur son propre coursier, dans la direction de Saint-Germain.

Au même moment, MM. de Modène, Déageant, de Chaudebonne et de Fenestrange se montrèrent au seuil de l'auberge.

Au même moment encore, on entendit des voix se croiser au premier étage :

— La porte est fermée !

— Enfonçons-la !

— Un marteau !... Un merlin !... Une hache !

Au rez-de-chaussée, la comtesse de Madrid était affaissée dans son fauteuil :

— Je ne veux pas, bégayait-elle, je ne veux pas qu'on commette ce crime...

Elle fit un mouvement pour se dresser...

Monseigneur lui saisit le bras :

— Madame, lui murmura-t-il à l'oreille, Charles, duc de Guyenne, était prince du sang et fils de roi, — et Louis XI l'envoya à l'échafaud, tout en demandant pardon à Dieu.

Brunehaut était reine de France, et elle paya de sa vie les troubles qu'on l'accusa d'avoir suscités dans l'Etat...

Ne fournissons pas à Louis XIII et à son ministre des armes pour nous traiter comme le duc Charles de Guyenne et comme la reine Brunehaut...

— Oh!...

M. de Chalais les examinait tous les deux en silence.

Il avait un sourire aux lèvres :

Un sourire de pitié pour la jeune femme ; un sourire de dédain pour Son Altesse.

. . . .

Il y avait sur le palier du premier étage un escabeau de chêne massif.

— Harnibieu ! dit Bassompierre, voici qui va nous servir de bélier ou de catapulte pour effondrer cette barrière importune.

Avec une vigueur que l'on n'eût point soupçonnée chez un homme de son âge, il saisit le meuble pesant et le lança contre la serrure de la porte.

La serrure sauta, et la porte s'ouvrit.

Un coup de feu répondit du dehors au fracas de cette effraction.

C'était M. de Marcillac qui déchargeait son pistolet sur le fuyard.

Les gentilshommes s'étaient précipités dans la chambre, l'épée haute.

La duchesse les suivait, un flambeau à la main.

18.

Il y eut un échange d'exclamations de déception et de colère :

— Personne!...

— Il s'est échappé!...

— Par la fenêtre!...

— Oui, par la fenêtre! cria d'en bas M. de Marcillac. Il s'est abattu sur mon dos ainsi qu'un clocher qui s'écroule, et il m'a volé mon cheval!...

Près de lui, Déageant, Chaudebonne, de Modène et le baron de Sierk-Fenestrange, comme en haut, Guichaumont, Montrésor, Saint-Ibal et de Beauveau se regardaient avec le même désappointement.

Bassompierre mâchait sa moustache :

— Ventre-saint-gris! se demandait-il, où est passé ce sycophante?... Quel est-il?... Et par quel miracle le découvrir?

— Ce miracle, le voici, maréchal.

C'était la duchesse qui parlait.

Elle venait d'apercevoir sur la table, au milieu des reliefs du repas, les gants que Callot y avait oubliés, après les avoir enlevés pour souper.

Elle s'en empara vivement et les serra dans l'une des poches de sa jupe.

Ensuite, de ce ton terrible, dans sa douceur même, des femmes qui dénoncent une volonté arrêtée dans leur esprit:

— Soyez tranquille, reprit-elle ; je le retrouverai, coûte que coûte. Alors, fiez-vous-en à moi. Il payera au poids de son sang les angoisses dont il nous a poignés ce soir [1].

FIN

---

1. Le tome deuxième et dernier de *La Reine des Gueux*, paraîtra prochainement sous ce titre : *Le Duc Rouge*.

TABLE DES MATIÈRES

IMPRIMERIE GÉNÉRALE DE CHATILLON-SUR-SEINE — A. PICHAT